AF486902

Título original: Oliver's Hunger

Editado por: Josefina Gil Costa y Gris Alexander
Diseño de la portada: Leah Kaye Suttle
Foto del autor: © Marti Corn Photography

TAMBIÉN POR TINA FOLSOM

Vampiros de Scanguards

La Mortal Amada de Samson (#1)

La Revoltosa de Amaury (#2)

La Compañera de Gabriel (#3)

El Refugio de Yvette (#4)

La Redención de Zane (#5)

El Eterno Amor de Quinn (#6)

El Hambre de Oliver (#7)

La Decisión de Thomas (#8)

Mordida Silenciosa (#8 ½)

La Identidad de Cain (#9)

El Retorno de Luther (#10)

La Promesa de Blake (#11)

Reencuentro Fatídico (#11 ½)

El Anhelo de John (#12)

La Tempestad de Ryder (#13)

La Conquista de Damian (#14)

El Reto de Grayson (#15)

El Amor Prohibido de Isabelle (#16)

La Pasión de Cooper (#17)

La Valentía de Vanessa (#18)

Deseo Mortal (Storia breve)

Guardianes Invisibles

Amante Descubierto (#1)

Maestro Desencadenado (#2)

Guerrero Desentrañado (#3)

Guardián Descarriado (#4)

Inmortal Develado (#5)

Protector Inigualable (#6)

Demonio Desatado (#7)

Vampiros de Venecia

Raphael e Isabella (#1)

Dante y Viola (#2)

Lorenzo y Bianca (#3)

Nico y Oriana (#4)

Fuera del Olimpo

Un Toque Griego (#1)

Un Aroma a Griego (#2)

Un Sabor Griego (#3)

Un Silencio Griego (#4)

El Club de los Solteros

Escolta Legal (#1)

Amante Legal (#2)

Esposa Legal (#3)

Una Noche Loca (#4)

Un Largo Abrazo (#5)

Una Caricia Ardiente (#6)

Código Stargate

Ace a la Fuga (#1)

Fox a la Vista (#2)

Yankee en el Aire (#3)

Tiger al Acecho (#4)

Hawk a la Caza (#5)

Misión en el Tiempo

Reversión del Destino (#1)

Heraldo del Destino (#2)

Thriller

Testigo Ocular

EL HAMBRE DE OLIVER

VAMPIROS DE SCANGUARDS - LIBRO 7

TINA FOLSOM

1

El hambre lo desgarraba por dentro. Luchaba contra el impulso que lo controlaba, la necesidad que lo hacía estremecerse como un adicto con síndrome de abstinencia. Nunca imaginó que sería tan doloroso, tan difícil de resistir, pero la idea de la sangre consumía cada minuto de sus horas de vigilia. Incluso durante el sueño, él solo soñaba con venas pulsantes, con sangre caliente que aún contenía la fuerza vital de un humano, con hundir sus colmillos en un ser vivo y respirante. Pero lo peor de todo era que soñaba con el poder que le otorgaba, el poder sobre la vida y la muerte.

Con una violenta sacudida, Oliver intentó librarse de esos pensamientos. Pero, como la mayoría de las noches, era incapaz de librarse de su ansia de sangre, de su insaciable apetito por ella. Quinn, su señor, le había dicho que disminuiría con el tiempo, pero incluso tras dos meses como vampiro, todavía se sentía tan ávido de sangre fresca como la primera noche después su renacimiento.

Mientras se ponía su largo abrigo oscuro y se metía un pañuelo limpio en el bolsillo, echó una mirada atrás por encima del hombro. Nunca había vivido tan cómodamente como ahora, gracias a su señor. Quinn y su esposa Rose le habían pedido que se mudara con ellos después de comprar una gran casa en Russian Hill, un barrio de San Francisco que apestaba a dinero antiguo.

Si hubiera tenido voz y voto, él habría elegido la zona joven y llena de vida al sur de Market Street. Se había convertido en su terreno de caza durante los dos últimos meses. Cuando quería alimentarse, buscaba una víctima conveniente entre los fiesteros de allí o de La Misión, pero a menudo ni siquiera llegaba tan lejos.

En las ocasiones en que permitía que su sed de sangre se agravara demasiado, cuando retrasaba su alimentación para demostrar que era más fuerte que el enemigo invisible que llevaba por dentro, apenas daba unos pasos desde la puerta de su casa antes de atacar a un residente desprevenido.

Había estado ocultando su aflicción lo mejor que podía a todos los que le rodeaban, pero ellos lo sabían. Cada vez que uno de sus amigos o colegas le miraba, él podía verlo en sus ojos: pensaban que ni siquiera intentaba resistirse al impulso de tomar la sangre de un humano. Creían que tomaba el camino fácil, cuando en realidad luchaba con su yo interno cada noche. Nadie veía la turbulenta tormenta que se desencadenaba dentro de sí, las feroces batallas que libraba consigo mismo.

Nadie le observó perder aquellas batallas y ceder a la implacable demanda del demonio que llevaba dentro. Cuando pasaba, estaba solo. Perdido. Sin guía.

Sabiendo que no podía retrasar más su caza, Oliver bajó las escaleras de la antigua casa eduardiana. A pesar de su antigüedad, no se sentía sofocante. Quinn y Rose se habían esmerado en amueblar la casa con una mezcla de muebles de época y contemporáneos y la habían convertido en un lugar de acogedora calidez. Un verdadero hogar. Algo que él nunca había tenido.

Ahora se sentía malagradecido, solo de pensar que iba en contra de los deseos de su señor. Quinn le había dado todo lo que podía desear: un hogar seguro, apoyo emocional, una familia. Su empleo en Scanguards, donde había trabajado como asistente personal del propietario durante varios años, había cambiado tras su conversión. Y para mejor. Aunque le encantaba trabajar directamente para Samson, el vampiro poderoso y ético que había convertido a Scanguards en una empresa de seguridad a nivel nacional, él prefería su nuevo cargo: guardaespaldas.

Aunque ya había recibido formación como guardaespaldas en Scanguards cuando aún era humano, tuvo que empezar casi de nuevo, porque como vampiro lo habían metido en una división totalmente distinta, una que se encargaba de los trabajos más peligrosos. Lo disfrutaba y amaba cada segundo. Esto hacía que la culpa fuera aún más difícil de soportar. ¿Cómo podría llegar a ser tan buen guardaespaldas como sus colegas si ni siquiera podía controlar sus propios impulsos? ¿Cómo iba a derrotar a un enemigo si ni siquiera podía dominar al demonio que lo controlaba?

Disgustado consigo mismo, Oliver se volvió al pie de la escalera y lanzó una larga mirada al pasillo que llevaba a la cocina. Allí le esperaba una despensa llena de sangre embotellada. Allí se almacenaban todos los tipos de sangre imaginables, incluso el más cotizado entre los de su especie, debido a su extraordinaria dulzura: *o negativo*. Sería tan fácil entrar en la cocina, abrir la despensa y tomar una de las botellas de sangre donada que Scanguards conseguía a través de una falsa empresa de suministros médicos que Samson había creado años atrás. Tan fácil como desenroscar el tapón y echarse un trago. Pero ni siquiera el prospecto de atiborrarse del tipo de sangre más sabroso de los alrededores consiguió calmar las ganas de cazar.

Preferiría hundir los colmillos en el cuello de un vagabundo, beber sangre que supiera tan pútrida como olía aquel hombre, porque no se trataba del sabor de la sangre, sino de lo que le hacía a él. Le hacía más fuerte, más poderoso, invencible. Nunca se había sentido mejor en toda su vida que después de alimentarse de un humano vivo. Porque la sangre que salía directamente de una vena aún contenía la fuerza vital de un humano, lo que la hacía, en última instancia, más potente. Era como una droga para él, que le proporcionaba un subidón increíble que nunca había experimentado, ni siquiera cuando era humano y experimentaba con drogas. La sangre procedente directamente de un humano que respiraba era ahora su droga preferida. Una droga peligrosa de la que debía mantenerse alejado.

Conocía demasiado bien los peligros de las drogas: como humano, había recorrido ese camino, pero gracias a Samson, le dio un giro a su vida y salió del hoyo infernal al que lo estaba llevando. Había vencido a los demonios una vez. Y estaba decidido a hacerlo de nuevo. Pero esta vez parecía más difícil.

Renunciar a las sensaciones que recorrían su cuerpo cuando se alimentaba de un humano parecía una hazaña imposible. ¿Acaso no era eso lo que significaba ser un vampiro? Al fin y al cabo, se alimentaba para sobrevivir. Generaciones de vampiros antes que él habían hecho lo mismo. ¿Acaso ellos también luchaban consigo mismos cada noche antes de salir a cazar sangre fresca?

Aún había muchos vampiros que se alimentaban de humanos todas las noches. La mayoría de los hombres de Scanguards parecían ser la excepción, pero ¿eso significaba que estaba mal que él quisiera algo diferente?

—Dios, ¿por qué? —maldijo en voz baja, sabiendo que por esta noche habría perdido la batalla.

Se dirigió con sigilo a la puerta de entrada cuando escuchó pasos venir de la sala.

—¿Vas a salir?

La voz de Blake cortó el silencio en la casa.

Oliver no se volvió para mirarle ni siquiera cuando Blake entró en el pasillo, sabiendo que sus ojos ya se habían puesto rojos, lo que indicaba que estaba a punto de perder el control. No estaba de humor para enfrentarse a su supuesto medio hermano.

—¿Qué te importa?

—¡Mírame! —ordenó Blake.

—No creas que ahora eres mi guardián solo porque Quinn y Rose te pidieron que me vigilaras.

Los dos tortolitos se habían ido de luna de miel tardía y habían viajado al antiguo castillo de Quinn en Inglaterra, pero, por desgracia, se habían asegurado de que Blake se quedara ahí.

—No estoy ciego, Oliver. Puedo ver lo que pasa.

Oliver dio otro paso hacia la puerta.

—¡No te metas en cosas que no entiendes!

—¿Crees que no lo entiendo? Diablos, llevo suficiente tiempo entre vampiros para saber lo que está pasando.

Sintió que Blake se acercaba y se tensó. Un segundo después, Blake le puso la mano en el hombro y Oliver giró sobre sí mismo, estampando a Blake contra la pared más cercana en una fracción de segundo y sujetándolo allí.

—¿Crees que dos meses con nosotros te convierten en un experto?

Tenía que reconocerlo: Blake no se inmutó, aunque podría aplastar al humano con sus propias manos si quisiera.

—No, pero vivimos aquí como una familia. Sería totalmente denso si no viera por lo que estás pasando.

Oliver gruñó.

—Me gustabas más cuando *eras* torpe y despistado. Antes de que descubrieras quiénes somos.

Blake resopló indignado.

—¡Nunca he sido torpe ni despistado! Así que aparta tus jodidas garras de mí, porque sé que no puedes lastimarme.

—¿No puedo? —se burló, aunque sabía que Blake tenía razón. Quinn tendría su pellejo. Eso no significaba que tuviera que anunciárselo a Blake.

—Quinn te va a castigar.

—¿Crees que estás más cerca de él que yo? ¿Crees que a la hora de la verdad se pondría de tu parte?

A decir verdad, Oliver dudaba que Quinn tomara partido. Durante el poco tiempo que los cuatro habían vivido juntos, Quinn había intentado ser imparcial. No había interferido en las peleas que él y Blake parecían tener a menudo. Incluso Rose se había encogido de hombros, alegando que había demasiada testosterona en la casa y que, por lo tanto, era inevitable que surgieran disputas.

Blake entrecerró los ojos.

—Soy su carne y sangre. Así como la de Rose.

Oliver soltó una carcajada amarga.

—Casi no te queda sangre de él en las venas. ¡Eres su pinche tátara-tátara-nieto! Su sangre está ya tan diluida que ya ni la puedo oler en ti. Pero la sangre que corre por mis venas, la sangre que me convirtió en esto, sigue siendo fuerte. Y él lo sabe. Soy su hijo...

De pronto, Blake soltó una risita.

—No jodas que estás compitiendo conmigo.

Oliver se echó hacia atrás, aflojando su garra.

—No es una competencia cuando está bastante claro quién la va a ganar.

—Yo no estaría tan seguro de eso, hermanito. Puede que seas un vampiro. Pero no creas que seas más fuerte que yo.

Oliver no pudo evitarlo, pero tuvo que interrumpir a Blake antes de que se confiara demasiado. —No hablabas así cuando te mordí.

Al instante, la cara de Blake enrojeció como un tomate maduro y su pecho se hinchó. Sí, aún podía presionar los botones del cretino cuando quisiera.

Con más fuerza de la que esperaba, Blake lo empujó y se liberó. Luego clavó el dedo índice en el pecho de Oliver.

—Te juro que uno de estos días vas a pagar por eso. Tus putos colmillos no volverán a acercarse a mí nunca más, o serás hombre muerto, carajo.

La mano de Blake se movió hacia su espalda, pero Oliver la atrapó y le quitó lo que había escondido en la parte trasera de su cinturón.

Al inspeccionar el objeto ofensivo, negó con la cabeza y luego hizo un gesto con la estaca que le había quitado a Blake.

—Y aún no has aprendido que soy más rápido que tú.

Luego se metió la estaca en el bolsillo del abrigo y volvió a dirigirse a él:

—Deberías tener cuidado con lo que traes a esta casa. Quinn y Rose se van a encabronar si se llegan a enterar que estás armado.

—¡También tienen estacas en la casa! Y otras armas que pueden matar vampiros —se defendió Blake.

—Sí, pero esas armas están bajo llave. Como debe ser.

—¡Hipócrita!

Oliver dejó que la palabra se le resbalara, notando que no tuvo ningún efecto en él.

—Te sugiero que vuelvas a lo que estabas haciendo y me dejes en paz.

—¿O qué? —le retó su medio hermano, levantando la barbilla en señal de desafío.

¡Estúpido!

Si Blake supiera cómo le estaba provocando ahora mismo. Si supiera lo cerca que estaba de estallar.

—Tengo mucha hambre —respondió Oliver entre dientes apretados—. Mucha hambre. Y si me sigues molestando, voy a olvidar lo que le prometí a Quinn y me alimentaré aquí mismo. Y una vez que termine contigo, ni siquiera lo recordarás.

Blake retrocedió y su paso resonó en el pasillo vacío.

—¡A que no te atreves!

Pero a pesar de las palabras, sus ojos mostraban que no estaba del todo seguro de su afirmación. Las dudas se habían apoderado de su mente.

—¿A que sí?

Tal y como se sentía ahora, hundiría los colmillos en cualquier cosa que tuviera pulso. El estúpido intento de Blake de evitar que saliera había llevado su necesidad demasiado lejos. El hambre surgió. Cuando llegó a su cúspide, Oliver sintió que le dolían las encías. No pudo evitar que sus colmillos descendieran, alcanzando toda su longitud en un abrir y cerrar de ojos.

Un gruñido salió de su garganta.

Sus manos se convirtieron en garras, y las puntas de los dedos se adornaron con afiladas púas que podían arrancar la garganta de un humano en un santiamén.

Blake retrocedió más.

—¡Carajo!

—Corre —susurró Oliver. Pero la palabra iba dirigida a sí mismo, no a Blake—. ¡Corre!

Finalmente, su cuerpo reaccionó. Oliver giró sobre sus talones y corrió hacia la puerta que conducía a la cochera. Bajó las escaleras más cayendo que corriendo y llegó a su miniván oscura justo cuando otra oleada de dolor por el hambre le desgarraba el cuerpo.

¡Mierda!

Tenía que alejarse de aquí. Muy lejos, o acabaría hiriendo a Blake, y sabía que no podía permitirse caer tan bajo. A pesar de que él y Blake peleaban en cada oportunidad que se les presentaba, eran familia. Y herir a Blake significaría decepcionar a Quinn. Y a pesar de lo que todos pensaran sobre su incapacidad para controlar su hambre, una cosa que no quería hacer era perder el apoyo de Quinn.

Oliver saltó al coche. Cuando el motor aulló, salió disparado del garaje y corrió calle abajo.

Sus nudillos apretaron el volante con tanta fuerza que se pusieron blancos. Una vez más, se había acercado demasiado. Una de estas noches, no sería capaz de apartarse del borde del abismo y haría lo inevitable: matar a alguien.

2

Ursula oyó los pasos decididos que resonaban en el pasillo y supo lo que eso significaba. El guardia venía por ella. Cada vez que ocurría, lo temía. Después de tres largos años de cautiverio, habría pensado que estaría acostumbrada, pero cada vez aumentaba el desprecio por lo que le hacían. Al igual que el miedo, el miedo a rendirse, a sucumbir finalmente y perderse a sí misma, a convertirse en un recipiente sin mente que solo exista para servir a sus necesidades.

Dos veces por noche, a veces tres, la llamaban. Se estaba debilitando, podía sentirlo. No solo físicamente, sino también mentalmente. Y no era la única. Las otras chicas estaban en la misma situación. Todas eran chinas como ella. Algunas jóvenes, otras mayores. No parecía importarles, porque no era la belleza de la mujer lo que buscaban.

Apenas tenía veintiún años cuando la capturaron una noche en Nueva York, al salir de una clase nocturna en la NYU. Era su último semestre, pero nunca lo terminaría. ¡Cómo había temido los exámenes finales! ¡Qué ganas tenía de complacer a sus padres! Ojalá tuviera ahora ese tipo de problemas tan simples. Hoy parecían tan triviales, tan fáciles de resolver.

Se levantó de la cama, agarró el marco y lo acercó a la pared para ocultar lo que había tallado en la viga de madera expuesta: los nombres y la dirección de sus padres, y un mensaje en el que les decía que seguía viva.

Cada día que sobrevivía, añadía una fecha a la lista, y ahora sus tallados cubrían prácticamente toda el área oculta por el cabecero.

Apenas había empezado a tallar en este lugar, al que la habían trasladado tres meses antes según sus propias cuentas. En su prisión anterior, no había posibilidad de hacer lo mismo—las paredes eran de concreto. No sabía por qué la habían trasladado a este lugar. Pero una noche, simplemente habían empacado todo y a todos en varios camiones y abandonaron el edificio desde el que dirigían sus negocios sangrientos.

Cuando la llave giró en la cerradura, Ursula miró hacia la puerta. Se abrió de golpe, revelando al guardia que había venido a conducirla a una habitación donde el próximo cliente ya estaba salivando por una probada. Lo reconoció como Dirk, y de todos los guardias, era al que más odiaba. Disfrutaba abiertamente al verla sufrir, al verla ser humillada noche tras noche.

Si sus cuentas no le fallaban, siempre había cuatro guardias de turno para las trece o más prisioneras, aunque había más vampiros en las instalaciones. No estaba nunca segura si su conteo de las chicas era el correcto, pues acababan de traer a dos nuevas, y hace tiempo que no veía a una llamada Lanfen. ¿Habría muerto? ¿Habían exprimido demasiado de su frágil cuerpo? Ursula se estremeció al pensarlo. No, no podía rendirse. Tenía que seguir luchando, esperar que de algún modo la salvaran.

—Tu turno —ordenó Dirk con un movimiento de cabeza.

Ella cumplió como siempre lo hacía, poniendo un pie delante del otro, sabiendo que él usaría cualquier medio necesario para asegurarse de que ejecutara su orden. Y medios no le faltaban. Ella había sufrido todos y cada uno de sus métodos y podía afirmar con certeza que ninguno le gustaba.

Mientras caminaba a su lado, con la cabeza en alto, sintió cómo el cuerpo de él se movía. Luego, su boca estuvo cerca de su oído.

—Me gusta más verte a ti. Tienes más espíritu que todas las otras juntas. Lo hace mucho más emocionante. ¿Te he dicho alguna vez lo excitante que eso es para mí?

Un escalofrío de asco le recorrió la columna vertebral.

—Siempre me la tengo que jalar justo después.

Ursula cerró los ojos y reprimió la bilis que le habían provocado sus palabras. ¿Cómo se atrevía a burlarse de ella con algo que sabía que estaba fuera de su alcance y del alcance de todas las mujeres que habían secuestrado?

Cuando ella se volvió y le fulminó con la mirada, él se echó a reír.

—Ah, se me olvidaba, es cierto. No puedes excitarte, ¿verdad? A pesar del placer que te permitimos sentir, nunca llegarás al clímax. Qué lástima.

Sin pensarlo, le escupió a la cara.

—Bastardo enfermo.

La miró con ojos rojos y parpadeantes mientras que, lentamente, se limpiaba su saliva de la cara. Solo tomó un segundo para que sus colmillos descendieran. Entonces el dorso de su mano la golpeó justo en la mejilla, azotándole la cabeza hacia un lado con tanta fuerza que ella temió que la arrancara de sus hombros.

El dolor la atravesó, una sensación que había aprendido a tolerar más de lo que creía posible. Con una mirada desafiante aún en sus ojos, era consciente de que él no la lastimaría más. Era demasiado valiosa para ellos. No podía matar a la gallina de los huevos de oro. Su líder le clavaría una estaca sin pensárselo dos veces.

Dirk se aferraba al control con sus últimas fuerzas. Ella podía verlo en el brillo de sus irises rojos y en la forma en que se le hinchaban las cuerdas del cuello. Por un instante, sintió que la invadía el orgullo. Había llegado hasta él.

Uno a cero a favor de la humana.

—Cuidado, Ursula, algún día pagarás por esto.

—Esta noche no, vampiro.

Porque esta noche la esperaba un cliente. Y quería su mercancía impoluta. Al fin y al cabo, pagaba un alto precio por ella.

Ursula había oído a los guardias hablar de las cantidades de dinero que cambiaban de manos y había quedado impactada. Al mismo tiempo, eso le había hecho darse cuenta de lo valiosa que era cada una de las mujeres que tenían retenidas. Y de que no podían permitirse perder a ninguna. Eso le dio cierta ventaja.

Ursula se dio la vuelta y caminó delante de él, evitando tocarse la mejilla para calmar el dolor. No le daría la satisfacción de hacerle saber que aún le punzaba la carne por su violenta bofetada. Tenía demasiado orgullo para eso. Sí, incluso después de tres años, aún conservaba su orgullo. Era lo que la mantenía en pie, lo que alimentaba su rebeldía.

—La habitación azul —ordenó Dirk detrás de ella.

Dobló la esquina y se dirigió a la habitación del fondo, pasando por una pequeña ventana que habría proporcionado luz durante el día, si no hubiera estado pintada de negro por dentro. Al entrar al cuarto que le resultaba familiar, dejó que sus ojos vagaran por él. Era una habitación esquinera. Había dos ventanas, una daba a la calle principal, la otra al callejón lateral que culminaba en un callejón sin salida. Ambas ventanas eran pequeñas y estaban adornadas con pesadas cortinas de terciopelo.

En contraste con el austero dormitorio en el que vivía Ursula, esta habitación estaba amueblada de forma bastante lujosa. Dos grandes sofás tapizados con el mismo terciopelo que las cortinas dominaban la estancia. En un rincón había un pequeño lavabo, junto al cual se apilaban toallas y jabones. Una estantería ocupaba una pared interior, proporcionando entretenimiento visual y sonoro en caso de que los clientes desearan esta distracción. Muchos no la deseaban.

Cuando oyó que la puerta se cerraba tras ella y la llave girar en la cerradura, ella miró de mala gana al hombre que estaba sentado en uno de los sofás.

—Señor —dijo Dirk detrás de ella—. Le presento la cena y el entretenimiento de esta noche.

Luego le dio un empujón en dirección al otro vampiro y siseó detrás de ella:

—Pórtate bien, Ursula. Sabes que te vigilo.

Como si alguna vez pudiera olvidarlo.

El desconocido le dio una palmada al lugar que había a su lado.

—Como es tu primera vez, me gustaría reiterarte las normas —interrumpió Dirk.

El cliente arqueó una ceja, pero no dijo nada y se limitó a seguir recorriendo el cuerpo de ella con la mirada. Sus colmillos asomaron entre sus labios, y ella supo que se habían extendido por completo. Él intentaba actuar con civilidad, cuando debajo de su exterior tranquilo, ella podía percibir su impaciencia, su hambre por un manjar especial al que solo unos pocos tenían acceso.

—Puedes elegir dónde beber de ella. Pero no puedes acostarte con ella.

—Pero...

Su protesta fue cortada al instante.

—He dicho que nada de sexo. Estás aquí para probar su sangre, no su coño. —Tras lanzarle una mirada severa, Dirk continuó—: Pararás cuando yo te lo diga. Sin excepciones. Su sangre es potente. Si tomas demasiada, no se sabe qué podrá pasar.

El vampiro entrecerró los ojos.

—¿Qué quieres decir?

Dirk dio un paso más adelante.

—Quiero decir que delirarás si tomas demasiado. Como una sobredosis. ¿Entendido?

Asintió con la cabeza.

—Adelante —ordenó Dirk, lanzándole una mirada de reojo.

Ursula se preparó para lo que se avecinaba mientras daba unos pasos hacia el sofá y se detenía frente al hombre. Sanguijuelas, las llamaba. Porque para eso habían venido. Para alimentarse de las chicas encarceladas en este lugar dejado de la mano de Dios.

Levantando los párpados, el extraño vampiro la miró fijamente. Había una frialdad en su mirada que la heló. Pero reprimió el escalofrío que le recorrió la espalda. Sin embargo, no pudo evitar que se le pusiera la piel de gallina. Una sonrisa lasciva curvó sus labios al notarlo.

—Tomaré el cuello —dijo.

Me lo imaginaba. La mayoría lo hacía. Les encantaba clavarle sus sucios colmillos en el cuello mientras tiraban de ella contra sus viles cuerpos, presionando sus endurecidas vergas contra ella como animales en celo. Pocos bebían de su muñeca, y los que lo hacían acababan por pasar a otras zonas de su cuerpo, perdiendo el control de sus actos a medida que su sangre los drogaba.

Esa era la razón por la que había un guardia en la habitación en todo momento, que obligaba a la sanguijuela a soltar sus colmillos si resultaba evidente que las cosas se estaban descontrolando. Los guardias estaban allí por la seguridad de las chicas, pero en el caso de Dirk, Ursula sabía que sentía un placer especial en el acto de observarla.

Un firme tirón de su mano la hizo perder el equilibrio y aterrizar sobre el sofá. Antes de que pudiera enderezarse, la sanguijuela ya estaba sobre ella, con su fuerte cuerpo sujetándola mientras el sofá amortiguaba su espalda.

Por el rabillo del ojo, se dio cuenta de que Dirk se había sentado en el sofá de enfrente, con las piernas abiertas y una mano apoyada en la entrepierna. Con la otra había desenganchado el comunicador portátil del cinturón y lo había colocado a su lado en el sillón. Parecía que ya iba a empezar a manosearse el pito durante el espectáculo que había venido a ver, solo para acabar después.

Asqueada, cerró los ojos y apretó la mandíbula. Lo superaría, como todas las noches. Simplemente tenía que bloquear todo lo que la rodeaba. Pensar en un lugar mejor, más seguro.

Una mano áspera le apartó la larga cabellera negra del cuello y luego le jaló la cabeza hacia un lado. El aliento caliente de la sanguijuela invadió sus sentidos cuando su cabeza se acercó y su boca conectó con su piel vulnerable. Instintivamente, se estremeció. Un gruñido salió de los labios del vampiro justo antes de atravesar su piel, hundiendo sus colmillos en ella.

El dolor era solo momentáneo. La humillación duraba más. Este era solo el principio. Mientras se alimentaba de ella, bebiendo ávidamente su sangre, engulléndola como un hombre que acaba de correr una maratón, ella sintió que las ondas volvían a recorrer su cuerpo. Lentamente, viajaron desde el cuello hasta el torso, arrastrándose hacia los senos. Los pezones ya le rozaban la camiseta, y la cremallera de la chaqueta de cuero del vampiro le oprimía dolorosamente la carne sensible. Cuando la sensación de hormigueo llegó a sus pechos, se combinó con el dolor y disparó una llama ardiente a través de todo su cuerpo.

Ella gritó, incapaz de mantener la mandíbula apretada por más tiempo. Un gemido de la sanguijuela fue la respuesta, antes de que ella sintiera la mano de él recorrer la parte superior de su cuerpo, acariciando, agarrando, apretando. Sabía que Dirk no le detendría mientras no intentara meterle la verga, porque disfrutaba observando su incomodidad, casi como si pudiera ver la vergüenza que la inundaba.

Una pena, porque las acciones del vampiro la excitaban.

Sabía que no era natural, simplemente un subproducto de la alimentación, y que no podía hacer nada al respecto. Sin embargo, le avergonzaba la forma en que reaccionaba su cuerpo. La forma en que su pelvis se inclinaba hacia él, cómo su sexo se frotaba contra su verga cada vez más dura, cómo sus pezones buscaban los dientes de la cremallera de su chaqueta para encontrar alivio. Alivio que sus captores llevaban tres años negándole.

Con cada tirón de su vena, más sensaciones inundaban su cuerpo, encendiendo en ella una necesidad que crecía hasta alcanzar proporciones monumentales. Siempre era así. La hacía retorcerse bajo cada sanguijuela que había tenido, frotarse contra los extraños que violaban su cuerpo de ese modo, que tomaban de ella lo que no estaba dispuesta a dar.

Pero por mucho que luchara, como lo hacía ahora, sus puños golpeándole al mismo tiempo que el resto de su cuerpo se le arrimaba con un motivo totalmente distinto, sabía que no ganaría la batalla esta noche. Los vampiros siempre eran más fuertes, sus cuerpos duros y pesados, su dominio sobre ella inquebrantable, y sus colmillos clavados tan profundamente en su cuello que no se atrevía a girar la cabeza por miedo a que le arrancaran la garganta.

Aunque se le llenaban los ojos de lágrimas, jadeaba como una perra en celo, y sus gemidos se mezclaban con los del vampiro que se alimentaba de ella.

Dios mío, que se acabe, ella rezó.

Pero, como todas las noches, nadie acudía a rescatarla. Igual que nadie ayudaba a las otras chicas que compartían su suerte. Incluso ahora podía oír ruidos similares procedentes de la habitación de al lado, solo que más fuertes y, al parecer, más violentos. Se sentía afín a las otras mujeres, sabía por lo que estaban pasando, y su corazón lloraba por ellas, porque era incapaz de llorar por sí misma. No, no podía permitirse la autocompasión, o perdería su determinación y su fuerza.

Las manos de la sanguijuela empezaron a perder concentración, desviándose de su objetivo, del mismo modo que los movimientos de un borracho acaban por descoordinarse. Pronto la soltaría. Pronto terminaría su calvario.

Un crujido procedente del comunicador portátil rompió de repente la conciencia de Úrsula. Luego llegó una voz.

—Habitación roja, necesito ayuda. ¡Ya! ¡El cliente está enloqueciendo con la chica! ¡Refuerzos ya!

Dirk saltó del sofá, maldiciendo.

—¡Mierda! Voy para allá.

Corrió hacia la puerta y le quitó el seguro, cuando se oyó un grito procedente del otro extremo del pasillo, donde estaba la habitación roja.

—¡Carajo!

Entonces la puerta se cerró de golpe y Dirk desapareció.

Ursula esperó un par de segundos, escuchando atentamente, pero no se oyó ningún otro ruido en la puerta. Él no había cerrado la habitación al salir.

¿Era esta su oportunidad?

3

Ursula trató de moverse con cuidado bajo el gran vampiro, probando al mismo tiempo la capacidad de reacción de sus movimientos. Tomó uno de sus brazos y lo levantó, notando lo dispuesto que estaba a dejarse guiar por ella.

—Oh, sí —ella gimió—, más, toma más.

Necesitaba beber más de su sangre para que ella pudiera abrumarlo. Había visto los efectos de su sangre en otras sanguijuelas. Cuando el guardia no intervenía a tiempo, o más a menudo cuando la sanguijuela era nueva y no estaba acostumbrada a su sangre, se desmayaba como un borracho. Ella esperaba que esta sanguijuela en particular sucumbiera de la misma manera.

Pero tenía que pasar rápido. Dirk no estaría lejos para siempre, y lo que estuviera ocurriendo en la habitación roja acabaría resolviéndose. Entonces él volvería, y su oportunidad de escapar se desvanecería en un instante.

En un esfuerzo por incitar al vampiro a tomar más de su sangre, ella apretó la pelvis contra él y le puso la mano en el culo, apretando con fuerza. Conocía lo suficiente a los vampiros como para saber que su deseo sexual estaba íntimamente ligado a su deseo de alimentarse. Cuanto más lo excitara, más le chuparía la vena, más sangre le sacaría. Y ella podría drogarlo más.

No sabía por qué su sangre y la de las otras chicas les hacía eso. Y en este momento, no le importaba. Lo único que le importaba ahora era lo rápido que podía drogarlo.

—¡Eso está bien, más! —le animó ella y lo oyó gemir en respuesta.

Él levantó la mano como si quisiera acariciarle la cara, pero en su lugar cayó sin fuerza sobre el cojín del sofá.

Otro grito procedente del fondo del pasillo le provocó una descarga eléctrica. Entonces oyó pasos en el pasillo. ¡No!

Por favor, ¡que no sea Dirk!

Contuvo la respiración, pero para su alivio los pasos pasaron por delante de la habitación y volvieron a hacerse más débiles. Era ahora o nunca. En cuanto otro guardia ayudara en la habitación roja, Dirk ya no sería necesario y regresaría.

De repente, sintió que el vampiro se aflojaba. Con todo el cuidado que pudo, le agarró la cabeza y se la apartó, con cuidado de no herirse con los colmillos. Pero no tenía por qué preocuparse: sus colmillos ya se habían retraído. Sin embargo, se había desmayado antes de poder lamerle la herida, que seguía sangrando. Si la hubiera lamido, su saliva la habría sellado, deteniendo la hemorragia.

Con todas las fuerzas que le quedaban — y no eran muchas, pues ya notaba los efectos de la pérdida de sangre —, lo hizo rodar hacia un lado para poder deslizarse por debajo de él. Respirando con dificultad, se reincorporó, pero no tuvo tiempo de recuperar el aliento. Dirk volvería en cualquier momento.

Al levantarse, casi se le doblaron las rodillas, pero con pura fuerza de voluntad siguió adelante, con una mano apoyada en las incisiones sangrantes de los colmillos del vampiro y la otra extendida delante de ella para mantener el equilibrio. Sabiendo que no había escapatoria por las dos ventanas, porque se rompería el cuello saltando desde el cuarto piso, tropezó con la puerta y la abrió de un tirón.

El pasillo estaba vacío. Cerró la puerta tras de sí y corrió por donde había andado antes. Solo había una salida desde este piso, porque nunca lograría llegar a las plantas inferiores, que parecían contener el área de recepción y los cuarteles de los vampiros que dirigían esta operación.

Había una salida de incendios. Ella se había dado cuenta una noche, cuando uno de los vampiros había abierto la ventana oscura al final del pasillo, donde hacía una curva a la derecha. Era su única oportunidad.

Corrió hacia ella, tropezando varias veces hasta alcanzarla. Frenéticamente, intentó empujar hacia arriba la parte inferior de la vieja ventana de guillotina, pero no se movió. La invadió el pánico. ¿La habrían clavado? Tiró de ella de nuevo, esta vez con más violencia. Se quedó sin aliento y bajó la cabeza.

¿Por qué? ¿Por qué? maldijo para sus adentros y golpeó con su pequeño puño el marco.

Entonces sus ojos se posaron en el mecanismo metálico de la parte superior del marco. La ventana estaba cerrada con pestillo. Era uno de esos viejos pestillos de hace décadas que simplemente mantenían la ventana cerrada con una pequeña palanca. No hacía falta llave.

Echando un vistazo por encima del hombro, descorrió rápidamente el pestillo de la ventana y la empujó hacia arriba. Una corriente de aire fresco nocturno entró por el pegajoso pasillo y la hizo temblar al instante. Su mirada se fijó en la plataforma metálica que se erguía fuera de la pequeña ventana. De ella colgaba la escalera de incendios.

A toda prisa, ella se coló por la ventana abierta y puso los pies en la plataforma, para comprobar si la podría sostener. Esta se dobló bajo su peso, lo que le hizo fijarse en los tornillos que la sujetaban al edificio. Estaba demasiado oscuro para ver gran cosa, pero apostaba a que el metal estaba oxidado.

Agarrándose del pasamanos, dio un primer paso vacilante, luego otro. Luego puso un pie en la escalera metálica y descendió un piso, luego otro. En el segundo piso, se detuvo. La escalera llegaba a su fin. Presa del pánico, inspeccionó la plataforma y descubrió una pila de metal que parecía una escalera que habían recogido. Dio una patada contra ella, pero no se movió. ¿No debería bajar hasta el suelo?

Con cautela, pisó el escalón, apoyando más peso en lo que parecía ser el último. Su mano se agarró a la barandilla que tenía a su lado, y bajo sus dedos sintió un gancho. Tiró de él.

Se desató el infierno. La escalera se soltó al instante y descendió con un fuerte golpe, arrastrándola con ella mientras sus pies seguían apoyados en el último escalón. La caída libre hizo que la adrenalina corriera por sus venas, pero segundos después se detuvo en seco y su cuerpo se sacudió hacia delante. Una varilla de metal se rompió y le rebanó la parte superior del brazo. Ella se golpeó la herida con la mano abierta, tratando de calmar el dolor que le invadía.

Pero no había tiempo que perder. Los vampiros habrían oído el ruido y pronto lo investigarían.

A ciegas, salió corriendo del callejón y entró en la siguiente calle. No sabía dónde estaba. Cuando a ella y a las otras chicas las habían traído a aquel lugar, era de noche, y las habían sacado de un camión oscuro y sin ventanas hasta el edificio, sin darles la oportunidad de ver lo que las rodeaba. Ni siquiera sabía en qué ciudad se encontraba.

Al pasar por el letrero de una empresa de importación y exportación, se lanzó a la siguiente calle, corriendo tan rápido como pudo. Las calles estaban desiertas, como si la zona no fuera frecuentada por humanos. A lo lejos oyó coches, pero no vio a nadie.

Mientras corría, intentaba asimilar su entorno y tomar notas mentales de los señalamientos de las calles y los edificios por los que pasaba.

Sus pulmones le ardían por el agotamiento, su brazo le dolía por el choque con la barra de metal y todavía podía sentir la sangre que le corría por el cuello. Si no cerraba pronto esas heridas, se desangraría. Tenía que encontrar ayuda. Al mismo tiempo, tenía que alejarse lo más posible de sus captores, porque eran como perros de caza. Olerían su sangre y podrían localizarla.

Al girar en la siguiente calle, no aminoró su furiosa carrera. Se estaba quedando vacía y lo sabía. Pero no podía rendirse. Había llegado hasta aquí y la libertad estaba a la vuelta de la esquina. No podía dejar que se le escapara de las manos. No cuando estaba tan cerca.

Ante sus ojos, todo se volvió borroso, y se dio cuenta al instante de que la pérdida de sangre le estaba robando las fuerzas que le quedaban. Se tambaleó, pero luego se recuperó. Sus manos agarraron algo suave. Una tela gruesa. Sus dedos arañaron la tela y unas manos tiraron de ella.

—¿Qué carajo? —maldijo un hombre.

—Ayúdame —ella suplicó—. Me persiguen. Me están cazando.

—Déjame en paz —ordenó el desconocido y la mantuvo alejada a distancia.

Ella levantó la cabeza y le miró por primera vez. Él era joven, apenas mayor que ella. Y atractivo, si es que podía juzgarlo en su nebuloso estado mental. Tenía el pelo alborotado, los ojos penetrantes, los labios carnosos y rojos.

A pesar de sus palabras, no le había soltado los brazos, soportando su peso, o sus rodillas se habrían doblado.

Mirándole directamente a sus impresionantes ojos azules, ella volvió a suplicarle:

—Ayúdame, por favor, te daré lo que quieras. Solo sácame de aquí. A la comisaría más cercana. ¡Por favor!

Necesitaba ayuda. No solo para ella, sino también para las otras chicas. Se habían prometido que quien consiguiera escapar enviaría ayuda para las demás.

Sus ojos se entrecerraron un poco y su frente se arrugó. Se le encendieron los orificios nasales.

— ¿Qué te pasa?

—Me están cazando. Tienes que ayudarme.

De repente, sus manos le apretaron con más fuerza la parte superior de los brazos, y el dolor de la herida se intensificó.

—¿Quién te está cazando? —él siseó.

No podía contarle la verdad, porque la verdad era demasiado fantástica. Él no le creería, pensaría que era una drogadicta enloquecida si le hablaba de los vampiros. Aun así, necesitaba su ayuda.

—¡Por favor, ayúdame! Haré lo que sea.

La miró intensamente, con los ojos clavados en ella, casi como si intentara determinar si estaba borracha o loca, o ambas cosas.

—Por favor. ¿Tienes auto?

Notó que sus ojos se desviaban brevemente hacia una miniván oscuro estacionada junto a la carretera.

—¿Por qué?

—Porque tengo que salir de aquí. O me encontrarán.

Lanzó miradas nerviosas por encima del hombro. De momento, los vampiros no la habían alcanzado, pero no podían estar muy lejos. Pero también se dio cuenta de que aquel hombre seguía siendo el único en los alrededores. Si él no la ayudaba, no lo lograría. No podía seguir huyendo.

—Escucha, no me interesan los problemas que tengas. Yo tengo los míos.

Le soltó los brazos y ella se habría caído si no se hubiera agarrado rápidamente a las solapas de su abrigo.

La fulminó con la mirada.

—He dicho...

La desesperación la hizo decir palabras que pensó que jamás pronunciaría.

—Me acostaré contigo si me ayudas.

Él se detuvo en seco, sus ojos la recorrieron de repente y sus fosas nasales se dilataron una vez más. Temerosa de que él encontrara algo que no le gustara, ella le rodeó el cuello con los brazos y le atrajo hacia sí. Un instante después, sus labios encontraron los de él.

4

———————

Oliver sintió los cálidos labios de la extraña oriental sobre su boca, besándole, mientras el olor a sangre lo envolvía. ¿Estaba delirando? Tenía que estarlo. Nada más tenía sentido. Si no, ¿por qué una hermosa joven se lanzaría sobre él y le ofrecería sexo a cambio de que la sacara de aquella zona de mala muerte? ¿Y por qué ella olería tan tentadoramente a sangre cuando él sabía que estaba saciado tras haberse alimentado solo unos minutos antes?

Sin pensarlo dos veces, la rodeó con sus brazos y la acercó más a él. Sus labios tenían un sabor dulce y limpio. Eso le decía que ella no vivía en la calle. Su cuerpo olía fresco, a pesar del olor a sangre que emanaba. ¿Había tenido una pelea física o sus sentidos estaban tan agudizados esta noche que podía oler su sangre como si rebosara de su cuerpo?

Cuando le pasó la lengua por los labios, estos se separaron al instante, permitiéndole entrar y explorarla. A pesar de que era un desconocido para ella, ella lo invitó a jugar, a enredarse con su lengua, a lamerle los dientes, a besarla con más pasión de la que había besado a una mujer en mucho tiempo. ¿Era esto un anticipo de cómo sería en la cama? ¿Pasional, sensual, salvaje? ¿De verdad le había ofrecido sexo?

Al pensarlo, su verga empezó a hincharse.

Encendido por la forma en que ella se apretaba contra él y lo besaba con abandono, él intensificó su beso, diciéndole que aceptaba su oferta, que la llevaría fuera de esta zona y luego le daría el viaje de su vida. Una vez que hayan dejado atrás la zona de Bayview, él estacionaría la furgoneta y se la cogería en el asiento trasero.

Cada vez más acalorado, deslizó la mano por la espalda de ella y le tocó el trasero forrado de mezclilla. Ella soltó un gemido y él la atrajo hacía sí, pero su grueso abrigo le impedía frotar su endurecida verga contra ella.

Antes de que pudiera abrirse el abrigo para sentir su cuerpo más de cerca, la chica se aflojó en sus brazos. Sus movimientos cesaron.

Conmocionado, Oliver soltó sus labios y la miró fijamente. Estaba inconsciente.

Carajo, ¿qué había hecho ahora?

Su cabeza cayó hacia atrás, haciendo que su largo pelo negro dejara su cuello al descubierto. Fue entonces cuando las vio: las dos pequeñas heridas punzantes que solo podían haber sido causadas por un tipo de arma. Los colmillos de un vampiro.

Aún goteaba sangre de ellas. Instintivamente, colocó los dedos sobre ellas y ejerció presión para detener el flujo de sangre. No era de extrañar que hubiera olido sangre. Dos cosas quedaron claras al instante: había un vampiro en la zona, y no había borrado la memoria de la chica después de alimentarse de ella, ni había terminado, porque no le había lamido las heridas. No era de extrañar que le hubiera dicho que alguien la estaba cazando.

¡Mierda!

Los ojos de Oliver recorrieron rápidamente la zona. A lo lejos, oyó pasos apresurados, a alguien corriendo, pero aún no podía ver a nadie. Fuera quien fuese, no podía quedarse ahí con la chica en brazos. Ya fuera un humano o un vampiro quien se estuviera acercando, ninguno de los dos podía encontrarlo aquí. Lo más probable en este barrio era que se tratara de un criminal humano y Oliver no estaba de humor para pelear en este momento, y si quien se acercaba fuera el vampiro que se había estado alimentando de ella, seguro estaría bastante encabronado porque se le había escapado. Y le apetecía aún menos pelear con un vampiro encabronado.

Sin más preámbulos, levantó a la chica en brazos, abrió el coche y la colocó en el banco trasero antes de deslizarse al asiento del conductor. Un momento después, arrancó el motor y salió corriendo del barrio como si le persiguiera una manada de lobos.

La sangre de la chica olía ahora más intensamente, y él se alegró de que ya se hubiera alimentado antes, pues de lo contrario no sería capaz de resistirse a la tentación que ella representaba y continuaría donde el otro vampiro lo había dejado.

Al pensar en su alimentación anterior, se estremeció del asco. Había sido tan codicioso y había llegado tan lejos que había atacado al joven delincuente sin delicadeza, sin importarle si el chico veía lo que él era. Solo después había tenido la claridad mental para borrar el horrible suceso de la memoria del chico. Se había sentido tan mal por lo que había hecho, por la cantidad de sangre que había tomado, que había metido un puñado de billetes de veinte dólares en el bolsillo de la chaqueta de su víctima. Pero, aun así, eso no había borrado su sentimiento de culpa.

Todavía se sentía asqueado consigo mismo por haber sucumbido de nuevo a su hambre, por no haber sido lo suficientemente fuerte para resistir y luchar contra el demonio que llevaba dentro. ¿Acabaría algún día como uno de esos drogadictos que vivían en la calle cuando Quinn y Scanguards se hubieran dado por vencidos con él? ¿Cuándo hubieran decidido que era una carga demasiado grande para ellos? No podía permitirlo. Tenía que demostrarles a ellos y a sí mismo que era más fuerte, que podían confiar en él, que podía ser responsable.

Agarrando el volante con más fuerza, giró en otra esquina, dejando atrás por fin Bayview y entrando en la zona de South of Market. Normalmente, aquí era donde él se alimentaba, pero por alguna razón inexplicable, esta noche se había sentido atraído por el más sórdido de los barrios. ¿Alguien intentaba decirle algo? ¿Su subconsciente intentaba mostrarle cómo acabaría si no se controlaba?

Oliver dejó de pensar en eso para enfocarse en un asunto más urgente: la chica que estaba en el asiento trasero. Primero tenía que asegurarse de que estaba bien, luego averiguar qué había pasado y, finalmente, tendría que borrarle la memoria, sobre todo si era consciente de quién la había estado cazando: un vampiro. No importaba quién fuera el tipo, si Oliver lo conocía o no, porque guardar la identidad de un vampiro en todo momento era una regla no escrita. A los humanos no se les permitía saber nada sobre las criaturas inmortales que vivían entre ellos.

Oliver lanzó una mirada por encima del hombro, pero la chica no se movía. Recordó cómo le había mirado con sus hermosos ojos, tan oscuros como la noche misma, cómo le había suplicado que la ayudara. Él ya había decidido no involucrarse en su problema, fuera cual fuese, pero entonces ella lo sorprendió con su oferta.

¿Lo había dicho en serio? Debía de estar muerta de miedo para ofrecer sexo a un desconocido, solo para que la salvara. Y por Dios, él lo habría aceptado, pero ¿ahora? Sacudió la cabeza. No podía aceptar la oferta ahora. Sería poco ético.

¿Poco ético? preguntó el diablillo sentado en su hombro. *¿Qué tiene de poco ético acostarse con una chica que esté buena?*

Y vaya que estaba buena. Pelo largo y negro, figura esbelta y delicada, tetas pequeñas, pero bien formadas, y luego aquellos ojos: sus iris oscuros como la noche, pero brillantes en su reflejo. Era china, supuso, pero apenas notó un acento cuando le habló, así que probablemente era una inmigrante de segunda generación y pertenecía a la gran comunidad china de San Francisco. Y era más hermosa que cualquier otra mujer que hubiera conocido. Cuando ella le ofreció sexo, su corazón se detuvo por un momento, porque no podía creer su suerte. ¿Esta hermosa chica estaba dispuesta a acostarse con él?

Oliver apretó los dientes. Aprovecharse de una mujer asustada no tendría nada de bueno, aunque a su verga no parecía importarle. No, aquel apéndice en particular estaba más que dispuesto a hacerla cumplir su promesa tan pronto como despertara.

—Ah, mierda —siseó en voz baja.

Por una vez, debería haberle hecho caso a Blake y quedarse en casa bebiendo la sangre embotellada de la despensa. Así habría dos cosas menos de las que preocuparse ahora mismo: una, no se sentiría tan jodidamente culpable por haberse alimentado de un inocente, y dos, no tendría a una joven inconsciente en la parte trasera de su camioneta, con la que quería coger hasta quedar sin sentido en cuanto ella volviera en sí.

Oliver giró hacia su calle y miró la mansión que llamaba hogar. Solo las luces de la entrada estaban iluminadas, por lo demás la casa estaba a oscuras. Parecía que Blake había salido, pues era demasiado temprano para que estuviera ya en la cama. Desde que Blake se había unido a ellos tras descubrir que Quinn y Rose eran sus tátara-tátara-abuelos, tenía más o menos el mismo horario que los vampiros. Dormía hasta primera hora de la tarde y permanecía despierto hasta altas horas de la madrugada. Pronto, lo más probable era que se hubiera adaptado por completo y permaneciera despierto toda la noche.

Oliver accionó el mando de la puerta de la cochera y entró, estacionando el miniván en su sitio habitual, junto a las escaleras que conducían a la casa. Cuando apagó el motor, se hizo el silencio a su alrededor. Abrió la puerta del coche y salió. No se oía nada en el piso de arriba. Menos mal. No quería tener que explicarle a Blake lo que había pasado, cuando ni él mismo sabía en qué se había metido. Con un poco de suerte, todo volvería a la normalidad cuando Blake regresara, y su entrometido medio hermano no se enteraría de nada.

Caminó hasta la puerta corredera de la camioneta, la abrió y miró a su pasajera. Ella seguía ahí inmóvil. Se inclinó hacia ella, comprobó que respiraba —y así era—, la cogió en brazos y la llevó escaleras arriba.

Con el codo encendió las luces del pasillo, y luego se dirigió a la sala de estar, donde hizo lo mismo. Con cuidado, la colocó en el gran sofá modular, tomó la manta de lana que estaba sobre el apoyabrazos, y la cubrió con ella.

Luego se quedó allí, mirándola. Cuando era humano, había cuidado de colegas heridos con bastante frecuencia, pero su ayuda había consistido principalmente en alimentarlos con su sangre para que sus cuerpos de vampiro pudieran sanar. Si bien sabía que la sangre de vampiro también tenía propiedades curativas, no estaba seguro de qué hacer en ese momento. Al no saber de qué sufría la mujer, no quería tomar medidas tan drásticas como alimentarla con su sangre. ¿Y si ella se despertaba mientras él lo hacía? Eso solo empeoraría las cosas.

Mientras se pasaba una mano temblorosa por el pelo, notó que la chica se movía. Al instante se inclinó hacia ella y se dio cuenta de que estaba temblando. Estaba claro que tenía escalofríos.

—¡Carajo! —maldijo.

Solo podía imaginar que el otro vampiro había tomado demasiada sangre y la había debilitado. Cuando otro escalofrío recorrió su cuerpo,

Oliver se dejó caer en el sofá, la tomó en sus brazos y la estrechó contra sí, pero sus escalofríos no cesaron.

Necesitaba ayuda. Ayuda profesional.

Rápidamente, sacó su teléfono celular y marcó.

Cuando se conectó la llamada, hizo su petición.

—Maya, tienes que venir a casa. Necesito un médico.

—¿Oliver? —preguntó sorprendida—. ¿Estás herido?

—Yo no. Un humano. Ven rápido.

5

Cain miró de vuelta a Blake, que estaba junto al auto de Cain. Estaba a punto de salir a patrullar cuando apareció el humano a pedir ayuda.

—No tengo ni idea de dónde está —dijo Cain a su colega humano.

Blake frunció el ceño.

—¡Maldición, maldición, maldición! —Luego se pasó una mano temblorosa por su espesa cabellera—. ¿Y ahora qué?

Cain fue testigo de más de una discusión entre Blake y Oliver, y no era la primera vez en las dos últimas semanas que Blake le pedía ayuda para encontrar a su medio hermano descontrolado.

—Te preocupas por él. No creía que se llevaran bien.

—Me preocupa lo que les haga a esos humanos. La próxima vez matará a alguien. Deberías haberlo visto esta noche. Parecía un drogadicto a punto de perder la cabeza. —Dejó escapar un bufido de enojo—. Quinn y Rose nunca deberían haberse ido a Inglaterra. ¿Cómo esperan que lo mantenga bajo control? ¡Solo soy un humano!

—Así como yo lo veo, no te corresponde a ti mantener a Oliver bajo control, ni a Quinn ni a Rose. Oliver tiene que vencer esto por sí solo.

—Entonces, ¿por qué me pidieron que me ocupara de él en primer lugar?

Cain se encogió de hombros.

—Ni idea.

—¿Cómo lo hiciste?

—¿Hacer qué?

—¿Controlar esa sed de sangre?

Cain cerró los ojos por un momento, buscando una respuesta en la oscuridad, pero no la encontró.

—No lo sé. Cuando me desperté una noche, simplemente *estaba yo*. Ya no estaba la necesidad sobrecogedora de sangre, lo que me hace pensar que he sido un vampiro desde mucho antes de perder la memoria. Así que no puedo darte ninguna pista al respecto.

Mantuvo su tono ligero, disimulando el hecho de que cada vez que pensaba en su pasado y se topaba con un muro de nada, de vacío impenetrable, se le apretaban las tripas. Había algo más allá de aquella oscuridad, demasiado lejos para alcanzarlo, pero lo bastante cerca para sentir su existencia.

—Lo siento, no pretendía entrometerme—, dijo Blake, y luego dejó que sus ojos examinaran el área.

Cain hizo un movimiento despectivo con la mano.

—Entonces, ¿qué quieres que haga? —preguntó Cain, dejando que Blake tomara una decisión. Este no era su combate.

—¿Puedes ayudarme a encontrarlo? Tú sabes mejor a dónde iría un vampiro.

Cain soltó una risita involuntaria.

—Si lo supiera, podría encontrar a todos los loquitos que vagan por esta ciudad.

—¿Qué quieres decir?

Contempló su respuesta, pero considerando que Blake era pariente de uno de los directores de Scanguards, Cain no pensó que estuviera hablando fuera de lugar al darle a conocer algunas noticias.

—Ahora tenemos algunos problemas. Ha habido incidentes de vampiros que han perdido los estribos. Como si estuvieran drogados o algo así. Totalmente desquiciados.

Blake cuadró los hombros.

—No he oído nada de eso. ¿Drogado cómo? Pensé que las drogas no tenían ningún efecto sobre los vampiros.

Cain asintió.

—No lo tienen. Por eso es tan extraño. Scanguards recibió los primeros informes hace unas siete u ocho semanas. El alcalde nos contrató para vigilarlo.

Sorprendido, Blake le miró fijamente.

—¿El alcalde? ¿Quieres decir que los humanos saben lo de los vampiros? ¡Carajo!

—¡No, por supuesto que no! El alcalde es un híbrido. Me sorprende que no lo sepas. Es como Portia, la mujer de Zane: mitad vampiro, mitad humano. Supongo que por eso puede ser alcalde, o no podría hacer sus deberes durante el día.

—No tenía ni idea. ¿Qué quiere que hagamos?

—¿Hagamos? —Cain sonrió, secretamente complacido por el entusiasmo del humano por conseguir algo de acción—. Solo los vampiros están asignados a este trabajo. Los humanos están excluidos por obvias razones. Así que no te ilusiones. Lidiar con esos vampiros pachecos de a madre no es un trabajo sencillo. Hasta ahora, siempre hemos llegado demasiado tarde y sin poder hacer más que limpiar su mugrero.

—Mierda. ¿Qué más sabes?

—No mucho. No hemos podido atrapar a ninguno e interrogarlo, pero por lo que nos cuentan otros vampiros...

—¿Qué otros vampiros?

—Civiles, informantes, vampiros que nos alertan de lo que pasa. Dicen que esos loquitos se la pasan hablando sobre un tipo de sangre que es como una droga. Puras mamadas, si me preguntas.

Blake se enganchó los pulgares en el cinturón.

—¿Qué crees que sea entonces? ¿Qué los está enloqueciendo?

Cain miró más allá de él, hacia la oscuridad.

—La vieja sed de sangre. Nada más. Si te dicen algo más, es solo una excusa para encubrir sus propias debilidades.

—Pero ¿cómo lo detectas? ¿No puedes prevenir que algo pase? —quiso saber Blake.

—No es fácil de detectar, a menos que ya esté en una etapa avanzada. El vampiro afectado se volverá muy errático; su razonamiento se hará ilógico, sus mentiras más atrevidas. Y su agresividad contra los demás aumenta.

Blake tragó saliva con fuerza.

—¿Quieres decir cómo Oliver? Se ha vuelto muy irracional. Y agresivo.

—No lo sé, Blake, tal vez estés proyectando cosas en él. Pero yo no lo veo con Oliver. Solo está intentando encontrar su camino. Dale una oportunidad. No lo asfixies. Nada bueno saldrá de eso.

—No lo viste esta noche. No era él mismo. Era como un animal salvaje, listo para arrancarme el pescuezo.

Cain arqueó una ceja. Probablemente Blake exageraba un poco. Desde luego, el humano tenía esa tendencia.

—Tengo que ir a hacer mi trabajo. Llegaré tarde a mi patrulla.

—¿No me crees? Escucha, Cain, ¿y si Oliver se vuelve loco y comete una estupidez? ¿Y si tú y yo tuviéramos el poder de impedirlo, pero no lo hiciéramos? ¿Cómo te sentirías entonces?

Cain suspiró. Odiaba cuando alguien intentaba apelar a su conciencia. Sabía que tenía una, pero por alguna razón la sentía como un músculo viejo y en desuso al que le costaba reaccionar. Como si hubiera congelado mucho tiempo esa parte de sí mismo. Casi como si no se le hubiera permitido tener conciencia en su vida anterior. Pero ahora, esa cosa asomaba su horrible cabeza.

—Bien, vamos a buscarlo.

Pero no tenía muchas esperanzas de encontrar a Oliver. Un vampiro que no quería ser encontrado era prácticamente invisible.

6

Oliver abrió la puerta de entrada de un tirón antes de que Maya hubiera llegado siquiera al final de la escalera que conducía a ella. Con una bata blanca de médico sobre sus jeans y playera, y con una bolsita negra en la mano, ella entró corriendo apenas mirándolo. Sorprendido por su atuendo, dejó que sus ojos vagaran sobre ella. Tal vez era exactamente lo que Maya vestía cuando ejercía sus funciones médicas. No es que él lo supiera. Nunca había visitado el pequeño consultorio médico que ella dirigía en el sótano de su casa.

—¿Dónde?

Señaló la sala de estar.

—Ahí dentro.

Oliver la siguió mientras ella entraba. Cuando llegó al sofá y se dejó caer junto a la chica, Maya volvió la cabeza hacia él.

—¿Una chica? ¡Vaya, vaya! ¿Qué hiciste esta vez?

No esperó respuesta y abrió el bolso para sacar su equipo para medir la presión.

—No le hice nada. Así estaba cuando la encontré. —Bueno, no exactamente. Al principio ella *estaba* consciente.

Ella le reprimió con la mirada mientras envolvía el brazo de la chica con la manga del tensiómetro y bombeaba aire en él.

—No me mientas. No estoy ciega.

Maya señaló el cuello de la chica, donde aún se veían claramente dos heridas punzantes. Se había formado una costra de sangre sobre ellas después de que él ejerciera presión hace rato.

—¡Yo no hice eso! —resopló enojado—. No creerás que lo hice, ¿verdad?

Entrecerró los ojos antes de volverse hacia su paciente y colocarle el estetoscopio en el pliegue del codo.

—No quiero oír nada de eso ahora. No delante de ella. Tú y yo hablaremos después.

—Pero yo no...

—Otra palabra tuya ahora y le hablaré a Gabriel para que se ocupe de ti. ¿Quieres eso?

¡Mierda! Maya no solo no le creía, sino que iba a delatarlo ante Gabriel por algo que ni siquiera había hecho. Pero él sabía que no debía discutir con ella ahora. La necesitaba para estabilizar a la chica. Y ya que estuviera despierta, podría confirmar su historia y decirle a Maya que había huido de otro vampiro, no de él.

—Pensé que Gabriel estaba en Nueva York.

—Lo está, pero no tarda en volver.

Oliver apretó la mandíbula.

—Cuando despierte, te dirá que no fui yo.

—*Si es que despierta*. —Maya se quitó el estetoscopio de los oídos y desenvolvió el tensiómetro—. Su presión arterial es peligrosamente baja. ¿Qué le hiciste? ¿La drenaste?

¿El otro vampiro le había sacado demasiada sangre?

—¿Y si alguien le hubiera tomado demasiada sangre? ¿Qué harías?

Maya lo fulminó con la mirada. Claramente no le gustó la forma en que él había formulado su pregunta. Pero estaría maldito si admitiera algo que no hizo.

—Maya, maldición, ¿qué harías?

—Una transfusión de sangre. ¿Cuál es su grupo sanguíneo?

Oliver se encogió de hombros.

—¿Cómo voy a saberlo?

—¿Después de dos meses sigues sin saber cuál es el grupo sanguíneo de un humano tras alimentarte de uno?

—Yo no... —*me alimenté de ella*, quiso decir, pero lo pensó de otro modo. De todos modos, Maya no le creería— ... no me di cuenta.

—Bien. Entonces tendremos que darle *O-Neg*. Todos los humanos lo toleran, sin importar su tipo de sangre. ¿Queda algo en la despensa?

Oliver asintió. Seguro que no la había tomado, y como Quinn y Rose llevaban ya una semana fuera, nadie habría tocado los suministros desde que los reabastecieran justo antes de su partida.

—Voy por ella.

—Dos botellas —gritó Maya.

Oliver corrió a la cocina y abrió de golpe la puerta de la despensa, donde había un enorme refrigerador en una esquina. Dentro había botellas de *AB-Pos* junto a botellas de *A-Neg* y otras variedades. Contaban con todos los tipos de sangre imaginables. Quinn había pensado que tal vez si Oliver encontraba su grupo sanguíneo preferido, podría contener mejor su hambre y resistir el impulso de cazar sangre. Oliver le había seguido la corriente y le había dicho que lo intentaría, pero al final, incluso después de probar los ocho tipos de sangre, no tenía ninguna preferencia en particular por ninguno de ellos. La sangre que venía directamente de la vena de un humano seguía siendo su preferencia.

Oliver agarró dos botellas de *O-Neg* del estante y dejó que la puerta del refrigerador se cerrara sola.

Cuando volvió a la sala, Maya había sacado más material de su bolsa negra: agujas, un tubo elástico largo, alcohol y unas cuerdas. Ya estaba preparando el brazo de la chica frotando el interior del codo con alcohol.

—Toma.

Maya lo miró de reojo.

—Limpia la tapa con alcohol y atraviésala con esto. —Le entregó una aguja que ya estaba conectada a un tubo—. Mantén el frasco en posición vertical por ahora.

Hizo lo que le decía mientras observaba cómo Maya ataba la parte superior del brazo de la chica con la cuerda de plástico y luego le introducía otra aguja en la vena. Del otro lado, un artilugio de plástico se aseguraba de que no se escapara la sangre que fluía de la vena.

—¿Listo? —preguntó ella.

Oliver asintió.

—Sí, ¿y ahora qué?

—Pon la botella boca abajo y mantenla en alto. Dame el extremo del tubo.

Observó cómo el líquido rojo de la botella comenzaba a bajar por el largo tubo. Antes de que llegara al final, Maya apretó el extremo para que no se escapara la sangre. Luego lo conectó a la aguja en el brazo de la chica. Al girar la válvula de plástico que había al lado, Maya liberó la presión del tubo, dejando escapar parte de la sangre y, con ella, el aire restante. Luego giró la válvula por completo. La sangre corrió hasta la aguja y luego desapareció dentro del brazo de la muchacha.

Girando un poco más la válvula, Maya miró la botella, regulando la velocidad con la que la sangre fluía hacia su paciente. Con la respiración contenida, Oliver observó cómo el nivel de sangre descendía a cada minuto. Era un proceso lento, pero se quedó ahí casi congelado, sin atreverse a mover la botella por si interrumpía el flujo. Solo dejó que sus ojos se desviaran.

La chica seguía pálida y su respiración era superficial, apenas notándose el subir y bajar de su pecho. Al mismo tiempo, su belleza era innegable, sus labios parecían más rojos que los de cualquier humano, tal vez una ilusión óptica debido a su palidez. Tenía los ojos cerrados, pero aún recordaba cómo le había mirado: con desesperación y miedo. Recordaba claramente lo que el otro vampiro le había hecho. Por alguna extraña razón, deseaba que no fuera así. Más bien deseaba que ella no recordara lo que le habían hecho, cuando sabía instintivamente que sus recuerdos le exculparían de cualquier delito. Sin embargo, esa mirada asustada le había atravesado el pecho.

—Has hecho esto antes, ¿verdad? —le preguntó a Maya en voz baja para no perturbar el silencio de la habitación.

—Durante la residencia, claro. —Ella se encogió de hombros—. Hace mucho tiempo.

Oliver se movió nervioso. ¿Sabía Maya lo que estaba haciendo?

—Pero una vez que lo aprendes, nunca lo olvidas, ¿verdad?

—Apenas. —Levantó la mirada hacia él—. Yo era uróloga, no médica de urgencias.

Antes de que la convirtieran... eso quería decir Maya, pero no necesitaba decirlo. Hasta él sabía tanto sobre su pasado. Había sido atacada por uno de los suyos, uno de los Scanguards, y convertida contra su voluntad. Al final, todo salió bien para ella y se había unido al segundo al mando de los Scanguards, Gabriel.

Maya señaló la herida del otro brazo de la chica.

—Dejando eso a un lado, estoy segura de que puedo arreglarlo.

—¿Debería lamer la herida? —Así sanaría más rápido, quizás en cuestión de minutos.

—¿Le borraste la memoria?

Sorprendido por su pregunta, Oliver negó con la cabeza.

—No, yo no fui. Yo no fui quien hizo esto.

—¡Basta, Oliver! No voy a discutir esto ahora.

—¡Pero yo sí! —Tomó una bocanada de aire—. Yo no lo hice. No la mordí, no la drené, no le borré la memoria. Ella prácticamente cayó en mis brazos, huyendo de otro vampiro. Me rogó que la ayudara a escapar. Y así lo hice. Y te lo dirá cuando despierte.

—Ríndete. ¿Por qué sigues fingiendo? Soy yo, Maya. Soy doctora. Puedo ayudarte.

—¡No, no puedes!

—Evidentemente, no —Volvió a mirar a la chica, tomó de nuevo el estetoscopio y escuchó su corazón. Cuando volvió a guardarlo, continuó—: Como no sabemos lo que recuerda, no me interesa tener que explicarle por qué su brazo se curó de milagro, así que voy a vendarla de la forma habitual. Sin lamerla. Y menos tú. Ya has tenido bastante de su sangre, ¿no crees?

Oliver soltó una maldición.

—¡Ah, a la mierda! Está claro que has decidido no creerme, así que ¿para qué me molesto? Una vez que despierte...

—Sí, sí, ya lo sé. Nos dirá que ha sido otro vampiro te malvado —se burló Maya.

—Antes de que acabe la noche, vas a tener que pedirme perdón —profetizó Oliver.

—No cuentes con eso. — Luego señaló la botella—. Ahora sigue la otra.

Maya volvió a girar la válvula, cortando el suministro de sangre a la aguja en el brazo de la chica. Oliver la ayudó a intercambiar las botellas. En menos de un minuto, la segunda botella de *O-Neg* estaba siendo transfundida a la hermosa chica oriental a la que no podía quitar los ojos de encima.

¿De verdad le había ofrecido sexo a cambio de su ayuda?

Estiró la mano hacia la cara de ella, acariciándole tiernamente la mejilla, cuando Maya carraspeó en voz alta. Inmediatamente retiró la mano.

—Solo quería ver si estaba más caliente que antes —mintió—. Estaba temblando de frío cuando te llamé. —Bueno, al menos esa parte era verdad, aunque el motivo por el que la había tocado no lo era. Él simplemente quería sentir su suave piel y recordar el beso que habían compartido durante un breve instante.

—Un efecto secundario de la pérdida de sangre —comentó Maya y se dispuso a limpiar la herida del brazo de su paciente. No era profunda, más bien parecía solo un corte superficial. La limpió con alcohol isopropílico, luego colocó tiras quirúrgicas antes de cubrir el área con gasa y fijarla con cinta adhesiva.

Poco después, cuando la segunda botella se vació por completo, Maya retiró la aguja y presionó sobre la herida punzante hasta que la pequeña abertura dejó de sangrar, y luego le puso un curita.

Oliver sintió que crecía en él la impaciencia.

—¿Y ahora?

—A ver si responde.

Maya puso la mano en el brazo bueno de la niña y la sacudió suavemente.

—Despierta. Ven, sé que puedes oírme. Despierta.

La extraña chica se agitó y su cabeza cayó hacia un lado, dejando otra vez al descubierto las heridas punzantes en su cuello. Oliver las señaló, dirigiendo a Maya una mirada interrogativa.

Rápidamente tomó un trozo de gasa, lo empapó en alcohol y frotó la zona con él.

—¡Ay!

Fue la primera palabra de la chica desde que se desplomó en sus brazos. Se sintió aliviado. Estaría bien.

Ella se llevó la mano al cuello mientras abría los ojos al mismo tiempo.

7

Ursula sintió un dolor punzante cuando algo húmedo le rozó el cuello y levantó la mano abierta para golpear la fuente del dolor: las heridas punzantes. Maldita sea, ¿por qué le ardían tanto? Nunca le habían picado antes cuando un vampiro las lamía para cerrarlas.

Abrió los ojos de golpe y, en un segundo, todo volvió a su mente. Ya no estaba reclinada en el sofá de la habitación azul de su prisión, aunque yacía sobre una superficie blanda. Había escapado de la habitación azul y del vampiro que tenía encima. Había sido más lista que Dirk. Aquel pensamiento casi la hizo sonreír. Casi.

Si al menos supiera dónde estaba y quiénes eran las dos personas que estaban de pie frente a ella. Intentó enfocar la vista, pero tardó unos segundos en poder verlos con claridad. La bata blanca de la mujer se volvió menos borrosa y leyó la costura sobre el bolsillo del pecho. *Dra. Maya Giles*, decía. El largo cabello oscuro caía en cascada sobre sus hombros.

Gracias a Dios, ¡había llegado a un hospital! De algún modo, había escapado y conseguido llegar a un lugar seguro. Ahora todo iría bien y volvería a casa a ver de nuevo a sus padres.

Al moverse, su brazo se deslizó contra un cojín y le recorrió otra oleada de dolor por el cuerpo, no muy fuerte, pero perceptible. Se tragó una maldición. Todo valía la pena. Sus heridas sanarían rápido, mucho más rápido que las que llevaba dentro.

Su mirada se desvió de la bata blanca de la doctora hacia el hombre que estaba junto a ella. Al instante se dio cuenta de que lo había visto antes. En alguna parte. En la calle. Respiró hondo y ordenó sus pensamientos. Por fin lo recordó. Era el joven al que había pedido ayuda. Verlo junto a la doctora le confirmó que al final la había ayudado. Él la miró, con aprensión en los ojos.

—Despertaste.

Al oír la voz femenina, Ursula apartó la mirada de él.

Ella trató de asentir, pero la acción le produjo un malestar parecido a una migraña.

—¿Qué pasó? —preguntó en su lugar.

—Me ocupé de tus heridas. ¿Cómo te llamas? —preguntó la doctora Giles.

—Ursula. ¿Estoy en el hospital? —Se incorporó y se quedó medio sentada, permitiéndose por primera vez asimilar su entorno. Pero lo que vio no era lo que esperaba.

Esto no era un hospital, sino una residencia privada. Por lo que parecía, estaba en la sala de estar de alguien. ¿Por qué su salvador no la había llevado a urgencias? Se volvió lentamente hacia él, con el ceño fruncido. Notó cómo él se balanceaba de un pie a otro.

—Pensé que sería mejor llevarte con mi médico personal. Fue más rápido. Y Maya es la mejor —explicó. Su mirada se dirigió hacia la doctora, que asintió con la cabeza.

—¿Y tú eres...? —insistió Ursula.

—Oliver, me llamo Oliver. Te acuerdas de mí, ¿verdad? Me pediste ayuda.

Ursula respiró hondo. Su memoria estaba totalmente intacta, pero al mismo tiempo, la experiencia que había adquirido en los últimos tres años le había enseñado a ser prudente con lo que admitía. Además, aún recordaba haberle ofrecido sexo por ayudarla. ¿Por eso la había traído aquí, en lugar de llevarla a un hospital? ¿Iba a cobrar su promesa en cuanto ella se sintiera lo suficientemente bien? ¿Y por qué no iba a hacerlo? Al fin y al cabo, había hecho una promesa, y no solo eso, lo había besado para demostrarle que iba en serio. ¿Qué hombre viril rechazaría una oferta así?

Dejó que sus ojos recorrieran su cuerpo. Estaba bien hecho, musculoso, pero delgado al mismo tiempo. Sus pantalones de mezclilla le quedaban como una segunda piel, haciéndola consciente de su masculinidad. Después del despliegue de testosterona al que había estado expuesta en la prisión, esperaba que la visión de semejante masculinidad la apagara, pero ocurrió lo contrario. La misma sensación que la había invadido cuando lo besó la llenaba incluso ahora. Y esta vez no podía considerarlo un efecto secundario del miedo que había experimentado durante su huida.

—Yo... uh... —murmuró, preguntándose cómo responder. ¿Era prudente admitir que recordaba con demasiada claridad lo que había sucedido?

La doctora se puso en cuclillas, a la altura de los ojos.

—Sufriste una gran pérdida de sangre. ¿Recuerdas qué te pasó?

¡Pérdida de sangre! Instintivamente, levantó la mano para tocar las heridas punzantes que le había dejado la sanguijuela, pero en el último segundo agarró la almohada y la colocó en su regazo. No podía contarles de los vampiros a estos extraños. Si lo hacía, ¿quién sabía lo que harían con ella? Primero, no le creerían. ¿Y después? ¿Harían que la evaluara un psiquiatra? ¿La encerrarían en un manicomio? No, no podía permitirse ese retraso. Tenía que llegar con sus padres y asegurarse de que supieran que estaba viva y a salvo. Y luego tenía que enviar ayuda a las otras chicas. Había hecho esa promesa y no la rompería.

—¿Pérdida de sangre? —exclamó, esperando sonar sorprendida—. ¿Qué pasó?

Oliver también se agachó, acercando su rostro para que ella pudiera mirarlo a los ojos.

—Cuando te encontré, estabas herida y estabas perdiendo sangre. Alguien te atacó. Estabas huyendo de alguien.

Ursula sacudió la cabeza despacio, fingiendo que intentaba recordar los hechos.

—No lo sé. No recuerdo que me atacaran.

—Pero debes hacerlo, me lo dijiste —insistió Oliver, con la voz tensa y la frente arrugada.

Maya le puso una mano en el brazo, interrumpiéndolo, y luego volvió a mirarla.

—Estabas en muy mal estado cuando llegué. Tu presión arterial estaba peligrosamente baja. Te hice una transfusión de sangre.

Los latidos del corazón de Ursula se duplicaron al instante. Sabía que había estado cerca. Sabía que había dejado que la sanguijuela tomara más de lo que otros vampiros habían hecho antes que él, pero había sido la única forma de drogarlo. Sin embargo, no podía decirles nada de esto.

—Gracias por salvarme la vida, Doctora Giles.

—Me alegro de no haber estado lejos. Ahora dime, ¿qué recuerdas?

Ursula lanzó una mirada cautelosa en dirección a Oliver, notando cómo separaba los labios, como si quisiera decir algo. Para que surtiera efecto, se apretó la sien con la palma de la mano.

—No lo sé. Estaba caminando a casa después de una clase nocturna...

—¿En Bayview? Allí no hay clases —protestó Oliver y se inclinó.

—¿Qué Bayview? —interrumpió ella.

—El distrito de Bayview en San Francisco. Es una mala zona.

Así que allí estaba, en San Francisco. A tantos kilómetros de casa. Al otro lado del continente.

—No recuerdo cómo llegué allí. —Dejó que las lágrimas que había reprimido durante tres años brotaran de sus ojos, dando credibilidad a sus mentiras—. No recuerdo nada, ¿no lo entiendes?

Captó cómo la Doctora Giles miraba a Oliver con disgusto.

—¡Pero eso es imposible! —él objetó una vez más. Esta vez se acercó a ella y le puso la mano en el antebrazo—. Debes recordar. Me pediste que te ayudara. —Sus ojos se clavaron en ella, su azul brillante en intensidad.

Por un momento quiso avanzar hacia él, asegurarle que tenía razón, que recordaba cada segundo de su encuentro: la forma en que sus brazos la habían sostenido, la forma en que sus labios se habían apretado contra los de ella. Su beso. La fugaz sensación de seguridad y el deseo que había detrás.

—Déjala en paz, Oliver. ¿No ves que está en estado de shock? —le reprendió la doctora y le quitó la mano del brazo.

Por extraño que pareciera, ahora el lugar se sentía frío, pues el calor corporal de Oliver la había abandonado. Como no quería que dijera nada más sobre el tema, Ursula hizo su propia pregunta:

—¿Quién eres? ¿Por qué no me llevaste a un hospital?

Oliver y la doctora intercambiaron una mirada extraña. Ella notó cómo su nuez de Adam se movía, antes de que él volviera la cara hacia ella.

—Como dije, pensé que sería mejor si... —Su voz se entrecortó.

—Estaba más cerca que el hospital más cercano —continuó la doctora en su lugar—. Y el tiempo era esencial.

Si bien Ursula creía que el tiempo había sido realmente esencial, no estaba convencida de que hubiera sido más fácil llevarla a una casa particular.

—¿Así que esta es tu casa?

La doctora Giles negó con la cabeza.

—No, es la de Oliver.

—¿La tuya?

—En realidad, la casa de mis eh... padres. —Parecía casi avergonzado por su confesión.

—Vivo a solo unas cuadras de aquí —continuó la doctora—. Oliver hizo bien en traerte aquí.

Ursula miró su brazo y notó el vendaje que lo envolvía, donde su piel había chocado con una barra metálica de la escalera de incendios y había perdido la desigual batalla. Era cierto; la doctora la había remendado. También se sentía mejor, más fuerte, no tan mareada. En un hospital tampoco podrían haberlo hecho mejor. Estaba lo suficientemente bien como para irse.

—Te agradezco mucho que me hayas ayudado.

Levantó las piernas del sofá, apartó la almohada y la manta de su regazo y se incorporó. Se tambaleó al instante. Oliver saltó de su posición agachada y la atrapó justo cuando se le doblaron las rodillas.

—Te tengo.

Sus brazos musculosos la rodearon, sosteniéndola, recordándole su abrazo anterior. El calor inundó sus mejillas, porque el deseo de frotarse contra él para encontrar alivio la abrumaba incluso ahora, en el débil estado en el que se encontraba.

—¡Vaya, vaya! —gritó Maya—. Dije que me ocupé de tus heridas, pero eso no significa que estés en condiciones de levantarte todavía. Aún estás muy débil.

—Estoy bien, solo necesito un momento. —Ella empujó a Oliver, pero él no la soltó. Al contrario, la abrazó aún más fuerte. Sus miradas chocaron.

—¿No recuerdas lo que me dijiste? —susurró—. ¿Ni siquiera lo que hiciste entonces?

Sabía que se refería a su oferta y a su beso, pero por mucho que quisiera admitir la verdad, no podía, porque también tendría que admitir que estaba huyendo de alguien y explicar por qué tenía dos heridas punzantes en el cuello. Cualquiera que hubiera visto una película de Drácula sabría lo que eso implicaba. Lo único que podía hacer era negar que sabía algo al respecto, para poder marcharse y volver a casa. A casa. Para ver a sus padres. Para volver a sentirse segura.

—Necesito llamar a mis padres. Necesito hablar con ellos.

La doctora se acercó y se dirigió a Oliver:

—Déjala sentarse de nuevo. —Luego le sonrió a ella—. Antes tendrás que descansar un poco. Podrás hablar con tus padres más tarde. Primero, me gustaría preguntarte unas cosas más.

A regañadientes, Oliver la ayudó a sentarse en el sofá. Cuando sintió que los suaves cojines le sostenían la espalda, ella soltó un suspiro de alivio. Un segundo más entre sus brazos y habría empezado a jadear. Estaba claro que la excitación sexual que la mordedura del vampiro había provocado en ella, aún no había abandonado su cuerpo. Incluso una o dos horas después de haber sido mordida por la sanguijuela, seguía sintiendo la necesidad de tocar y ser tocada.

—Dijiste que regresabas caminando a caminando a casa después de una clase. ¿Dónde era la clase? —preguntó Maya.

Frenéticamente, Ursula buscó una respuesta. No sabía nada de San Francisco. Pero toda gran ciudad debía tener una universidad. Conteniendo la respiración, respondió:

—El colegio comunitario.

—¿En Sunnyside? Eso está lejos de Bayview.

Ursula se encogió de hombros.

—¿Sabes cómo llegaste allí?

—Te lo dije, no me acuerdo. Es como si me hubieran borrado la memoria. —Apartó la mirada, queriendo evitar su mirada escrutadora.

—Bien, te creo. Debe de ser el shock. No es raro.

Aliviada, Ursula levantó la cabeza y vio cómo los ojos de la doctora se entrecerraban al mirar a Oliver. Él desencajó la mandíbula como si la apretara con fuerza y le devolvió la mirada a Maya. Parecía como si una batalla silenciosa desatara la furia entre ellos.

Entonces la doctora volvió la cabeza hacia ella y esbozó una sonrisa.

—¿Por qué no descansas un rato? —Tomó la manta del lugar donde Ursula la había dejado caer antes—. Toma. Quizás te dará un poco de frío, pero es normal después de la pérdida de sangre.

Para su sorpresa, Oliver cogió la manta de la mano de la Doctora Giles y la extendió sobre las piernas de Ursula. Luego le dedicó una sonrisa triste, casi como si tuviera por delante una tarea difícil.

—Oliver, una palabra —dijo el doctor Giles.

Él miró a la doctora y luego volvió a mirarla a ella:

—Estarás a salvo aquí.

Ella bajó rápidamente las pestañas. ¿Se había dado cuenta de que realmente no había perdido la memoria? ¿Sabía que estaba mintiendo y quería decirle que la gente que la perseguía nunca la encontraría aquí? ¿O sus palabras tranquilizadoras no eran más que una frase tirada al ahí se va?

8

———

Sumido en sus pensamientos, Oliver entró en la biblioteca al otro lado del pasillo. ¿Por qué mentía la chica? ¿Por qué no admitía lo que había ocurrido? ¿Estaba tan avergonzada por su comportamiento licencioso que decidió fingir que nunca había sucedido? Como si temiera que él cobrara su promesa de una noche de sexo si ella admitía que lo había hecho. ¿Era por eso por lo que fingía no recordar nada? Era lo único que tenía sentido. Tal vez él pudiera explicarle de algún modo que no la obligaría a hacer nada que no quisiera, si tan solo dijera la verdad.

Cuando Maya entró en la habitación detrás de él, supo que estaba encabronada. Si la mirada de su rostro no lo indicaba, la forma en que estaba de pie ahora, con las piernas abiertas y las manos en las caderas, no dejaba lugar a dudas.

—De todas las cosas despreciables que podías hacer, ¿tenías que atacar a una joven y dejarla a las puertas de la muerte? —Las palabras brotaron de su boca como una fuente de veneno—. ¿De verdad crees que soy tonta?

Oliver dio un paso hacia ella, cuadrando los hombros.

—¡Eso no es cierto! ¡Yo no lo hice!

—¡Mentira! Tu firma está en todas partes.

Él entrecerró los ojos, cada vez más furioso. Había hecho cosas horribles en los dos meses que llevaba siendo vampiro, pero no le había hecho nada a aquella chica.

—Nunca la toqué. La salvé de otro vampiro.

—¡Ríndete, Oliver! ¿Por qué sigues mintiendo cuando ambos sabemos cuál es la verdad? Casi la drenaste por completo y luego le borraste la memoria para que no te recordara.

—¡Yo no le borré la memoria! Está mintiendo. ¡Ella recuerda lo que pasó!

Maya negó la cabeza, con incredulidad en su mirada.

—¡Ella no recuerda nada! ¡Te aseguraste de que no lo hiciera para cubrir tus huellas!

Él apretó los puños.

—Si en verdad quisiera cubrir mis huellas, ¿por qué diablos la traje aquí entonces? Dímelo, eh, ¿por qué? ¿Y por qué iba a pedirte ayuda?

Ella contempló su pregunta solo durante una fracción de segundo.

—Porque después te dio remordimiento. Siempre es así contigo. ¿No te has dado cuenta? Te das tus atracones y luego te sientes como una mierda por lo que hiciste. Ahora no es diferente.

—¡No tienes ni idea de cómo me siento! Nunca has pasado por lo que yo estoy pasando.

Maya entrecerró los ojos y se encaró con él.

—¿Qué estás insinuando?

—Sabes exactamente lo que quiero decir.

—No, dímelo —desafió ella.

—Nunca has deseado sangre humana. No tienes ni idea de cómo es. Lo único que querías era la sangre de Gabriel.

—¿Y eso te hace pensar que nunca pasé por lo que tú estás pasando ahora? ¿Que nunca tuve esos antojos? ¡Madura! Todos tenemos los mismos antojos, sin importar de quién sea la sangre que queramos. Tus antojos no son peores que los de cualquier otra persona. Pero *tú* eliges actuar en consecuencia. ¡Tú eliges no restringirte!

Ante la acusación, Oliver apretó los labios. Se le hinchó el pecho y sintió que se le hinchaban las cuerdas del cuello.

—¿Cómo te atreves a acusarme de actuar así porque quiero?

—¡Oh, me atrevo a mucho más! —Ella apuntó hacia la puerta—. ¡También me atrevo a acusarte de atacar a esta chica y dejarla medio muerta! ¿Es así como quieres vivir? ¿Siempre a un paso de matar a un inocente?

Sus palabras lo helaron hasta los huesos. Muchas veces había estado a punto de hacerlo, pero esta noche Maya se equivocaba. Esta noche había rescatado a una inocente.

—¡No la mordí! ¿Quieres saber qué pasó? ¿Quieres? ¿O hará que cambies la opinión que ya tienes de mí?

—¡Adelante! Suelta más mentiras si eso te hace sentir mejor.

—¡No son mentiras! No sé por qué la chica no te cuenta lo que pasó, pero me aventuro a adivinarlo. Ella no ha perdido la memoria. Simplemente no quiere admitir lo que pasó.

Maya enarcó las cejas y cruzó los brazos sobre el pecho.

—¿Admitir qué?

Tenía que decirlo, por mucho que quisiera guardarse esa información para sí mismo.

—Que me ofreció sexo a cambio de ayudarla. Ella...

La risa de Maya le interrumpió.

—¡Dios mío! No puedo creer que no se te haya ocurrido una excusa mejor. ¿Qué te pasa? ¿Se te subió la sangre a la cabeza y estás mareado? Ninguna chica como ella te ofrecería sexo a cambio de ayuda. Ella no es una prostituta. ¿Has perdido la cabeza?

—¡Ella lo hizo! Me ofreció sexo si la ayudaba y luego me besó. Y cuando se desplomó en mis brazos, vi las mordeduras del otro vampiro. Fue entonces cuando la traje aquí.

—¿Ella te besó? Basta, Oliver. Solo te estás hundiendo en un hoyo más profundo.

—¡Pero es verdad! ¡Tienes que creerme! Ella estaba huyendo de alguien. Me rogó que la ayudara.

Maya soltó un suspiro, aparentemente agotada.

—Soy yo, Maya. No hace falta que sigas inventando cosas. Solo dime que pasó realmente e intentaré hablar bien con Gabriel y Samson.

—¡No estoy mintiendo! Es la verdad. ¡No la mordí!

Ella le miró con el ceño fruncido.

—Bien. Juega como quieras. Sigue mintiendo, pero eso solo empeorará las cosas. Si al menos mostraras remordimientos por tus actos, podría convencer a Gabriel y a Samson de que sean indulgentes contigo, pero ya que has decidido hacerte el duro al respecto, no esperes que te traten con guantes de seda.

Incrédulo, Oliver sacudió la cabeza. Esto no podía estar sucediendo. Lo juzgarían por algo que no había hecho.

—¡No es justo! ¡Soy inocente!

Maya puso los ojos en blanco.

—¿Inocente? Tú no tienes nada de inocente. La única inocente en esta casa es la chica de la habitación de al lado. Y tú le has robado esa inocencia. Al menos deberías tener la decencia de admitir tu culpa como un hombre.

Oliver cerró los ojos. Sabía que había sido un error ayudar a la chica. Debería haber seguido su primer instinto y darse la vuelta en cuanto ella se le acercó. Pero no, el caballero de brillante armadura que se creía quiso ayudarla.

Mentirosa.

Se encogió de hombros. Bien, solo había decidido ayudarla *después* de que ella le hiciera su propuesta indecorosa. De todos modos, no es que él la hubiera obligado a cumplirla. No importaba: se había involucrado y ahora estaba en un gran problema, y mientras la chica no admitiera la verdad, era su palabra contra la de ella.

Las pruebas eran irrefutables: marcas de mordidas en el cuello de la chica y una gran pérdida de sangre. Quizá si pudiera hablar con la chica y asegurarle que no se cobraría su promesa, tal vez entonces ella le contaría a Maya lo que realmente sucedió.

Tenía que probarlo.

—Volveré a hablar con ella. A solas. —Dio un paso hacia la puerta.

—Ni hablar —, objetó Maya al instante y bloqueó la puerta—. ¿Crees que no sé lo que intentas hacer?

—¿Hacer qué? —exclamó y se pasó la mano por el pelo.

—Vas a intentar influir en ella usando el control mental.

Oliver entrecerró los ojos.

—Quizá quieras aclararte, para variar: como Thomas podrá confirmar, aún no domino el arte del control mental.

De hecho, él estaba teniendo problemas con eso y suponía que sus problemas para poder controlar su hambre de sangre tenían algo que ver.

Le robaban la energía necesaria para ejercer el control mental y poder plantar recuerdos falsos en las mentes de sus víctimas. Sin embargo, era totalmente capaz de borrar la memoria de una persona. Era una habilidad que requería menos delicadeza y era más instintiva que el arte del control mental, aunque ambas estuvieran relacionadas.

Thomas, el genio informático de Scanguards y maestro del control mental, le daba clases particulares para ayudarlo a superar sus problemas. Progresaba, pero no estaba ni cerca de dominar la habilidad. En el mejor de los casos, tenía éxito el cincuenta por ciento de las veces.

—Aun así, no eres...

—¡Maldita sea, Maya! —espetó—. ¿Qué quieres de mí? Ya tomaste una decisión sobre mi culpabilidad, y ahora ni siquiera me permites hablar con el único testigo que puede confirmar mi inocencia. ¡Hasta en un tribunal tendría más oportunidades que contigo!

Y había visto el interior de más de un juzgado. En sus días como humano, antes de que Samson, el dueño de Scanguards, lo tomara bajo su protección, había entrado y salido de la cárcel por posesión de drogas y otras ofensas. Nunca había cometido algún delito violento, pero sabía que, si Samson no se hubiera apiadado de él, habría seguido ese camino. La gente con la que se juntaba ya iba por ese camino.

—Tenemos nuestras propias reglas —insistió Maya.

Antes de que pudiera responder, escuchó que se abría la puerta principal. ¿Se estaba yendo la chica? Preso del pánico, Oliver saltó hacia la puerta y la abrió de golpe, asomándose al pasillo.

El alivio y el pavor chocaron al instante. La persona que había abierto la puerta de entrada era Blake, y detrás de él entró Cain. Sus miradas se posaron inmediatamente en él.

—Te habíamos estado buscando —dijo Blake, con tono acusador.

—¡Jódete! —replicó Oliver. No estaba de humor para tener otro enfrentamiento. El que tuvo con Maya fue suficiente por una noche. Se dio la vuelta.

Un momento después, sintió una mano en el hombro. Se giró y encaró a Blake, sacudiéndose la mano en el proceso.

—No he terminado de hablar. Cain y yo te buscamos por toda la ciudad.

—Me encontraste. Ahora déjame en paz.

—No tan rápido, hermanito. Quiero saber a dónde fuiste esta noche.

—No te debo ninguna explicación. —Y si Blake le molestaba más, recibiría una paliza.

De repente, Cain miró por encima de su hombro.

—Hola Maya, ¿qué haces aquí?

Oliver se volvió rápidamente y le lanzó una mirada de advertencia.

—No es asunto de ellos.

—¿Qué no es asunto nuestro? —Por supuesto que Blake no lo iba a soltar. En cuanto se le metía algo en la cabeza, se aferraba a ello como un perro a un hueso.

—¡Nada! —le espetó Oliver—. ¡Ahora salgan todos de mi casa y déjenme en paz!

—Eso no va a pasar —insistió Maya.

—¡Vivo aquí, así que no tienes derecho a echarme! —interrumpió Blake.

—Supongo que no me quieren aquí —añadió Cain y se volvió hacia la puerta.

Pero Maya lo detuvo.

—No te vayas, Cain. Podríamos necesitarte.

Oliver estaba que echaba humo.

—¡Ni de pedo! ¡Yo me encargo de esto! No hace falta que todo Scanguards se involucre.

Cain se detuvo en seco y sus ojos se entrecerraron de repente, como si percibiera una amenaza.

—¿Qué pasó?

Oliver levantó la barbilla.

—¡No pasó nada! ¡Dejen de entrometerse en mis asuntos y déjenme en paz!

Atrapó a Cain intercambiando una mirada con Maya.

—Quiero que vigiles a Oliver mientras hablo con Gabriel y Samson —le dijo a Cain.

Asqueado por su traición, Oliver la fulminó con la mirada.

—¡No puedo creer que estés haciendo esto! Confiaba en ti. ¡Por eso te llamé!

—Es por tu propio bien.

Alzó la voz.

—¡No me jodas! ¡Estoy diciendo la verdad! Pero tú no quieres verlo. No crees que quede nada bueno en mí. ¡Me abandonas como todos los demás!

Maya le puso la mano en el antebrazo, pero él se la quitó de encima.

—Eso no es verdad. Ya lo verás cuando te hayas calmado.

—¡Estoy calmado! —Pero la tensión de su mandíbula desmentía sus palabras. Le picaban las encías y notaba cómo se extendían las puntas de sus colmillos.

—¡Sí, ya lo veo! —se burló Blake.

Oliver se abalanzó sobre Blake, antes de que su última palabra hubiera salido de sus labios.

—¡Ya basta! —advirtió Maya, pero Oliver la ignoró.

Al contrario, estalló a Blake contra la pared y lo mantuvo allí, con el cuerpo suspendido en el aire.

—¡Pequeño imbécil! ¿Quieres saber lo que es ser un vampiro? Quizá debería convertirte y ver cómo te las arreglas, ¿eh? ¿Es eso lo que quieres? ¿Por eso te la pasas provocándome?

— ¡Suéltame, bastardo de mierda! —ordenó Blake, apuntándole con los puños.

—¿Quieres pelear? —desafió Oliver.

—¡Maldita sea, Oliver! —maldijo Maya y le agarró del brazo—. ¡Cain!

Un instante después, Cain lo atacó desde el otro lado. Furioso, Oliver soltó a Blake y giró sobre sus talones. Sintió que sus colmillos se extendían por completo y vio sus manos: se habían convertido en garras. Sí, estaba dispuesto a pelear.

Levantó la cabeza y miró a sus dos atacantes, cuyos colmillos también se habían extendido, cuando captó un movimiento con el rabillo del ojo. Su cabeza se giró en esa dirección.

¡Mierda!

Ursula, la chica a la que había rescatado de un vampiro desconocido estaba de pie en la puerta de la sala, con los ojos desorbitados por la sorpresa, sus manos aferradas al marco de la puerta para sostenerse.

—Oh, Dios —dijo sin aliento—. Eres uno de ellos. ¡Todos ustedes son como ellos!

9

———

Con incredulidad y horror, Ursula contempló la escena en el vestíbulo. ¿Cómo pudo pasar esto? Había pasado de la sartén al fuego. Nada había cambiado. Toda su audaz huida había sido en vano. Seguía en manos de vampiros, solo que esta vez eran otros. La desesperación se extendió dentro de ella y sus ojos se llenaron de lágrimas.

Era inútil correr: los cuatro bloqueaban la puerta de entrada. Además, conocía la velocidad de los vampiros y sabía que, si intentaba llegar hasta las puertas francesas de la sala que daban a una terraza, la atraparían enseguida. Sobre todo, porque aún estaba debilitada por la reciente pérdida de sangre.

Con todas las fuerzas que le quedaban, miró fijamente a Oliver, el hombre que la había rescatado. Bueno, quizás *rescatado* no era la palabra adecuada. La había capturado. Sus ojos estaban rojos, los colmillos extendidos y sus garras afiladas en la punta de los dedos. Tenía la boca abierta y sus labios se veían rojos y carnosos. Y todavía seductores.

¡Dios, no! Se le retorció el estómago al recordar el beso que habían compartido. Había besado a un monstruo, a la criatura que más odiaba en este mundo. Y le había gustado; incluso ahora, no podía negarlo. Su cuerpo había ardido de deseo, y solo podía esperar que fuera únicamente una secuela de la alimentación a la que la habían sometido poco antes. Porque nunca podría desear a un vampiro.

Ante sus ojos, el rojo de los ojos de Oliver se disipó y las puntas de sus colmillos se retrajeron hasta desaparecer en su boca. Incluso sus garras se desvanecieron, como si ella simplemente las hubiera imaginado.

—Ustedes son vampiros —ella repitió con voz plana.

Oliver se sacudió de las manos de la Doctora Giles y del vampiro de pelo oscuro que sujetaban sus brazos. ¿Doctora Giles? Probablemente ni siquiera era doctora.

—Siento mucho que hayas visto esto. —Él se le acercó tímidamente.

Ella se estremeció. Inmediatamente, él se detuvo en su acercamiento, sus ojos la miraron llenos de arrepentimiento. ¿Arrepentimiento? No, tenía que estar equivocada. Nunca había visto a ningún vampiro exhibir tal sentimiento. Sus sentimientos se limitaban a la codicia, el odio y la lujuria.

—No te haré daño.

Escuchó las palabras de Oliver y reprimió las ganas de soltar una risa histérica. Por supuesto que le haría daño, tal como lo habían hecho los otros vampiros. Entonces, ¿por qué fingir? ¿Por qué mentirle? ¿Por qué torturarla? Quizá era más cruel que Dirk. Más cruel porque venía en un paquete que casi la había hecho confiar en él, casi la había hecho sentirse segura. Solo para frustrar sus esperanzas más tarde.

Las lágrimas que había contenido hasta ahora escaparon de sus ojos, abriéndose paso por sus mejillas, ardiendo acaloradamente. No se atrevió a respirar.

—Por favor, no llores.

Su voz era tranquilizadora y, cuando cerró los ojos, pudo imaginar que se entregaba a ella. Quizá había llegado el momento de rendirse, de dejar de luchar y aceptar su destino. Siempre sería una puta de sangre para ellos. Nunca la dejarían irse.

Nunca volvería a ver a sus padres. Y no podría ayudar a rescatar a las otras chicas. Con su siguiente respiro, un sollozo escapó de su pecho.

—Quiero irme a casa.

Sus rodillas se doblaron y su visión se nubló. Los vio moverse todos a la vez, acercándose a ella. ¿La drenarían esta noche? ¿Sería por fin el final?

—La tengo —dijo Oliver a sus amigos, con voz clara e inquebrantable.

Luego sintió que la levantaba en brazos y la llevaba de vuelta a la sala. La delicadeza con la que la colocó en el sofá la sorprendió, pero tal vez estaba delirando. En cuanto se sentó, él le puso la manta sobre la parte inferior del cuerpo y dio un paso atrás.

—Aquí estás a salvo —afirmó.

Los otros tres habían entrado en la habitación detrás de él y se quedaron cerca.

—¿Quién es ella? —preguntó uno de los hombres.

La doctora se volvió hacia él.

—Oliver la trajo aquí.

Pasó junto a ella y le tendió la mano, dedicándole una sonrisa encantadora.

—Soy Blake.

Ella miró fijamente su mano y se apretó más contra los cojines del sofá.

—Está asustada, ¿no te das cuenta? —le amonestó Oliver y lo apartó a un lado.

—¡Bueno, eso es probablemente porque la asustaste! —replicó Blake.

—¡No te metas!

—¡Yo también vivo aquí, así que tengo derecho a saber lo que pasa!

Oliver lo fulminó con la mirada y luego la miró a ella de nuevo.

—Creo que tengo que explicarte algunas cosas ahora que has visto lo que somos. —Se aclaró la garganta—. Ya conoces a Maya. Es médico, pero también es vampira. Y este... —Señaló al vampiro de pelo oscuro que aún no había dicho nada— es Cain. Trabaja para Scanguards. Es uno de nuestros guardaespaldas vampiros.

Así que llamaban guardaespaldas a sus guardias de prisión. ¡La misma diferencia!

Luego señaló a Blake.

—Ese es Blake. Es mi medio hermano.

Blake cuadró los hombros.

—Soy humano.

Su afirmación la dejó atónita. ¿Tenían a un humano viviendo entre ellos? ¿Para qué? ¿Cómo fuente constante de sangre? Se quedó boquiabierta mientras lo miraba. Era guapo, alto y un poco más ancho que Oliver. Y, curiosamente, no parecía estar restringido de ningún modo. No parecía estar bajo presión. Al contrario, parecía seguro de sí mismo y dispuesto a pelearse con Oliver en un abrir y cerrar de ojos. Las miradas hostiles entre ambos no habían pasado desapercibidas.

—¿Humano? —repitió ella.

—Sí —respondió Blake y le sonrió—. Es complicado, pero hagámoslo simple. A todos los efectos, este tipo es mi medio hermano. Por muy molesto que parezca.

Oliver apretó los labios en una fina línea, como si intentara no refutar el comentario de Blake.

—¿Cómo te sientes? —preguntó de repente el médico.

Ursula la miró y se aclaró la garganta.

—Doctora Giles, la verdad es que no sé por qué le importa.

¿Por qué seguían fingiendo preocuparse por su bienestar? ¿Qué más daba?

Maya enarcó una ceja.

—Primero, por favor, llámame Maya. Todo el mundo lo hace. Y segundo, me importa, porque Oliver te puso en esta situación.

La mirada de Ursula se desvió hacia Oliver, preguntándose qué quería decir Maya con su comentario. Notó cómo sus rasgos faciales se tensaban mientras miraba fijamente a Maya.

—Como dije antes, ¡yo no lo hice!

—¿No hizo qué? —interrumpió Blake.

Oliver giró sobre sus talones para mirar a su hermanastro.

—Morderla.

—Casi la agota —añadió Maya.

—¡Pinche cabrón! —gritó Blake. —¿Cómo pudiste? ¡Mírala! ¿Cómo pudiste hacerle eso a una chica tan buena como ella?

Las manos de Blake se cerraron en puños y lanzó un golpe. Oliver bloqueó el golpe, pero antes de que pudiera descargar su propio puño en la cara de Blake, Ursula los interrumpió.

—Él no me mordió.

Al instante todos se callaron y se le quedaron viendo.

—No fue él quien me mordió —repitió, sin saber por qué se molestaba en defenderlo.

—¡Lo recuerdas! —La voz de Oliver estaba llena de alivio. De repente, su rostro se iluminó con una enorme sonrisa y, antes de que ella supiera lo que quería hacer, se acercó a ella y la tomó de las manos. Se las apretó con fuerza.

—¡Gracias, gracias, gracias! —dijo exuberante, antes de soltarle las manos y volverse hacia Maya, mirándola fijamente—. ¿Y bien, Maya?

Maya se encogió de hombros.

—Bueno, las circunstancias eran... —Entonces se detuvo—. Me alegro de haberme equivocado. Te pido disculpas por haberte juzgado mal.

Ursula escuchó la conversación, pero nada tenía sentido. ¿Por qué les importaba a todos si Oliver la había mordido o no? ¿Por qué les importaba?

—Ya que te acuerdas, cuéntanos qué pasó —Maya señaló su cuello—. Sé que te mordió un vampiro. ¿Quién fue? Necesitamos saberlo para poder impedir que ese bastardo vuelva a hacerlo. Obviamente, quien lo hizo estaba fuera de control y te dejó a medio morir.

Lentamente, Ursula negó con la cabeza, incapaz de confiar en sus oídos. ¿Maya quería detener a quien le había hecho esto? Debió haber escuchado mal.

—¿Quieren hacer qué?

Maya la miró con extrañeza.

—Detener a ese bastardo. No puede poner en peligro a los humanos de esa manera. Tendremos que asegurarnos de ello.

—Pero... —Ursula miró a los demás en la habitación, que parecían tan preocupados por la situación como Maya—. ¿Por qué harían eso? Ustedes también son vampiros. Hacen lo mismo.

Oliver se acercó y se agachó ante ella para estar a su altura y que ella no tuviera que estirar más el cuello. Ella se dio cuenta de que el gesto era amable y se preguntó por qué lo hacía.

—Somos civilizados. Todos somos parte del mismo grupo. Trabajamos para una empresa llamada Scanguards. La mayoría somos guardaespaldas o guardias de seguridad, y hemos jurado proteger a los humanos. Incluso contra nuestra propia especie.

Sacudió la cabeza con incredulidad. Era imposible. No, tenía que estar delirando para estar oyendo algo tan increíble.

—No, no puede ser.

—Es cierto —intervino Blake—. Por mucho que a algunos les cueste mantener bajo control su sed de sangre... —Lanzó una mirada mordaz a Oliver—. Los hombres de Scanguards se rigen por un estricto código ético. Créeme, si no fuera así, yo no estaría vivo hoy, ni viviría entre ellos sin temer por mi vida.

Ella volvió a ver a Oliver.

—¿Quieren decir que no muerden a la gente?

Un destello de culpa brilló en sus ojos antes de bajar los párpados para evitar su escrutinio.

—La mayoría de nosotros bebemos sangre embotellada. Es donada. La compramos a través de una empresa de suministros médicos.

Su cuidadosa redacción no había escapado su atención.

—¿La mayoría de ustedes?

Él abrió los párpados por completo, sus largas pestañas oscuras casi rozaban sus cejas. El azul intenso de sus ojos la hipnotizó, igual que cuando lo conoció en la calle oscura.

—No todos. Algunos aún luchamos por... adaptarnos. Pero no es fácil. La tentación siempre está ahí.

Ella notó que su mirada se desviaba hacia su cuello y sintió un hormigueo que le recorría el cuerpo. El miedo se apoderó de sus cuerdas vocales, impidiéndole hablar. Al mismo tiempo, era incapaz de apartar la mirada.

El miedo y el deseo chocaron cuando él se acercó un poco más, recordándole su beso. Había sido tan cálido, tan tierno. Y ahora también sabía lo mortal que podía ser su beso. Podría haberla mordido entonces y terminar lo que el otro vampiro había empezado. Aun así, no podía moverse, solo podía observar cómo se acercaba.

—¡Oliver! —La afilada voz de Cain le hizo retroceder bruscamente y ponerse en pie de un salto.

Oliver se pasó una mano por el cabello.

—Perdona. Como te decía, no te haremos daño.

Ursula asintió como si estuviera en piloto automático, mientras su cerebro intentaba comprender lo que este desarrollo significaba para su futuro inmediato. ¿Estaba realmente a salvo? Era demasiado bueno para ser verdad, y cuando algo era demasiado bueno para ser verdad, no era verdad. Todos los que habían visto alguna vez un anuncio de una píldora milagrosa para adelgazar lo sabían.

—Esta empresa que mencionas, Scanguards, ¿a qué se dedica? —¿Eran solo otra fachada para el tráfico de sangre que hacía las mismas cosas nefastas que sus captores le habían hecho a ella y a las otras chicas?

—Scanguards es una empresa de seguridad. Protegemos a particulares: dignatarios, políticos o celebridades. En realidad, a cualquiera que pueda pagarnos. Tenemos empleados humanos y vampiros. Los humanos trabajan todo el día, pero los demás nos encargamos del turno de noche, por así decirlo. Nuestras tareas suelen ser más peligrosas. Pero estamos entrenados para eso.

Ursula no pudo evitar notar el orgullo en su voz cuando Oliver hablaba, y el brillo de emoción que ahora brillaba en sus ojos. Sin embargo, sus palabras sonaban tan extrañas, tan imposibles de creer.

—¿Vampiros que protegen a los humanos?

Oliver sonrió.

—Somos los buenos.

No pudo evitar sacudir la cabeza. No había buenos.

Junto a Oliver, Blake también le sonrió.

—Lo son. Cuando me secuestró un grupo de vampiros malos, todos los Scanguards acudieron en mi ayuda para rescatarme. Arriesgaron sus vidas por la mía.

Oliver le lanzó una pícara mirada de reojo.

—Solo porque eres el nieto de Quinn. Si por mí fuera, habría dejado que se quedaran con tu patético trasero.

Ursula observó el intercambio con interés. ¿Los Scanguards habían luchado contra otros vampiros para salvar a un humano? ¿Podía esperar que acudieran al rescate de aquellas muchachas que seguían prisioneras como putas de sangre? ¿O los Scanguards solo moverían un dedo por miembros de su propia familia?

—Admítelo, hermano, te encanta tenerme cerca.

Oliver puso los ojos en blanco—. Claro. —Luego se volvió hacia ella—. No le hagas caso. Pero lo que dijo es cierto: acudimos al rescate cuando nos necesitan o cuando uno de los nuestros, humano o vampiro, está en peligro. Yo mismo he estado involucrado en muchas misiones de rescate.

De nuevo, el orgullo brilló en sus palabras. Estaba claro que amaba lo que hacía. ¿Se había topado con el único grupo de personas que podía ayudarla a ella y a otras chicas? ¿Podría confiar en ellos? ¿Eran lo que decían ser, o no eran mejores que los vampiros que la habían mantenido cautiva durante tres años?

—¿Y a qué te dedicas? —preguntó ella antes de poder contenerse.

—¿Yo? Soy guardaespaldas.

—Ya basta de hablar de nosotros —interrumpió Cain de repente, entrecerrando los ojos un poco, como si sospechara de ella—. ¿Por qué no nos cuentas qué te pasó, para que podamos determinar qué hacer?

Ursula tragó saliva. La boca de Cain formaba una línea dura, lo que le hacía parecer decidido e inflexible. Instintivamente, se dio cuenta de que él no permitiría que los demás le dieran más información de la que ya tenían.

Oliver intercambió una mirada con Cain y asintió antes de volver a mirarla.

—No te ofendas, Ursula, pero ya te hemos contado más sobre nosotros de lo que le diríamos a cualquier humano en circunstancias normales. Tienes que comprender que necesitamos proteger nuestros secretos.

¿Secretos? Claro que tenían secretos. Todos los vampiros los tenían. Y no le mostrarían los esqueletos que escondían en sus armarios.

—Cuéntanos —insistió Maya, con una voz más suave que la de Cain, pero no menos apremiante—. ¿Qué te pasó?

Ursula dudó. ¿Cuánto podía contarles? ¿Y si, después de todo, estaban conectados con los otros vampiros y la devolvían a ellos una vez que descubrieran de dónde había escapado?

Cuando Oliver volvió a agacharse frente a ella y encapsuló su mano en su gran palma, ella desvió la mirada para mirarle a los ojos.

Sus labios se movieron, y en un susurro exhaló una palabra:

—Cuéntame.

Como si hubiera caído en un hechizo, abrió la boca. Las palabras salieron antes de que pudiera detenerlas:

—Fui prisionera de los vampiros.

10

Sorprendido, Oliver contuvo el aliento. ¿Había oído bien, o el hecho de estar tan cerca de aquella hermosa chica estaba alterando sus sentidos?

—¿Prisionera?

Miró brevemente a sus amigos, pero parecían tan atónitos como él, habiendo oído claramente las mismas palabras de boca de Ursula.

Sus grandes ojos marrones se abrieron como platos y parecía tan sorprendida por la revelación como él. ¿No había querido revelarlo o estaba inventando mentiras? ¿O simplemente era una muy buena actriz?

Quizás Cain había hecho bien en cortarle las preguntas, para que no revelara demasiado sobre Scanguards. Al fin y al cabo, ella era una desconocida, y aunque la hubiera mordido un vampiro, todo podría haber sido una trampa para acercarse a ellos, para infiltrarse en Scanguards. ¿Y si algún grupo de vampiros la estaba usando como carnada? Incluso ahora, ella podría estar bajo su control. A pesar de la atracción física que sentía, él debía tener cuidado. Si se involucraba, quedaría mal cuando se descubriera que ella estaba trabajando para el enemigo. Nunca iría en contra de Scanguards, ni siquiera por la mujer más atractiva que había conocido en mucho tiempo. Sus ojos se posaron involuntariamente en su pecho, donde sus pequeños senos subían y bajaban con cada respiro. Al mismo tiempo, notó lo húmeda que tenía la mano y lo rápido que le latía el corazón.

Cuando levantó la mirada para mirarla de nuevo a los ojos, se dio cuenta de que lo que veía eran signos de miedo. ¿Le tenía miedo a él y a sus amigos, o le tenía miedo al vampiro que la había mordido?

—Por favor —la apremió—. Cuéntame qué pasó.

Lentamente, ella retiró su mano de la de él. A regañadientes, él lo permitió.

—Me retuvieron durante tres años.

Las palabras se le ahogaron en su garganta como si tuviera problemas para hablar.

Atónito por sus palabras, él permaneció en silencio y esperó a que ella continuara. Ella respiró varias veces, miró a sus amigos, y luego giró la cabeza hacia un lado, evitando el contacto visual con él.

—Yo era estudiante en la Universidad de Nueva York cuando me capturaron una noche después de salir de una conferencia nocturna. No podía creer lo que estaba pasando. ¡Los vampiros no existían! No podían existir. Eran solo mitos, folclore. Solo existían en las películas. Nunca pensé... —Se le quebró la voz.

Oliver quería decir tanto, pero de repente sintió que se secaba su garganta.

—Me llevaron a un edificio donde me mantuvieron encerrada. No era la única. Había otras chicas como yo. —Ella levantó la vista y se encontró con su mirada. Tenía los ojos húmedos, pero no lloraba.

Por voluntad propia, su mano se levantó, queriendo acariciarle la mejilla para consolarla, pero en el último segundo, la retiró, no queriendo exponer sus sentimientos ante ella ni ante sus amigos. Tenía que mantenerse imparcial. Era el sello distintivo de un buen guardaespaldas. Cain había intentado enseñarle eso mismo, y Gabriel se lo había reforzado incontables veces.

Sin embargo, eso no cambiaba el hecho de que se sintiera afectado por sus palabras. Sintió compasión.

—¿Qué te hicieron?

Ursula levantó la barbilla y apretó su boca en una línea dura.

—Nos vendieron como putas de sangre.

—¿Putas de sangre? —aspiró Maya, incrédula.

La reacción de él no fue diferente.

—Nunca he oído hablar de las putas de sangre. —Se volvió hacia Cain para pedirle seguridad.

Su colega negó con la cabeza.

—Eso no existe. Eso no se necesita.

Ursula subió los hombros y se enderezó, con los labios temblorosos, mientras continuaba:

—Nos usaban a mí y a las otras chicas como putas de sangre. Dos, a veces tres veces por noche traían vampiros para beber de nosotras; sanguijuelas les llamábamos. —Se le hizo un nudo en la garganta—. Algunas chicas no sobrevivieron. Pero ellos siempre encontraban nuevas para sustituir a las que morían.

Cain se acercó un paso más.

—Eso es imposible. No hay necesidad de aprisionar a los humanos por su sangre. Ni los vampiros que no toman sangre embotellada tendrían necesidad de hacer esto. Simplemente saldrían a ca...

—... a encontrar a alguien de quien beber —lo interrumpió rápido Oliver. *Cazar*, eso es lo que Cain quería decir, pero Oliver no creía que fuera adecuado usar esa palabra en presencia de Ursula—. Ningún vampiro se tomaría la molestia de mantener preso a un humano solo para tener sangre a la mano en todo momento.

Si ese fuera el caso, ¿por qué no beberla de una botella? Él al menos así lo sentía: le encantaba la caza. La emoción de la misma era lo que lo impulsaba a salir noche tras noche. Y solo podía imaginar que era lo mismo para los vampiros que no se habían acostumbrado a la sangre embotellada. Lo suyo era la caza. No querrían la molestia de mantener a un humano en una prisión para alimentarse de él como de un animal enjaulado.

—Tenían un negocio —insistió Ursula—. Cobraban un alto precio por nuestra sangre. Y las sanguijuelas lo pagaban sin inmutarse.

—¿Por qué pagar por algo que pueden conseguir gratis en la calle? —añadió Maya, con una voz tan escéptica como la de Cain.

Oliver buscó en el rostro de Ursula cualquier indicio de que estuviera mintiendo. Thomas intentaba enseñarle esta habilidad, pero aún no la dominaba. Sin embargo, por lo que pudo notar, no parecía estar mintiendo.

A menos que ni ella misma supiera que estaba mintiendo: era posible que otro vampiro le hubiera borrado la memoria y plantado nuevos recuerdos en su mente. Ella nunca sabría que estaba mintiendo. La única pregunta era: ¿por qué otro vampiro haría algo así? ¿Por qué inventar semejante historia? ¿Estaba alguien intentando tenderle una trampa a Scanguards, apelando a su sentido del honor y el deber, sabiendo que ayudarían a quienes lo necesitaran?

Sospechando de su historia, Oliver aplicó lo que había aprendido de Thomas: hacer preguntas para ver si la persona podía mantener su relato en orden. Los mentirosos solían olvidar los pequeños detalles de sus historias cuidadosamente elaboradas, y tarde o temprano, cometían errores.

—Dijiste que estudiabas en la Universidad de Nueva York. ¿Te trajeron a San Francisco cuando te secuestraron?

Ella negó con la cabeza.

—Nos quedamos en algún lugar de Nueva York durante mucho tiempo. Una noche, de repente, empacaron todo, nos metieron en la parte trasera de un camión grande y nos llevaron a través del país. Llegué a San Francisco hace apenas tres meses. Ni siquiera sabía en qué ciudad estaba hasta esta noche.

—¿Dónde te retuvieron?

Ella se encogió de hombros.

—Un edificio grande, tal vez un viejo edificio de apartamentos o un viejo hotel. No estoy segura. Estaba oscuro cuando llegamos y nunca me dejaron salir. Nos mantenían encerradas, e incluso cuando nos llevaban a las habitaciones donde los vampiros se alimentaban de nosotras, siempre había un guardia vigilándonos.

—¿Dónde está ese edificio?

Se le llenaron los ojos de lágrimas.

—No lo sé. No muy lejos de donde me encontraste. No estoy segura del lugar exacto. Solo me preocupaba alejarme de ellos.

Cain se aclaró la garganta.

—Sí, sobre eso. ¿*Cómo* escapaste si había un guardia?

Ursula cerró los ojos un momento y, al abrirlos, desvió la mirada.

—El guardia no tuvo cuidado. Lo llamaron a otra habitación cuando hubo un altercado con una de las sanguijuelas. Olvidó cerrar la puerta con llave. Pude salir por una escalera de incendios.

—¿Solo había un guardia? —continuó Cain.

Ella negó con la cabeza.

—Había muchos. Pero estaban todos ocupados vigilando a las otras chicas —añadió apresuradamente.

Oliver la miró con recelo. Sus latidos se habían acelerado y podía percibir que sus glándulas producían más sudor. No era un olor desagradable ni mucho menos, pero estaba sudando y eso significaba que estaba nerviosa. ¿Nerviosa porque estaba mintiendo? ¿O simplemente alterada por recordar su calvario?

Si él tan solo supiera.

Cuando ella giró completamente su rostro hacia él, sus miradas se encontraron. Oliver inhaló bruscamente, llevándose su aroma consigo. El hambre se apoderó de él al instante, a pesar de haberse alimentado hacía apenas unas horas. No debería sentir hambre; no debería desear sangre de nuevo tan pronto. Había tomado suficiente del joven que encontró en el distrito de Bayview. Más que suficiente. Eso debería bastarle para 24 horas. Sin embargo, lo invadió un extraño deseo, y no estaba seguro de si quería morderla o besarla. Ambas posibilidades le resultaban igualmente tentadoras. E igualmente inapropiadas para la situación.

—Por favor, tienes que creerme —suplicó.

Sintió que Maya se acercaba por detrás.

—Tienes que admitir que es una historia fantástica.

—Y no tiene sentido —añadió Cain.

—¿Pero no podría ser posible? —preguntó Blake—. Todos sabemos que hay gente mala allá afuera.

Oliver se giró para mirar a Maya y a Cain.

—Blake tiene razón. simplemente descartarlo. Si está diciendo la verdad, entonces tenemos un problema entre manos.

Ursula se puso de pie de un salto, captando de nuevo su atención.

—¿Creen que estoy mintiendo?

Oliver también se levantó e instintivamente se acercó a ella, pero ella lo esquivó.

—Eso no es eso lo que estoy diciendo.

Con los ojos llenos de lágrimas, lo fulminó con la mirada.

—Entonces, ¿qué *estás* diciendo?

Nervioso, cambió su peso de un pie al otro y miró a Cain, quien se encogió de hombros.

—¿Quieres que se lo diga yo?

Estaba claro que su colega tenía la misma sospecha que él. Y no parecía tener reparos en expresarlo en voz alta. Pero Oliver era lo bastante hombre como para hacer su propio trabajo sucio. Y acusarla de algo de lo que podría ser inocente no era agradable. Pero era una posibilidad que no podía descartar sin más.

Cuando Ursula le clavó su mirada inquisitiva, él suspiró.

—Es posible que el vampiro que te mordió plantara esos recuerdos en tu mente para que nos lo contaras y nos llevaras a una trampa. Ni siquiera sabrías que estás mintiendo.

Ella se sobresaltó, dando otro paso hacia atrás.

—¿Qué? ¿Crees que no es verdad? ¿Crees que es inventado? ¡No! ¡No! Yo viví esto. Durante tres años, soporté su crueldad, la humillación, el dolor. Sé lo que vi y lo que sentí. Es real.

Su pecho subía y bajaba por el esfuerzo que le había costado alzar la voz y hacerle su apasionada súplica.

—Mis padres llevan tres años buscándome.

¿Cómo lo sabes? —preguntó Cain.

Ella giró bruscamente hacia él.

—Porque me quieren. Nunca me abandonarían. —Aguantó la mirada escrutadora de Cain hasta que fue él quien la rompió. Cuando lo hizo, ella se giró de nuevo hacia Oliver—. Tengo que decirles que estoy viva.

Él reconoció el dolor que se reflejaba en sus ojos y sintió que el corazón se le apretaba en respuesta. Tal vez estaba diciendo la verdad, por absurda que sonara. Pero por el bien de Scanguards y de su propia seguridad, tenían que tomar precauciones antes de avanzar.

—Más tarde, pero primero tendremos que verificar algunos hechos. —Sus años de entrenamiento con Scanguards se activaron. Ahora era vital que no cometiera ningún error: Gabriel ya vigilaba todo lo que hacía debido a su incontrolable hambre de sangre. Si ahora ponía en peligro a

Scanguards por no confirmar la historia de Ursula, su jefe le arrancaría el pellejo.

—Necesitamos conocer tus antecedentes para poder confirmar quién eres —dijo, sintiéndose un poco culpable por no creerle del todo.

La mirada de decepción que ella le dirigió lo atravesó como un cuchillo. Sí, no había manera en el infierno de que ella alguna vez se acostara con él, no ahora, no después de haberla decepcionado. No debería importarle, pero le importaba. Porque el beso que le dio había sido tan prometedor que lo dejó con ganas de más. ¿Estaba condenado a luchar contra otra hambre que no podía satisfacer?

Su voz sonaba resignada cuando por fin volvió a hablarle.

—¿Qué quieres saber?

—Tu nombre, el nombre de tus padres, dónde vivías. Cuándo y dónde te secuestraron. —Luego asintió hacia Cain—. Cain, toma notas. Quiero que busques todo lo que puedas encontrar. Debe haber reportes policiales y posiblemente artículos en los periódicos sobre el secuestro de Ursula.

Eso esperaba, porque no le gustaba la idea de que ella estuviera mintiendo para engañarlos. Sin embargo, le gustaba aún menos la idea de que hubiera pasado tres años en cautiverio, sometida a un grupo de vampiros que se alimentaban de ella a su antojo, y probablemente aún peor.

Sabía lo que acompañaba a una alimentación, la excitación sexual que producía tanto en el huésped como en el vampiro. Si su historia era cierta, la habrían violado innumerables veces. Violentamente.

Pero no se atrevía a preguntarle. Por su propio bien: porque saber que alguien podría haberla usado de esa manera, violado su cuerpo no solo al tomar su sangre, sino al agredirla sexualmente, le hacía hervir la sangre. Entonces tendría que matar a alguien.

11

───────

Después de que Ursula les diera los detalles que Oliver le había pedido, Cain asintió y se dirigió hacia la puerta.

—Te avisaré en cuanto tenga resultados.

—Gracias, te lo agradezco —respondió Oliver.

La puerta de entrada se cerró detrás Cain, y la mirada de Oliver se posó en Maya, quien recogió su maletín negro de doctora.

—Blake, Oliver, un momento. —Les indicó que entraran en el vestíbulo, pero se volvió antes de que llegaran para dirigirse a Ursula—. Todo saldrá bien. De una manera u otra.

Oliver notó la mirada dudosa de Ursula y siguió a Maya, cerrando la puerta a medias cuando Blake se les unió.

—¿Sí? —preguntó Oliver, tenso.

—Hablaré con Gabriel sobre esto.

—¿Por qué molestarlo? Está ocupado en Nueva York. —Prefería que Gabriel no se enterara de esto cuando había tantas cosas que aún no estaban claras.

—Que se haya ido unos días no significa que se le oculte nada. Lo deberías saber bien. —Le dirigió una mirada severa—. Ambos son responsables del bienestar de la chica. Vigílenla de cerca y no permitan que se vaya. Es por su propia seguridad. ¿Entendido?

Blake asintió.

Oliver gruñó. Como si necesitara que se lo dijeran. Sabía cuál era el procedimiento.

—Lo tengo bajo control. Este es mi caso.

Maya arqueó una ceja sorprendida.

—Eso lo decidirá Gabriel. Mientras tanto, haz lo que te digo. —Luego puso la mano en la perilla de la puerta—. Y Oliver, siento mucho haberte acusado antes. Pero si la muerdes ahora, Gabriel te dará una paliza.

Oliver resopló con enfado.

—¡No tengo intención de morderla!

—He visto cómo la mirabas.

Blake le puso a ella una mano tranquilizadora en el hombro y abrió la puerta en su lugar.

—No te preocupes, me aseguraré de que no la toque.

—Gracias, Blake.

Cuando la puerta se cerró tras ella, Blake le sonrió.

—Bueno, veamos cómo podemos hacer que nuestra carga esté un poco más cómoda.

Antes de que pudiera llegar a la puerta de la sala, Oliver lo detuvo.

—Oh, ya sé lo que estás haciendo.

Su medio hermano miró por encima de su hombro.

—Solo salvaba a una chica bonita de un gran vampiro malvado.

Oliver apretó los dientes.

—¡No vas a salvarla de nada! Yo la vi primero.

—¿Y eso qué tiene que ver? Está claro que no le gustan los vampiros, y como soy el único humano alrededor en este momento, no te importará si intento probar mi suerte.

—No vas a intentar nada, ¿me entiendes?

—¿Cómo vas a detenerme? —desafió Blake.

Se le ocurrieron muchas cosas como respuesta: arrancarle la garganta era una de ellas. Sorprendido por sus violentos pensamientos, Oliver bajó la mano y se limitó a mirarlo con desprecio. Blake sabía muy bien que no le haría daño y así atraería la ira de Quinn sobre él. Pero eso no significaba que permitiera que Blake se propasara con la chica.

—¿Por qué se fijaría en ti? ¿De verdad crees que eres tan encantador? —se burló.

Blake sonrió y metió barriga, hinchando el pecho como un pavo real.

—Oh, sí que lo soy. Mucho más encantador de lo que tú jamás podrás ser. Además, tengo una ventaja: soy humano. Me temo que, por una vez, te has encontrado con una mujer que no se quitará las pantaletas por el poderoso vampiro.

Enfurecido por su afirmación, Oliver abrió la boca y soltó unas palabras de las que quiso retractarse un segundo después.

—¡Ya me había ofrecido sexo!

Un grito ahogado procedente de la puerta le hizo estremecerse.

¡Mierda, mierda, mierda!

No debería haber permitido que Blake lo provocara. En cámara lenta, Oliver se volvió hacia donde estaba Ursula, de pie en el marco de la puerta, mirándolo horrorizada. Estaba claro que ella no quería que nadie supiera lo que le había dicho en esa calle oscura. Ni él tampoco. No solo se lo había contado a Maya, cosa que Ursula por suerte no sabía, sino que ahora incluso presumía de ello ante Blake. ¡Qué estupidez!

—Supongo que mis posibilidades acaban de aumentar —murmuró Blake.

—¡Cállate! —siseó Oliver.

Ursula los fulminó con la mirada a ambos.

—¡Si piensan que abriré las piernas para cualquiera de ustedes, piénsenlo otra vez!

—Pero soy humano —dijo Blake.

—También lo son millones de otros hombres en este país, y tampoco me acostaré con ellos.

—Pero si ni siquiera me conoces todavía.

Oliver no pudo reprimir una sonrisa ante el patético intento de Blake de ganarse su favor. Al menos, le quitaba un poco de presión.

—¡Ya he visto suficiente! —Entonces sus ojos se desviaron y miró fijamente a Oliver—. ¿Y de qué te ríes?

Al instante, él puso cara seria.

—Solo es un tic facial. No le hagas caso.

Por la mirada indignada que le lanzó, se dio cuenta de que ella sabía que él mentía. ¿Pero al menos le daba puntos por originalidad?

Ella resopló, obviamente sin palabras, se dio la vuelta y cerró la puerta detrás de ella.

Uno a cero a favor del vampiro. Al menos aún tenía una oportunidad.

—De ninguna manera te ofreció sexo. —Las palabras incrédulas de Blake le hicieron girar la cabeza.

No se dejaría incitar a revelar más secretos de los que ya tenía, como que Ursula le había besado, con bastante pasión. Esta vez, su medio hermano no lo provocaría a decir algo que no quería divulgar. Por lo tanto, Oliver se limitó a encogerse de hombros.

—Piensa lo que quieras.

Ya era bastante malo que Maya lo supiera. Solo le quedaba esperar que no le pasara esa información a Gabriel. Conociendo su sentido del decoro, lo sacaría de este caso al instante y pondría a otra persona a vigilarla. No es que aún fuera un caso de verdad. En este momento, no era nada más que Oliver ayudando a una chica en apuros. Esperaba que pronto se supiera si tenía algo que ver con Scanguards.

Mientras tanto, debería arreglar lo que había arruinado.

Cuando puso la mano en la perilla de la puerta sintió la mano de Blake en el hombro.

—Oye, ¿qué haces?

Oliver le dirigió una mirada mordaz.

—¿Qué crees que hago? Voy a la sala. —Se sacudió de su mano—. Así que, si no te importa...

—Claro que no vas a ir solo.

—¿No tienes nada mejor que hacer que espiarme?

Blake entrecerró los ojos.

—No tendría que espiarte si supieras comportarte.

—¡Viniendo de ti, muy gracioso! Si mal no recuerdo, acabas de intentar propasarte con ella. ¿Y me dices que no puedo comportarme?

Sin voltear otra vez, Oliver abrió la puerta y entró en la sala. Detrás de él, Blake se agolpó en la habitación. Supuso que su torpe medio hermano no pudo captar las indirectas.

Ursula estaba de pie junto a la ventana, mirando hacia la oscuridad, aunque él sabía que no podía ver nada ahí fuera con la luz de la sala reflejada en el cristal. Se dio la vuelta cuando escuchó sus pasos.

—No pretendía asustarte. —Oliver señaló la ventana—. Deberías alejarte de ahí. Alguien podría verte. No puedo asegurarme de que nadie nos haya seguido.

Se alejó rápidamente de la ventana y se acercó a la chimenea. Aunque Oliver no se había dado cuenta de que nadie los seguía, tuvo que admitir que había estado demasiado preocupado como para prestar la debida atención.

Ursula levantó la barbilla y lo miró fijamente.

—Quiero llamar a mis padres.

Por un momento, él contempló su petición, pero ya sabía cuál sería su respuesta. No podía permitir que se pusiera en contacto con nadie. No hasta que Cain hubiera verificado su historia.

—Más tarde.

Sus ojos ardían de ira y dolor.

—No eres mejor que los vampiros que me mantuvieron cautiva.

—Eso no es justo. No te he hecho nada para lastimarte.

—Pero me estás encerrando como lo hicieron ellos. No me permites hablar con mis padres. ¿Y cuánto falta para que me ataques por mi sangre? ¿Cuánto tiempo?

Ahora, quería gritar, pero apretó la mandíbula.

—¡Nunca! No soy un salvaje. Te lo demostraré. —¿Qué estaba diciendo?

—¿Cómo? —lo desafió.

Sin apartar los ojos de ella, dio una orden.

—Blake, tráeme una botella de sangre de la despensa.

—¿Qué? —preguntó su medio hermano—. ¿Hablas en serio?

—Ya me oíste.

Oyó cómo las botas de Blake raspaban el suelo de madera al salir de la habitación.

Ursula le dirigió una mirada dubitativa.

—¿Qué intentas hacer?

—Te demostraré que soy civilizado, que no quiero tu sangre. —Él sabía que mentía, pero tenía que convencerla de lo contrario. O nunca conseguiría la otra cosa que deseaba: su cuerpo, debajo de él, jadeando en éxtasis.

—¿Bebiendo sangre de una botella? ¡Eso no va a demostrar nada!

Probablemente tenía razón, pero establecería otra cosa.

—Al menos durante las próximas veinticuatro horas sabrás que estoy saciado y que estás a salvo de mí. Si realmente has pasado los últimos tres años con vampiros, conoces sus hábitos, sus impulsos, sus necesidades. Sabes que un vampiro no tiene el impulso de atacarte por tu sangre si se ha alimentado lo suficiente.

Hubo un asentimiento casi imperceptible. Aun así, la duda en sus ojos no desapareció.

—Eso no significa que esté a salvo de ti.

Él la miró a los ojos y tuvo que darle la razón en silencio. No, no estaba a salvo de él. Tal vez podría contener el hambre que sentía por su sangre alimentándose más de lo normal, pero ¿cómo podría reprimir el deseo que crecía en sus entrañas? ¿Podría realmente vigilarla sin ceder a la tentación de tocarla, besarla, apretar su cuerpo contra el de ella? ¿O el fuego que ella había encendido con su beso se descontrolaría y le exigiría que la tomara y la desnudara? Y una vez que estuviera desnuda y jadeando debajo de él, ¿tendría fuerzas para resistirse a morderla? Lo dudaba.

¿Cómo podía siquiera tener esos pensamientos, sabiendo por lo que ella había pasado? Probablemente lo último que quería era que un hombre la deseara, y mucho menos que la tocara.

Incapaz de rebatir su afirmación, apartó la mirada. Se alegró de no tener que contestar cuando Blake volvió a entrar en la habitación y le puso una botella de sangre en la mano.

—Gracias.

Oliver no perdió ni un segundo, desenroscó la tapa y se llevó la botella a los labios. Era horrible: sin vida, insípida y fría. Pero no era la temperatura lo que le molestaba: era el hecho de no poder hundir los colmillos en carne humana mientras bebía. Era diferente y no le producía la misma emoción que sentía cuando cazaba humanos y se alimentaba de ellos. Le dejaba una sensación de vacío. Pero tragó la sangre de todos modos. Su cuerpo se saciaría y, tal como le había dicho, no desearía la sangre de Ursula durante muchas horas. Eso no significaba que su mente estaría saciada, pues una parte de él seguía deseando cazar, sentir la emoción de hundir los colmillos en un mortal vivo respirando.

Bajo sus párpados entrecerrados, se dio cuenta de que ella le observaba. No mostraba nada de asco por su acción. Tal vez se había insensibilizado por lo que había visto en cautiverio, o tal vez había aprendido a ocultar bien sus sentimientos.

Cuando dejó la botella vacía, se dirigió a ella de nuevo:

—Quizás quieras descansar. Te acompañaré al cuarto de huéspedes.

—El cuarto de huéspedes es un desastre —afirmó Blake—. Está lleno de cajas de ropa de Rose en lo que renuevan el armario de la recámara principal.

Oliver volvió a mirar a Blake.

—Lo había olvidado. Mi cuarto entonces.

—No voy a dormir en tu...

Levantó la mano para detenerla.

—No lo voy a usar. Además, tiene un baño privado con bañera, por si quieres... —Dejó que su voz se entrecortara. Imaginarla en su bañera, rodeada de agua caliente y espuma, de repente le robó la capacidad de hablar.

—¿Tiene cerradura?

—El baño sí, la puerta de mi cuarto no. Pero te prometo que nadie entrará mientras estés en ella.

Dudó un instante.

—De acuerdo.

12

La puerta del cuarto no tenía cerradura: al menos eso significaba que no podían encerrarla. Y como el baño estaba cerrado, incluso podía tener unos minutos de privacidad.

Ursula suspiró aliviada.

—Te mostraré mi habitación — ofreció Oliver.

Blake lo interrumpió al instante, mirándolo fijamente.

—Lo haremos los dos.

Se abstuvo de poner los ojos en blanco ante su demostración de exceso de testosterona.

El cuarto de Oliver estaba en el tercer piso de la enorme mansión. Una gran escalera de roble conducía a los pisos superiores. Ursula tomó nota de su entorno. Cuando Oliver abrió la puerta de su habitación y entró, ella le siguió. Blake entró detrás de ella.

Para ser del periodo eduardiano, la habitación era grande. Y un poco desordenada.

Oliver se apresuró a recoger un par de bóxers del suelo y los escondió detrás de su espalda.

—Lo siento —se disculpó en voz baja. Señaló una esquina de la habitación—. Ese es el baño. Hay toallas limpias en el armario, y si quieres cambiarte de camisa, hay muchas camisetas ahí si quieres que te preste una.

Se miró la camiseta y se dio cuenta de que tenía manchas de sangre. Pero ¿realmente ella querría usar una de sus camisetas? ¿Por qué intentaba ser tan amable con ella? ¿Para darle una falsa sensación de seguridad? Juró no caer en la trampa.

Ella asintió con la cabeza y miró a su alrededor. Se acercó lentamente a la ventana y miró hacia fuera. No había escalera de incendios frente a la ventana. Se volvió lentamente.

—Lindo cuarto. ¿Solo viven aquí ustedes dos?

Si pensaban que estaba manteniendo una conversación cortés, se equivocaban. Lo único que quería saber era si alguien más podría aparecer en la casa más tarde y arruinar sus planes.

Oliver sonrió.

—Nuestros padres son los dueños de la casa, Quinn y Rose. Pero están de luna de miel en Inglaterra.

¿Inglaterra? Lo bastante lejos como para que de pronto no volvieran. Pero había algo más en su respuesta que no tenía sentido—. ¿Luna de miel? —Si tenían dos hijos adultos, ¿por qué se iban ahora de luna de miel?

—Sí, es un poco complicado —dijo Oliver.

Blake se rio entre dientes.

—Te lo explicaré si quieres.

Ella se encogió de hombros. Cuanto más supiera con qué y con quién estaba tratando, mejor. Aparte de eso, no le interesaban lo más mínimo sus circunstancias familiares. *Cierto.*

Claramente emocionado por tener algo de lo que hablar, Blake se lanzó a dar explicaciones.

—En realidad soy su único pariente de sangre y...

—Si tienes que contar la historia —interrumpió Oliver—, por favor, mantén los hechos claros. Llevo la sangre de Quinn, así que soy tan pariente de sangre como tú.

Ursula lo miró, encontrando extraño que pareciera algo molesto por las palabras de Blake. Como si quisiera asegurarse de no ser excluido.

—Bueno, está bien, me equivoqué de palabras, ¡gran cosa! En fin. —Blake se volvió para mirarla—. Quinn y Rose son mis tátara-tátara-abuelos.

Se pelearon hace doscientos años y se reconciliaron hace solo un par de meses.

Eso explicaba una cosa: Rose y Quinn eran vampiros. Sin embargo, algo más de la historia de Blake no podía ser cierta entonces.

—Los vampiros no pueden tener hijos. Oí hablar de ello a los guardias.

En cierto modo, el conocimiento la había llenado de satisfacción: al menos significaba que los vampiros no podían procrear como lo hacían los humanos y, por lo tanto, no contaban con una manera de reponer sus filas.

—No es del todo cierto —interrumpió Oliver—. Los vampiros hombres pueden engendrar hijos con sus compañeras humanas. Pero en el caso de Quinn y Rose fue distinto: ambos eran humanos cuando tuvieron un hijo.

Blake asintió con entusiasmo.

—Sí, y de ahí vengo yo. —Luego señaló a Oliver—. Oliver solo está emparentado con Quinn, no con Rose.

Oliver le fulminó con la mirada.

—Lo cual no me hace menos familia. —Luego relajó sus músculos faciales—. Quinn es mi señor. Llevo más de tres años trabajando para Scanguards. Entonces era humano, pero sabía lo que eran. Samson, el dueño, me tomó bajo su ala. Yo era su mano derecha, sus ojos y oídos durante el día, cuando era vulnerable.

Ursula no pudo evitar notar el brillo orgulloso en sus ojos cuando hablaba de su jefe.

—Estaba con ellos por voluntad propia. Hasta que... —Vaciló y se miró los zapatos.

Ella no dijo nada, simplemente esperó ansiosa a que él continuara. ¿Cómo se había convertido en vampiro? ¿Lo había elegido él? ¿O se lo habían impuesto?

—De todos modos, estoy seguro de que aquí estarás a gusto.

Entonces su mirada se desvió más allá de ella, hacia la cama. Lo que sea que vio allí lo hizo acercarse. Ella contuvo la respiración, preguntándose si la atacaría de repente. Sin embargo, él pasó a su lado, haciéndola voltear.

Buscando algo en la mesita de noche, murmuró:

—Solo por precaución.

Fue entonces cuando vio lo que estaba haciendo: desconectaba un pequeño teléfono negro que se camuflaba con el color oscuro del mobiliario. ¡Maldición! No lo había notado al entrar en la habitación, pero lo habría visto al examinar más cuidadosamente el lugar una vez sola. Demasiado tarde. Sus posibilidades de llamar a sus padres acababan de disminuir drásticamente.

Se tragó su decepción y se encontró con la mirada de Oliver. Sus ojos azules brillaban con lo que parecía ser arrepentimiento. Se sacudió la idea de inmediato. No, los vampiros no sentían arrepentimiento. Quizá simplemente estaba demasiado agotada para pensar con claridad.

Como si percibiera su frustración, le dijo:

—Lo siento mucho, pero no podemos arriesgarnos a que llames a nadie. No solo podría ponernos en peligro a nosotros, sino también a ti. Sé que quieres hablar con tus padres, pero ¿y si quien te capturó los está vigilando ahora que escapaste? Deben saber que intentarás ponerte en contacto con ellos. Delataría tu escondite.

A regañadientes, tuvo que admitir que él tenía razón. Su sangre era demasiado valiosa para que la perdieran. Intentarían recuperarla y utilizarían cualquier medio para ello. Pero Oliver no lo sabía.

Sin pensarlo, sus siguientes palabras salieron de sus labios.

—¿Entonces me crees?

Él pareció contemplar su respuesta mientras le echaba una larga mirada al cuerpo, una mirada que, extrañamente, la hizo sentir calor y hormigueo.

—Mi instinto me dice que estás diciendo la verdad, pero no siempre puedo confiar en mi instinto. Necesito pruebas, porque hay muchas cosas que no tienen sentido.

—¿Cómo qué? —replicó ella.

—¿Por qué te mantendrían cautiva por tu sangre cuando se puede conseguir libremente en las calles?

Su sangre no se podía conseguir libremente en las calles, como él decía, pero ella no podía decírselo. En cuanto supiera lo que hacía su sangre, él también la querría. Él también vería la posibilidad de ganar mucho dinero vendiéndola a otros vampiros, tal como lo habían hecho sus captores. No, no podía revelar esa información.

—Pasó, pero no sé por qué —mintió, tratando de no parpadear cuando sus ojos se encontraron. ¿Podría él darse cuenta de que estaba mintiendo?

—Supongamos que había una razón convincente, solo por el bien del argumento —concedió—. Entonces me parece muy extraño que pudieras escapar. Dijiste que tenían guardias vigilándote.

Ursula echó los hombros hacia atrás.

—Sí, los tenían. Pero llamaron al guardia a otra habitación cuando hubo problemas. Aproveché la oportunidad para escapar.

Oliver negó con la cabeza.

—¿Y el otro vampiro? ¿El que se alimentaba de ti? ¿Dónde estaba? ¿Ves cómo no tiene sentido? Seguramente él tampoco salió de la habitación.

—Por supuesto que no lo hizo.

—No me digas que venciste a un vampiro tú sola.

La mirada burlona de Oliver le hirvió la sangre. ¿Cómo se atrevía a burlarse de ella?

—¿Y qué te hace pensar que no puedo hacerlo?

—¡Mírate! ¿Cuánto mides? ¿Uno sesenta? ¿Uno sesenta y dos? ¿Y cuánto pesas? ¿Cincuenta y cinco kilos? Ni siquiera podrías vencer a un humano, mucho menos a un vampiro. Alguien tuvo que ayudarte a escapar.

Furiosa, se llevó las manos a las caderas y lo fulminó con la mirada. Pero contuvo la lengua.

—¡Al idiota no le importó! ¿De acuerdo? ¡Consiguió lo que buscaba y me dejó salir de la habitación! ¡Ni siquiera sabía que me estaba escapando! Probablemente asumió que estaba volviendo a mi cuarto.

Cuando Oliver la miró con sospecha en los ojos, ella resistió su mirada sin pestañear.

—No te creo.

—¿No puedes dejarla en paz? —se quejó Blake detrás de él—. ¿Qué importa ahora? Escapó. Fin de la historia.

—¿Qué no me estás diciendo? —insistió Oliver, ignorando a su medio hermano.

—Nada.

Él no le creía, eso estaba claro. Ni siquiera podía culparlo.

Lentamente, dio un paso atrás.

—De acuerdo. Hablaremos mañana. Estás cansada y has pasado por mucho. Siéntete como en casa. Hay televisión, música, libros. Si tienes hambre, Blake te traerá algo de comer.

Luego se dio la vuelta y salió de la habitación. Ella oyó sus pasos alejarse por el pasillo.

—¿Tienes hambre? —preguntó Blake.

—No.

Blake asintió y se dio la vuelta, dejándola sola.

Por ahora, había esquivado una bala, pero ¿cuánto tiempo más podría ocultarle la verdad a Oliver?

13

Ursula se sumergió en el agua caliente, dejando que acariciara su cuerpo cansado, esforzándose por mantener el brazo herido fuera del agua para que el vendaje no se mojara.

No solo había cerrado con llave la puerta del baño, sino que también había encajado el cesto de ropa debajo de la manija como precaución adicional. No le extrañaría que Oliver —o Blake— irrumpieran para poder verla desnuda. Ambos la habían mirado con ojos lujuriosos. Con Blake estaba segura de que no era su sangre lo que deseaba, pero con Oliver tenía sus dudas. Tal vez él quería ambas cosas: su cuerpo y su sangre. Después de todo, ella ya le había ofrecido su cuerpo. Quizás ahora, que estaba fuera de peligro inmediato, él quisiera cobrar esa promesa.

Pero no le había hecho esa promesa a un vampiro, al menos no conscientemente. Se la había hecho a un hombre joven y apuesto, un hombre que había creído humano, y lo había hecho por desesperación. Las cosas habían cambiado desde entonces. Él resultó ser el enemigo.

Ese pensamiento la hizo reaccionar. ¿Cómo no había visto las señales? Después de tres años conviviendo con vampiros, había desarrollado un sentido para reconocer los rasgos que los delataban: sus movimientos fluidos y elegantes, el estado de alerta en sus ojos, su piel aparentemente perfecta e impecable. Y, por supuesto, su velocidad. Pero cuando lo conoció, Oliver simplemente se quedó ahí, inmóvil, eliminando la posibilidad de reconocerlo como vampiro por sus movimientos.

Sus ojos azules la habían hipnotizado, cegándola al punto de que no había visto nada más.

Sacudió esos pensamientos de su mente. Era inútil llorar por la leche derramada. Lo más importante ahora era elaborar un plan de acción, en cuanto terminara de bañarse. Sin embargo, sentir cómo el agua caliente relajaba sus músculos adoloridos, cómo aliviaba su cuerpo exhausto, le hacía querer cerrar los ojos y dejar que el sueño la llevara a un lugar seguro. Tal vez si pudiera descansar un momento, todo parecería menos desesperado, menos desesperanzador.

Pero no, no podía permitirse flaquear. Decidida a mantenerse fuerte y alerta, tomó el gel de ducha y se enjabonó el cuerpo, librándose de los últimos rastros de sangre y suciedad que se habían acumulado durante su escape de aquella prisión. Se frotó cada vez más fuerte, como si con ello pudiera borrar las cicatrices de los últimos tres años.

Sin embargo, seguía sintiéndose sucia, mancillada por los vampiros que la habían utilizado. Era una mancha que temía que nunca desapareciera, sin importar cuánto jabón usara para lavarla.

Al darse cuenta de la inutilidad de sus esfuerzos, se le llenaron los ojos de lágrimas. Y en la intimidad del baño de un extraño, dejó que brotaran las lágrimas. Cuánto tiempo lloró, no lo supo, pero cuando por fin se detuvo, el agua ya estaba tibia.

Entumecida por su muestra de debilidad, alcanzó la toalla que había sacado del armario anteriormente y se secó. Se puso los pantalones sin sus bragas —que estaban colgadas en el toallero para secarse—, pero al mirar su camiseta manchada de sangre y tierra, consideró la oferta de Oliver de ponerse ropa limpia.

Le costó una buena dosis de orgullo admitirse a sí misma que deseaba sentir una camiseta limpia sobre su piel. Tirando su propia camiseta al suelo, retiró la barricada que había delante de la puerta y le quitó el seguro.

El dormitorio estaba vacío—nadie había entrado. Fue un alivio.

Al escrutar el armario de Oliver, Ursula no encontró nada fuera de lo común: su gusto por la ropa era muy... *humano*. Pantalones de mezclilla en distintos tonos de azul y negro, camisetas de varios colores, varios trajes formales —lo que la sorprendió, pues no parecía que usara ropa formal— y zapatos, cinturones y corbatas.

Abrió un cajón: calcetines. En el de al lado había un montón de ropa interior. Una oleada de calor la recorrió. Con el rostro encendido, cerró el cajón rápidamente. Por supuesto, sabía que incluso los vampiros usaban bóxers o calzoncillos. Pero no le interesaba saber a qué categoría pertenecía Oliver. Ella ya lo sabía: antes había recogido un par de bóxers del suelo.

Sacó a ciegas una camiseta de una de las pilas y cerró la puerta del armario. Rápidamente se la pasó por la cabeza y se metió los extremos dentro de los pantalones. Le quedaba grande, como era de esperarse, pero cumplía su función.

Ursula miró el reloj en la mesa de noche. Faltaban al menos cuatro horas, si no cinco, para el amanecer. Era el momento de tomar una decisión: quedarse aquí con los vampiros y esperar poder convencerlos de que la ayudaran a ella y a las otras chicas que seguían encarceladas, o salir corriendo, con la esperanza de que la policía creyera su historia y la ayudara.

¿Qué escenario tenía más probabilidades de éxito?

Como siempre que se enfrentaba a una decisión monumental que podía cambiar su vida para bien o para mal, contempló cada opción por sus propios méritos. Primero, la opción de escapar y buscar a la policía: parecía relativamente sencilla. Solo había dos hombres en la casa, uno de ellos un humano cuyas habilidades sensoriales no eran superiores a las de ella. Aunque Blake parecía fuerte, ella tenía la sensación de que podría ser más lista que él. No así con Oliver. Pero sabiendo que los vampiros eran criaturas nocturnas, era muy probable que estuviera durmiendo profundamente durante las horas del día, por lo que una fuga a la luz del día era su única opción viable. Además, aunque se despertara, una vez que ella hubiera huido de la casa, él no podría seguirla sin arriesgarse a ser incinerado por el sol.

Encontrar una estación de policía no debería ser demasiado difícil. Podría pedir direcciones a cualquier transeúnte. Pero una vez allí, ¿qué les diría? ¿Que un grupo de vampiros la había secuestrado y aún mantenía cautiva a una docena de chicas? No. Pensarían que estaba loca. ¿Y si les dijera que una red ilegal de prostitución tenía encerradas a las chicas? Ese escenario parecía más creíble, y la policía seguramente investigaría. Estaba segura de que, una vez que llegara al distrito de Bayview, donde Oliver dijo que la había encontrado, encontraría el camino de vuelta a su antigua prisión. Se había asegurado de recordar nombres de calles y edificios memorables.

Pero una vez que la policía estuviera allí, allanando el edificio, ¿qué pasaría entonces? Sabía que las armas mortales que tenía la policía nunca matarían a un vampiro. Lo que necesitaban eran estacas y pistolas con balas de plata, algo que había aprendido durante su cautiverio. La policía sería masacrada por los vampiros. Ella misma estaría lo bastante lejos para escapar y volver a casa. ¿Pero podría vivir con la culpa de haber enviado a tantos hombres a una muerte segura? ¿Y qué tal las otras chicas? ¿Podría vivir sabiendo que seguían prisioneras como putas de sangre?

Ursula negó con la cabeza.

¿Pero era mejor su otra opción? ¿Podría convencer a los vampiros de Scanguards para que la ayudaran e ir tras sus captores para salvar a las otras chicas y asegurarse de que esto no le ocurriera a nadie más? Cuanto más lo pensaba, más sabía que no tenía elección. Si alguien podía luchar contra esos vampiros, serían otros vampiros. Sabrían lo que les esperaba y estarían preparados para luchar contra ellos. Al menos sería una pelea justa. Pero si triunfaban, ¿podría mantener en secreto lo que su sangre y la de las otras chicas significaban para un vampiro? ¿O descubrirían que su sangre actuaba como una droga potente para los vampiros? ¿También la querrían para sí mismos?

Una y otra vez pensó en las consecuencias de quedarse en lugar de intentar escapar y arriesgarse con la policía. En el fondo, conocía la respuesta a su dilema, pero tenía miedo de admitirla. A medida que pasaban los minutos, no podía retrasar más su decisión. Se quedaría.

Sin embargo, había una cosa que tenía que hacer primero: necesitaba llamar a sus padres para decirles que estaba bien y que volvería pronto a casa. Solo una llamada breve, de unos segundos, eso era todo lo que necesitaba. Lo suficientemente breve para que nadie pudiera rastrearla hasta la casa de Oliver.

Pero como Oliver había sacado el teléfono de su habitación, tenía que encontrar otro. Quizás tuviera uno de repuesto en alguna parte. Si no, ella tendría que aventurarse a bajar las escaleras una vez que él estuviera dormido y probar en la biblioteca o en la cocina. ¿No tenía todo el mundo un teléfono en la cocina?

Ursula tomó el control remoto y encendió la televisión, subiendo el volumen para que el sonido enmascarara sus acciones. Era plenamente consciente de que los vampiros tenían un oído excelente, más agudo que el de cualquier humano. Que él pensara que estaba viendo la tele.

Mientras un aburrido infomercial sobre el último fármaco para perder peso sonaba de fondo en la pantalla, ella exploró el dormitorio.

Se dedicó a su búsqueda minuciosa, sin dejar un solo rincón sin revisar. Sin embargo, sus esperanzas se desvanecieron rápidamente: no había ninguna computadora con acceso a Internet, ningún celular viejo, ningún teléfono de repuesto que pudiera enchufar en la pared. Lo que tenía en abundancia eran CDs de música y una extensa colección de películas en DVD.

Si no supiera mejor, habría imaginado que aquella habitación pertenecía a un hombre perfectamente normal, un hombre *humano*, no un vampiro. Todo parecía tan decididamente... normal.

No es que alguna vez hubiera estado en el dormitorio de un vampiro. Aunque sabía que la mayoría de los guardias vampiros vivían en el mismo edificio donde había estado prisionera, nunca había estado en los pisos inferiores donde se encontraban sus cuarteles.

Decepcionada por no haber encontrado nada útil, se dejó caer en la cama, acomodó las dos almohadas detrás de su espalda y comenzó a cambiar los canales. Cuando giró la cabeza, aspiró un aroma embriagador: masculino, fuerte, cautivador. Lo reconoció: era el mismo olor que Oliver había desprendido cuando lo besó. Le provocaba algo. Le dieron ganas de tocarse para conseguir alivio. Maldita sea, pero no lo haría. ¡No se tocaría porque la excitaba el aroma de un vampiro!

La vergüenza la recorrió con solo pensarlo. No, no caería tan bajo, por mucho tiempo que llevara sin sentir satisfacción sexual. Aunque ya no estuviera encadenada, ahora no cedería a sus deseos. Pronto sería verdaderamente libre. Entonces podría empezar a vivir de nuevo.

Ursula cerró los ojos y respiró hondo, tratando de pensar en otras cosas.

En volver a la universidad para terminar sus estudios, en volver a ver por fin a sus padres. En salir al cine con sus amigos, en reuniones familiares, en viajes a la playa. Cosas que cualquier joven normal desearía. Cosas que le habían robado.

Con un suspiro, se relajó en las almohadas y se tapó la parte inferior del cuerpo con una esquina de la manta para protegerse del frío que sintió de repente. El cansancio le subió por las piernas y se instaló en su vientre. Tal vez se echaría una siesta de unos minutos. Solo para recuperar fuerzas.

⎯⎯⎯

Ursula se incorporó de golpe y se sentó en la cama. Por un segundo no supo dónde estaba, pero luego todo volvió a su memoria. No había sido un sueño.

—Buenos días —dijo un hombre, haciendo que su corazón se detuviera y su cabeza diera vueltas en la dirección de la que procedía.

Tardó dos segundos más en sentir alivio cuando se dio cuenta de que un presentador de noticias de la televisión había dicho esas palabras, saludando a sus espectadores al comenzar un programa matutino local.

Saltó de la cama y corrió hacia la ventana, empujando las pesadas cortinas a un lado. Cuando miró fuera, se dio cuenta de que, aunque ya era de día, no penetraba mucha luz a través del cristal de la ventana. Concentró sus ojos en el vidrio y notó que lo cubría una fina película de color que parecía limitar la cantidad de luz solar que entraba en la habitación. Se preguntó si aquella película funcionaba como un protector solar, aunque no era lo suficientemente oscura como para bloquear todos los rayos, como lo haría una cubierta negra. ¿Tal vez fuera reflectante por el otro lado, desviando así la luz del sol como un espejo?

Bueno, a ella no le importaba. Era hora de prepararse. Tenía que bajar las escaleras y encontrar un teléfono.

Los nervios le resecaron la boca. En busca de alivio, entró al baño y bebió un trago de agua del grifo, luego se miró al espejo. La hinchazón alrededor de sus ojos había disminuido y nadie sabría que había llorado. No sabía por qué eso la hacía sentir mejor. No era como si le importara la opinión que un vampiro pudiera tener de ella.

Dejó la televisión encendida para disimular cualquier ruido que hiciera, giró con cuidado la perilla y abrió lentamente la puerta del pasillo. La luz era tenue. Solo una pequeña lámpara en la pared iluminaba el extremo opuesto. El piso de abajo parecía estar oscuro.

Tras asegurarse de que nadie vigilaba su puerta, salió a escondidas y cerró silenciosamente la puerta del dormitorio detrás de ella. Tomando precauciones para pisar con cuidado, caminó hacia la escalera. La alfombra mullida bajo sus zapatos amortiguaba el sonido de sus pasos.

Cuando llegó al final de la escalera, se agarró al pasamanos y bajó un pie, luego el siguiente, con cuidado de no tropezar. A medida que descendía, dejando atrás el tercer piso, se hacía más oscuro. Como había adivinado, en este piso no había luces encendidas. Solo podía ver un tenue resplandor procedente del primer piso, probablemente de la luz del vestíbulo de entrada.

Cuando puso el pie en el último escalón, llegando al segundo piso, siguió usando el pasamanos como guía. *A medio camino*, se animó a sí misma.

La casa estaba en silencio. Oliver probablemente estaba durmiendo. Y Blake, aunque estuviera despierto, no tenía el tipo de oído que poseía un vampiro. Si se mantenía callada y respiraba con suavidad, él nunca la escucharía.

Unos pasos más y llegaría al final del último tramo de escaleras.

—¿Nos dejas tan pronto?

Se le cortó la respiración y el corazón le dio un par de saltos. Entonces Oliver la agarró y la obligó a alejarse de las escaleras. En una fracción de segundo, se encontró presionada contra la pared, con su cuerpo y sus brazos formando una jaula a su alrededor de la que no podía escapar.

Pasaron unos segundos sin que nadie hablara.

—¿Sin palabras? —se burló.

—Yo... —Odiaba que tuviera razón. No le salieron palabras de la garganta, pues su cerebro todavía lidiaba con el impacto de haber sido descubierta. O tal vez fuera el impacto de sentir su cuerpo tan cerca del suyo.

—Ursula, Ursula... —Él negó con la cabeza mientras su mano se dirigía al rostro de ella para apartarle un mechón de su pelo negro—. Qué nombre más raro para una china. ¿Tan siquiera es tu nombre?

Desafiante, ella levantó la barbilla.

—Mi padre era un gran admirador de Ursula Andress. Y no hay ninguna ley que diga que debo tener un nombre chino porque soy china—. Aunque lo tuviera, claro. Su segundo nombre era chino y todos sus parientes la llamaban por su nombre chino, no por su nombre occidental.

—Veo que tu padre tiene buen gusto en cuanto a mujeres.

—Me sorprende que sepas quién es.

—Una chica Bond.

Ursula había visto los muchos DVD que tenía Oliver, pero no se había molestado en mirarlos para averiguar qué le interesaba. Al parecer, le gustaba el 007.

—Ahora suéltame. —Ella empujó contra él, pero él no cedió ni un milímetro.

—No.

Enfadada por su negativa, apretó los labios.

Él se rio suavemente.

—¿De verdad creías que podrías escabullirte de la casa sin que me diera cuenta?

Decidió no corregirlo. No había necesidad de que se enterara de que intentaba llamar a sus padres.

—Pensé que habías vivido con vampiros durante los últimos años. ¿Eso no te enseñó nada sobre nosotros? ¿Nuestras habilidades?"

Su cabeza se acercó.

—¿Nuestros deseos?

Ella tragó saliva ante su insinuación, pero al mismo tiempo fue incapaz de romper el contacto visual. Sus ojos azules la miraban con tal intensidad que se sintió paralizada.

—Sí —dijo aún más suavemente—, sobre todo nuestros deseos.

Su mirada se posó en los labios de ella, y solo con ello los hizo temblar.

—¿Recuerdas nuestro beso? —Él no esperó una respuesta, aunque ella no tenía fuerzas para darla—. Cuando cierro los ojos, aún puedo sentir tus labios sobre los míos.

Ella aspiró hondo, y la expansión de su pecho hizo que sus pezones rozaran sus duros pectorales. Los ojos de él se abrieron de par en par y respondió apretando más su cuerpo contra el de ella.

—Y recuerdo lo que me ofreciste.

Por fin volvió a encontrar la voz.

—¡Nunca me acostaré con un vampiro!

Él bajó los párpados tan deprisa que ella no pudo ver su reacción a sus palabras.

—Ya me lo imaginaba. Pero dime, si fuera humano, ¿te habrías acostado conmigo?

Ella jadeó ante su atrevida pregunta.

—Eso no es un...

—Responde a la pregunta —interrumpió—. Si nos hubiéramos conocido en otras circunstancias, y si yo todavía fuera humano, ¿habrías hecho algo más que besarme? ¿Te habrías acostado conmigo?

Ella giró la cabeza para escapar de sus penetrantes ojos, pero la mano de él en la barbilla la obligó a volver a mirarlo.

¿Se habría acostado con él? Ursula estudió sus atractivos rasgos, su barbilla obstinada, su nariz grande y sus cejas fuertes. Intentó no mirar sus labios, pero era difícil evitarlos. Sí, si se hubieran conocido en un campus universitario o se hubieran presentado en una fiesta, ella habría salido con él, lo habría llevado a su dormitorio y lo habría desnudado. Pero esto no fue lo que pasó.

Ella negó con la cabeza.

—¡No!

—Mentirosa —él susurró sin malicia—. Mi pequeña y bella mentirosa. Cuánto desearía ahora mismo seguir siendo humano.

Paralizada en su sitio, observó cómo se acercaban sus labios. Cuando rozaron los suyos, parecía que no lo hacían con prisa, casi como si él le diera tiempo para apartarse. Sin embargo, no podía escapar a la creciente necesidad que sentía en su interior, aunque no quisiera admitirlo. Quería volver a sentir sus labios.

Cuando su boca presionó con más fuerza contra la suya, ella ladeó la cabeza y separó los labios. Un gemido salió de la garganta de Oliver y rebotó contra ella. Entonces su lengua acarició sus labios antes de sumergirse en su interior.

Nunca había sentido algo tan suave y... gentil, casi como si él tuviera miedo de asustarla o herirla. Pero lo único que la asustaba más que su beso era su reacción ante él. Si ahora le preguntara si se habría acostado con él, su respuesta sería un *sí* rotundo. Por suerte, él estaba demasiado ocupado besándola como para hacerle más preguntas.

14

———

Por segunda vez en menos de veinticuatro horas, él estaba besando a Ursula. Pero esta vez lo disfrutaba aún más que la primera. Tomándose su tiempo, Oliver la persuadió para que lo besara con suaves caricias provocativas. Lo último que quería hacer era asustarla. Ya sería bastante difícil lograr que confiara en él y mirara más allá del hecho de que él era precisamente la criatura que ella odiaba. Por lo tanto, jugaría en contra de su naturaleza: sería amable en lugar de exigente, tierno en lugar de agresivo, y suave en lugar de duro.

Bueno, tal vez no lo último: era físicamente imposible, como él ya podía sentir. Porque estaba tan duro como una roca. En el momento en que la había visto contemplar su pregunta sobre si se acostaría con él si fuera humano, la sangre se había disparado hacia su miembro y lo hizo hinchado.

A pesar de su propósito de no parecer exigente ni agresivo, Oliver apretó sus caderas contra el vientre de ella, presionándola más fuerte contra la pared. Todo lo masculino que había en él quería hacerla consciente de su necesidad. Cuando ella reconoció que sentía su erección con un gemido grave, él quiso aullar. Pero en lugar de intensificar su beso, se aferró al control con cada fibra de su ser.

Tranquilo, se advirtió a sí mismo.

Su mano peinó su sedosa cabellera, de textura suave pero fuerte y perfectamente liso. Mientras seguía ahondando en la cálida caverna de su boca y bailando seductoramente con ella, su pulgar acarició la vena hinchada en su cuello. Palpitaba bajo sus caricias, llamándolo. Ignoró esa necesidad particular, sabiendo que no podía ir allí: si la mordía, nunca se acostaría con él, y ahora mismo, su necesidad de sentir su cuerpo unido al de ella era más fuerte que su ansia de sangre. Mucho más fuerte.

De hecho, su deseo de tener sexo con ella ahogó casi por completo su necesidad de sangre. Nunca nada lo había conseguido. Desde que se había convertido en vampiro dos meses antes, ni siquiera había sentido necesidad de sexo, porque su ansia de sangre lo había eclipsado todo. Sus escasas visitas al burdel de Vera, contrariamente a lo que se creía, no habían sido con fines sexuales. Más bien había ido allí por la compañía.

Cuando sintió que Ursula le metía una mano en el pelo y le acariciaba la nuca con la otra, un escalofrío le recorrió la columna. Separó sus labios de los de ella, tomando una bocanada de aire que tanto necesitaba.

—¡Oh, Dios, nena!

Luego hundió los labios en su cuello y le plantó besos con la boca abierta sobre su piel caliente.

—Tan hermosa —murmuró, y deslizó una mano por su torso.

Cuando le tocó su pecho sin sostén, Ursula dejó escapar un suspiro. Luego, una palabra salió de sus labios sin aliento.

—Sí.

Tanto el hombre como el vampiro en él aullaron triunfalmente. Le mordisqueó el lóbulo de la oreja sin dejar de acariciarle el pecho, y sus dedos capturaron el pezón endurecido a través de la tela. A cada instante, su respiración se volvía más errática y su corazón latía más deprisa. Su aroma cambió: ahora el dulce olor de la excitación le atormentaba las fosas nasales, despertando al vampiro que llevaba dentro. Pero no podía permitir que la bestia saliera a la superficie. Dependía demasiado de cómo lo percibiera ella, y desatar su lado indómito solo destruiría el progreso que había hecho hasta entonces.

Al fin y al cabo, Ursula le estaba respondiendo, olvidando claramente que estaba besando a un vampiro y permitiendo que la tocara íntimamente. Permitiendo que la excitara. Así como ella lo excitaba a él. No quería destruir esa sensación recordándole lo que era: un depredador.

Su cuerpo se sentía maleable entre sus brazos, precioso incluso. Tal vez saber por lo que había pasado en su corta vida era la razón por la cual sentía la necesidad de protegerla. No podía haber otra explicación. En cuanto a la lujuria que despertaba en él, la razón era innegable: Ursula era la mujer más atractiva que había conocido. Hermosa y exótica, fuerte y decidida, y tan apasionada. Su energía sexual era imposible de pasar por alto. Parecía irradiar de cada poro de su tentador cuerpo. Le resultaba incomprensible cómo un hombre podía mirarla y no sentirse instantáneamente tentado a llevársela a la cama.

Al pensarlo, sintió un dolor agudo en el pecho, como si alguien lo apuñalara con una navaja. Recordar cómo Blake la había mirado antes, cómo había intentado usar su —ciertamente considerable— encanto con ella, impulsó a Oliver a volver a presionar sus labios contra los de ella, para marcarla con un beso que esperaba la hiciera olvidar que su medio hermano siquiera existía.

Sí, tenía que asegurarse de que Ursula lo mirara solo a él, que le ofreciera su cuerpo pecaminoso solo a él. Enredándose con su lengua, capturó más de su dulce sabor, inhaló más de su aroma. Como un capullo, este lo envolvió, igual que sus brazos lo abrazaron, estrechándolo cerca ella.

Liberándose de sus labios, le exigió:

—Tócame.

Sin perder el ritmo, con los ojos aún cerrados, sus manos se deslizaron hacia su trasero.

—Mi verga, tócame la verga.

Le retiró una de sus manos de su trasero y se apartó lo suficiente para que ella deslizara la mano entre sus piernas. Cuando la cálida palma de su mano acarició su tensa erección un segundo después, él gimió en voz alta y volvió a hundir los labios en el cuello de ella, besando su carne caliente.

—¡Sí, nena! —la animó.

Un rayo de electricidad lo atravesó cuando ella lo apretó. Instintivamente, se presionó más fuerte contra su mano, pidiéndole más, exigiéndole que repitiera su acción.

Ella lo hizo.

El placer que le proporcionaba con su tacto aumentaba con cada toque y cada caricia de su mano. Como una tentadora experimentada, Ursula recorrió la longitud de su erección con las uñas, ahuyentando cualquier pensamiento sensato de su mente.

—¿Así? —susurró ella, con la voz tan entrecortada como la de él.

—Así —murmuró contra su piel, sin querer despegar los labios de su cuello. Lamió y mordisqueó, besó y acarició deliberada y lúdicamente para evitar perder el control. Pero sabía que era en vano. Si ella seguía tocándolo como lo hacía, en poco tiempo la tendría desnuda debajo de él. ¿Pero estaba lista para eso? ¿Para él?

¿O lo maldeciría cuando volviera en sí? Porque él no era mejor que los vampiros que habían tomado su sangre y... Dios, ni siquiera podía terminar de pensar en cómo habían usado su cuerpo. ¿Cómo podía él, Oliver, atreverse a hacer lo mismo?

Antes de que pudiera responder por sí mismo a la pregunta, sintió unas manos en los hombros, alejándolo de Ursula. Se tambaleó hacia atrás y chocó contra la barandilla antes de detenerse.

—¿Qué...?

La última palabra se le atragantó cuando Blake le dio un puñetazo en la cara.

—¡Pinche cabrón! ¿La estás mordiendo? ¡Pendejo! —Blake maldijo y volvió a golpear.

Pero Oliver ya se había recuperado y atrapó el puño que volaba de nuevo hacia él. Con un golpe calculado, lanzó a su entrometido medio hermano contra la pared y lo inmovilizó.

—¡No la mordí, idiota! —Lanzó una mirada de reojo a Ursula, cuyos ojos se habían abierto de par en par.

Ella se apartó de él y se alisó nerviosamente la camiseta con las manos. Tenía los labios hinchados y el cuello enrojecido por los besos. Oliver se dio cuenta de que la luz del pasillo estaba encendida. Blake debía de haberla encendido y, en su estado de confusión, Oliver ni siquiera se había dado cuenta. Sus sentidos vampíricos lo habían abandonado mientras besaba a Ursula.

Blake siguió su mirada, sus ojos recorriendo el cuerpo de Ursula.

—Entonces, ¿qué...? —Se detuvo—. ¡Oh! ¡Jesús, Oliver! ¡Sigues siendo un imbécil! ¿Después de todo lo que le ha pasado?

Sobrio, Oliver lo soltó. Blake tenía razón, pero nunca se lo admitiría. Buscó el contacto visual con Ursula, pero ella evitó su mirada.

—Lo siento, Ursula. No sé qué me pasó. —Era mentira. Sí, lo sentía, pero sabía qué le había pasado: Ursula. Ella se había metido bajo su piel. Había despertado en él deseos a los que no había prestado mucha atención en su corta vida como vampiro. ¿Era por eso que ahora lo abrumaban, porque llevaba demasiado tiempo ignorándolos?

Ursula no contestó.

Dios, se sentía como un imbécil. La había seducido y, por lo que parecía, ella se arrepentía de haberse dejado llevar. Y lo que aumentaba su evidente vergüenza era que Blake los había sorprendido en el acto.

Le devolvió la mirada a su medio hermano.

—¿Qué haces aquí arriba, de todos modos? ¿No se supone que estabas vigilando las puertas?

—Te habla Cain. Tiene información para ti —respondió Blake.

—¿Sigue en la línea?

—Te está esperando en el sistema interno de Scanguards.

—Con permiso. —Con una mirada de disculpa a Ursula, Oliver se dio la vuelta y bajó las escaleras, dejando a Blake con ella.

Al menos, podía estar seguro de una cosa: Ursula no permitiría que Blake la tocara ahora, no después de lo que acababa de pasar. Y Blake era lo suficientemente listo como para no intentar nada, aunque solo fuera para no terminar en la misma situación que Oliver.

Oliver entró al estudio y se dejó caer en la silla detrás del escritorio. La pantalla mostraba a Cain, también sentado frente a un escritorio. Estaban conectados a través del sistema de comunicación segura de Scanguards, un programa de videoconferencias similar a Skype. Sin embargo, estaba encriptado y, gracias a las habilidades de programación de Thomas, era a prueba de *hackers*.

—Ahí estás.

—¿Qué pasa? ¿Qué encontraste?

Cain se veía serio.

—Bastante, pero no estoy seguro de que te vaya a gustar.

Oliver cerró los ojos por un momento. Ya estaba metido hasta el cuello y solo podía esperar que las noticias no fueran del todo malas. Si Ursula les estaba mintiendo y resultaba ser una infiltrada de un grupo rival de vampiros, no sabía cómo saldría de la situación en la que se encontraba. Deseaba a Ursula, y con cada beso su necesidad se hacía más fuerte.

—Vamos, no me hagas sacártelo de la nariz.

Cain asintió.

—Encontré artículos de periódico sobre su desaparición, y Thomas pudo conseguirme los reportes policiales correspondientes. La foto es definitivamente ella. Se llama Ursula Wei Ling Tseng. Hija de un diplomático chino asignado a la embajada china en Washington D.C. Hija única. Estudiaba en la Universidad de Nueva York antes de desaparecer.

Oliver se relajó, bajando los hombros para liberar la tensión en su cuello.

—Hasta ahora, todo encaja. Entonces, ¿qué es lo que no me va a gustar?

Cain hizo una mueca.

—Nos dijo que la habían secuestrado. —Sacudió la cabeza—. Más bien, se escapó.

Un grito ahogado procedente de la puerta hizo que Oliver apartara la vista de la pantalla. Ursula estaba allí, con la boca abierta. Blake estaba detrás de ella.

—¡Eso no es cierto! —Corrió hacia la habitación y rodeó el escritorio, luego repitió sus palabras mientras miraba a Cain en la pantalla—. Es mentira.

Oliver percibió su angustia, pero no se atrevió a ponerle una mano tranquilizadora en el brazo.

—¿Estás seguro, Cain? —preguntó en su lugar, obligando a su voz a mantenerse tranquila, a pesar de la tormenta que se desencadenaba en su interior.

—Lo siento, pero sí. —Levantó unas hojas de papel—. Está en el reporte policial. Al parecer encontraron una nota escrita por Ursula.

Conmocionada, Ursula se inclinó hacia la computadora.

—¡Nunca escribí una nota! ¡No había ninguna nota!

—Eso no es todo —continuó Cain—. El informe dice que tú y tus padres tuvieron una gran pelea días antes de tu desaparición.

Ursula se echó hacia atrás y Oliver notó cómo se estremecía.

—Pero... —Vaciló, mirándolo, con lágrimas en los ojos—. Yo... todo fue un gran malentendido. Estaba estresada por mis exámenes. No quise pelearme con ellos.

Sus ojos le rogaban que comprendiera y a él se le partía el corazón por ella.

Un carraspeo llegó desde los altavoces.

—Las pruebas que encontró la policía, la nota, una prenda tuya en un muelle de Manhattan... concluyeron que te quebraste, que no pudiste soportarlo. Se dictaminó que fue un suicidio.

Un sollozo brotó del pecho de Ursula. Oliver notó cómo se agarraba al borde del escritorio para apoyarse y se levantó de un salto, atrapándola antes de que se le doblaran las rodillas.

—¿Mis padres piensan que estoy muerta? —sollozó—. No. No, por favor, no.

Oliver volvió a mirar hacia la pantalla.

—Gracias, Cain. Te llamo más tarde.

Luego condujo a Ursula hasta el sofá Chesterfield que estaba bajo la ventana y la bajó con cuidado, sentándose junto a ella sin soltarla de sus brazos.

Sus lágrimas solo se veían interrumpidas por frenéticas bocanadas de aire, que desembocaban en sollozos aún más fuertes. Nunca había visto a una mujer llorar así.

—Piensan que estoy muerta —repetía una y otra vez.

Oliver le acarició el cabello con la palma de la mano y presionó su cabeza contra su pecho.

—Lo siento mucho, cariño.

—Por favor, créeme —susurró apenas audible.

—Te creo. Te creo a ti.

Sus dudas sobre su historia se habían evaporado en el momento en que ella gritó al descubrir que todos la creían muerta. Su reacción había sido instantánea y pura. No había fingido su muerte y huido. Quien la había secuestrado, lo había hecho para impedir que sus padres y la policía la buscaran. Ahora no tenía ninguna duda al respecto.

—Mis padres —resopló—. Tengo que hacerles saber que estoy viva.

Él asintió.

—Me encargaré de eso. Pero tendrás que darme algo de tiempo. Si tus secuestradores se tomaron tantas molestias para hacerte desaparecer, no me extrañaría que vigilaran a tus padres ahora que lograste escapar. Deben anticipar que tus padres serán las primeras personas con las que te pondrás en contacto. Quiero asegurarme de que nadie esté espiando sus teléfonos ni interceptando sus comunicaciones.

—¡Pero no entiendes! ¡Deben estar sufriendo! Tengo que decirles que sigo viva. —Lo observó con una mirada que podría hacer sangrar una piedra.

—Oliver tiene razón —dijo Blake desde la puerta—. No solo por tu seguridad, sino también por la de ellos. ¿Y si amenazan a tus padres si tienen motivos para creer que saben dónde estás?

Las palabras parecieron calar, porque finalmente Ursula asintió. Pero eso no disminuyó el dolor que estaba grabado en el rostro.

—Haré que nuestra oficina en Nueva York envíe a alguien a Washington para que compruebe la situación. Si todo está claro, haremos los arreglos para que hables con ellos. Te lo prometo —dijo Oliver.

Era una promesa que estaba decidido a cumplir.

15

———

—Será mejor que tengas razón con esto —advirtió Zane.

Oliver cuadró los hombros y levantó ligeramente el mentón. Estaban junto a la Hummer de Zane, estacionado frente a la casa de Oliver. El sol se había puesto hacía apenas media hora.

— Ella dice la verdad. Tienes que creerle.

—No *tengo* que hacer nada. La única razón por la que autorizo esto es porque la historia me intriga.

—Si Gabriel estuviera aquí, él...

—Pero no está aquí —le cortó Zane—. Ahora mando yo. Y espero que se cumplan mis órdenes.

Oliver contuvo su próxima respuesta. Zane podía ser tan mamón a veces. Y ahora que cubría a Gabriel, quien estaba visitando la sede de Scanguards en Nueva York para asegurarse de que todo funcionara a la perfección, Zane era francamente insoportable.

—Entendido.

Un Porsche negro giró bruscamente en la esquina, dirigiéndose hacia ellos a toda velocidad. Ni él ni Zane se inmutaron. Cuando el coche se detuvo a escasos centímetros de ellos, Oliver sacudió la cabeza.

—Le encanta hacer una entrada —dijo Oliver, observando cómo se abría la puerta del coche y Amaury salía.

Una amplia sonrisa se dibujó en el rostro de su colega, y la suave brisa vespertina agitó su larga melena oscura. Sus penetrantes ojos azules brillaban aún más por la noche que durante el día.

—Justo a tiempo —reconoció Zane y levantó la mano en señal de saludo.

Oliver dio un paso hacia él.

—Hola Amaury, gracias por venir.

—No quería perderme la acción. —La voz áspera de Amaury resonó en la tranquila calle lateral.

—Ya veremos si hay acción —advirtió Zane—. Amaury, tú irás conmigo. Oliver, tú vas con Cain y la chica.

—Tiene nombre.

Zane arqueó una ceja.

—Ursula, pues. Te seguiremos, Oliver. Y más te vale que no nos lleves a una búsqueda inútil. Llámame cuando estés en el coche y mantén la línea abierta. Quiero escuchar todo lo que esté pasando.

Oliver asintió con firmeza, se dio la vuelta y subió de nuevo las escaleras hacia la puerta de entrada. Después de que Cain le diera toda la información sobre el pasado de Ursula, se había puesto en contacto con Zane para pedirle ayuda, sabiendo que, si hacía algo sin el apoyo de Scanguards, no solo se pondría en peligro a sí mismo, sino probablemente también a los demás. Por *los demás* se refería principalmente a Ursula, y era algo que se guardaba para sí mismo.

Cuando entró a la sala, Ursula se levantó de golpe del sofá, y tanto Cain como Blake lo miraron expectantes.

—Zane está de acuerdo.

Blake sonrió.

—¡Excelente! ¡Algo de acción!

—Tú no vienes, Blake.

—¿Qué?

—Ya me oíste. Nadie está de humor para salvarte el pellejo esta noche.

No era exactamente lo que Zane había dicho, pero como no sabían a qué se enfrentarían, habían acordado dejar atrás al humano. Ya era bastante malo tener que llevarse a una humana, a Ursula. Dos podrían distraerlos cuando tuvieran problemas.

—¡Eso es totalmente injusto! —se quejó Blake.

—La vida es injusta. Acostúmbrate—. Entonces Oliver hizo un gesto a Cain y Ursula—. Vamos. Iremos en la miniván. Zane y Amaury nos seguirán en la Hummer.

Cuando Ursula pasó junto a él, sus miradas se cruzaron. Un silencioso agradecimiento brillaba en sus ojos. Esperaba no haberse equivocado con ella y que no los estuviera llevando a una trampa.

Momentos después, estaban en la furgoneta, Cain sentado en el banco trasero y Ursula en el asiento del copiloto. Oliver arrancó el motor y salió disparado hacia la calle. Al pasar junto a la Hummer estacionada, marcó rápidamente el teléfono celular de Zane. Le contestó antes de que pudiera sonar una vez.

—*Adelante.*

Por el retrovisor, Oliver vio cómo la Hummer de Zane lo seguía.

—Voy a Bayview, donde me encontré con Ursula. —La miró de reojo—. Después, ella tendrá que guiarnos.

Ursula asintió nerviosa.

—Haré lo que pueda.

—*Más te vale* —dijo Zane por los altavoces.

—Lo hará —respondió Oliver con determinación antes de concentrarse en el denso tráfico vespertino del centro.

Cabalgaron en silencio hasta que él cruzó el puente de 3rd Street, detrás del parque de béisbol, pasó un par de nuevos desarrollos residenciales de lujo, y luego entró al barrio menos favorecido de Bayview.

La zona no tenía mucho a su favor. Estaba plagada de delincuencia, y ni siquiera la nueva extensión de la línea ferroviaria MUNI por la 3rd Street mejoró la situación. De hecho, ayudaba a que los criminales se desplazaran con más facilidad.

Oliver lo sabía: había crecido allí. Y no le gustaba volver. Le recordaba los pecados de su juventud, la banda de malandros con los que se juntaba, los crímenes que había cometido. Con cada cuadra que los acercaba más al corazón del vecindario, sentía sus hombros y pecho tensarse.

Solo una noche antes había estado allí mismo, alimentándose de un joven venido a menos. Ahora le repugnaba pensarlo. ¿Por qué había venido hasta aquí? Había evitado el barrio desde que empezó a trabajar para Scanguards, pero desde su transformación hacía dos meses, algo le había atraído de nuevo. ¿Había sentido que alguien necesitaba su ayuda?

Se sacudió el estúpido pensamiento. No era psíquico, ni tenía ningún don especial como Samson o Gabriel, o incluso Yvette. Tal vez simplemente consideraba Bayview una zona de caza fácil donde calmar su sed de sangre. Nada más. Solo que esta noche no estaba allí por sangre, aunque había salido de casa con el estómago vacío. Ahora lo sentía gruñir, pero contuvo el hambre. Estaría bien por unas horas. Luego, cuando acabara la redada, se alimentaría. El recuerdo de haber bebido la sangre embotellada la noche anterior aún lo atormentaba: lo dejó vacío e insatisfecho. Y no tenía intención de repetir la experiencia.

Oliver redujo la velocidad del coche.

—Aquí fue donde estaba cuando Ursula me pidió ayuda.

—*De acuerdo. ¿De qué dirección venía?* —preguntó Zane por la línea abierta del teléfono.

—Del este —respondió y señaló hacia la intersección.

—Sí, creo que sí. —Había una vacilación en la voz de Ursula.

Cuando él la miró, ella asintió rápidamente.

—Estoy bastante segura.

Oliver giró en la siguiente calle y mantuvo el coche a baja velocidad, dando a Ursula la oportunidad de orientarse.

—¿Reconoces algo? —preguntó en voz baja.

Miró a su alrededor, primero a la izquierda, luego a la derecha y después al frente. Se llevó las manos a los muslos.

—Sí, me resulta familiar. Pero estaba corriendo. Y tenía miedo.

—*¡Esfuérzate más!*

Ante la dura orden de Zane, Oliver notó que ella se estremecía.

Al instante, señaló con el dedo un objetivo en la distancia.

—Por ahí. Vi esa tienda con tablones.

Cuadra por cuadra, avanzaron por la zona, acercándose lentamente al borde del vecindario, donde se desbordaba en lo peor de lo que San Francisco podía ofrecer: Hunter's Point, un lugar que ningún turista veía jamás, un lugar donde ni siquiera la mayoría de los sanfrancisqueños se aventuraba a entrar. Pocos vivían aquí, y muchos de los que lo hacían, vivían en desolados proyectos de vivienda pública. Más cerca de la bahía, muchos de los terrenos estaban vacíos; otros eran ocupados por viejos almacenes y complejos industriales.

No lejos del India Basin Park, la respiración de Ursula cambió de repente.

—Detente —susurró.

Oliver detuvo el coche y confirmó con una mirada al retrovisor que Zane había hecho lo mismo.

—¿Qué pasa?

Su mano temblaba al señalar algo más allá del parabrisas.

—Allí. El cartel de la empresa de importación y exportación. Pasé corriendo por aquí. —Tragó saliva—. El edificio donde me retuvieron está justo en la siguiente esquina. En la siguiente cuadra.

Oliver puso el coche de nuevo en marcha y avanzó.

—No. No te acerques demasiado —suplicó ella.

Él la miró.

—Tendrás que indicarnos el edificio, y como dudo que quieras salir del coche, tendré que acercarme a él.

Oliver notó que su mandíbula se tensaba al mismo tiempo que el resto de su cuerpo, como si intentara armarse de valor contra un atacante invisible.

—No te preocupes, si alguien se acerca, nos iremos a toda velocidad. —Y luego él y sus colegas volverían más tarde sin ella. Pero no le dijo esto.

—*¿Cuál es el edificio?* —preguntó Zane.

Oliver dobló la esquina, reduciendo la velocidad hasta casi detenerse, y sus ojos siguieron la mano extendida de Ursula.

—Es ese.

16

E l edificio de cuatro pisos estaba hecho con ladrillos, y se veía tan amenazante como la noche en que ella había escapado de sus muros. Un escalofrío recorrió la columna de Ursula con solo mirarlo. El miedo le apretó la garganta, dejándola incapaz de decir nada más.

—*¿El edificio de ladrillo?* —preguntó Zane por el altavoz.

—Sí —confirmó Oliver.

—*Se ve oscuro. No hay autos en los alrededores, ni movimiento que pueda detectar. No hay nada. Yo digo que está desierto. Normalmente no haría esto esta noche, pero no perdamos tiempo y comprobémoslo ahora.*

—¡No! ¡No! ¡Los atraparán! Van a necesitar más gente —advirtió Ursula, dominada por el pánico. Si entraban allí solo ellos cuatro, podrían dominarlos fácilmente. Y entonces no estaría más lejos que antes: sus secuestradores volverían a capturarla.

—*Cain, quédate con la chica. Los demás, vámonos.*

Antes de que pudiera detener a Oliver, él abrió la puerta del auto y salió. Vio cómo los otros dos vampiros, Zane y Amaury, salieron de la Hummer.

Oliver le había descrito a Zane antes mientras esperaban a que él y Amaury llegaran. Pero ni siquiera su comentario de que Zane solo parecía rudo por su cabeza rapada la había preparado para lo que vio. Era alto y delgado. Cuando giró brevemente la cabeza para mirar en su dirección, su mirada fría como el hielo la heló hasta los huesos. Tenía la boca apretada en una fina línea. Su andar era decidido, resuelto, y ella supo instintivamente que aquellas largas piernas podían perseguir a su presa en cuestión de segundos. Nunca querría encontrarse en el lado malo de Zane.

Amaury parecía diferente. Comparado con Zane, parecía un oso de peluche, pero ella no se dejaba engañar. Era igual de letal y, con más masa que su colega, podía aplastar a cualquier humano o vampiro sin esfuerzo. Esos dos eran vampiros peligrosos y mortíferos.

Observó cómo se unían a Oliver y marchaban hacia el edificio. Cuando pasaron por debajo de un farol, notó que los tres llevaban armas. Respiró hondo: no se había dado cuenta de que Oliver iba armado cuando salió del coche.

—No te preocupes, saben lo que hacen —dijo Cain desde el asiento del conductor.

Ella lanzó un grito agudo. No había visto que él también había salido de la furgoneta y ocupado el lugar de Oliver mientras ella observaba a los tres vampiros caminar hacia su antigua prisión.

Cain se encogió de hombros.

—Por si tenemos que irnos rápido.

Ursula cruzó los brazos alrededor de su torso, sintiendo frío y miedo. El vampiro que tenía al lado no era como Oliver. Sí, parecía amable en la superficie. No llevaba su hostilidad a flor de piel como Zane —eso lo pudo sentir con tan solo verlo desde la distancia—, pero había algo indescifrable en él. La hacía sentirse incómoda a su lado. Oliver, en cambio, desataba en ella un sentimiento totalmente distinto. Se sentía atraída hacia él de una manera tan primitiva que jamás había experimentado. ¿Era porque era el primer hombre que la había besado en más de tres años? ¿Era porque estaba tan hambrienta de intimidad física que temporalmente había dejado de lado su repulsión por los vampiros cuando él presionó sus labios contra los de ella?

Fuera lo que fuera, su intensidad la asustaba. Porque sabía que, si volvía a pasar, sería tan imposible para ella apartarlo como lo había sido negarse a su demanda de tocarlo.

Deseosa de acallar sus pensamientos, buscó un tema de conversación.

—¿Cuánto tiempo llevas trabajando para Scanguards?

Los ojos de Cain se entrecerraron y la sospecha se apoderó de él.

—¿Por qué lo preguntas?

—Por nada.

Miró por la ventana. Oliver y sus compañeros habían desaparecido. ¿Habían entrado al edificio o lo habían rodeado?

—¿Dónde están?

—Adentro.

Al escuchar su voz indiferente, lo miró con desprecio.

—¿No te preocupa?

—Saben lo que hacen. Amaury y Zane son los mejores.

Le temblaban las piernas. Apretó las palmas de las manos contra los muslos para ocultar que estaba llena de miedo.

—¿Y Oliver? —¿Por qué Cain no había dicho que Oliver también era uno de los mejores?

Cain vaciló.

—Él todavía está... joven.

—Pero puede defenderse, ¿no?

—Claro que puede. ¿Te preocupas por él?

Ursula se recargó contra el asiento.

—No.

Mentirosa, mentirosa, cara de osa.

—Entonces deja de inquietarte. Si lo que dices es cierto, y esos vampiros dirigen algún tipo de burdel de sangre, mis colegas se harán pasar por clientes para conocer el terreno. No empezarán una pelea esta noche.

¿Por qué Oliver no le había dicho eso? ¿Acaso temía que encontrara la manera de advertir a sus secuestradores? ¿Seguía sin creerle?

—¿Y las armas?

—Qué buena visión tienes.

—Eso no responde a mi pregunta —replicó ella.

—Tal vez no estoy de humor para responder preguntas. —La miró, con ojos duros e implacables—. Leí tu expediente de principio a fin. Los reportes policiales, los artículos del periódico. Súmale lo que nos contaste.

El hecho de que escapaste de ese lugar. —Señaló hacia el edificio—. Parece algo muy difícil de lograr, especialmente si hay tantos vampiros como dices. Hay algo en tu historia que apesta. Y que hayas logrado envolver a Oliver en tu jueguito no significa que sea igual de fácil con los demás. Yo, por mi parte, no pienso con la otra cabeza.

Ursula resopló enfadada. Abrió la boca, pero él la interrumpió.

—¡Ahórrate tus palabras!

Cruzó los brazos sobre el pecho y miró por la ventana, observando el edificio con atención. Estaba oscuro, pero eso no tenía por qué significar nada. Todas las ventanas estaban pintadas de negro por dentro, cubiertas con tablones o con cortinas pesadas que no dejaban pasar la luz. Estaba segura de que sus captores lo habían hecho a propósito para que a nadie le llamara la atención el edificio y empezara a hacer preguntas.

¿Cómo atraían clientes? Solo podía adivinar. Probablemente, de boca en boca. No podían anunciar muy bien que rentaban putas de sangre especial.

El tiempo parecía haberse detenido. Nerviosa, Ursula se mordía las uñas, cuando por fin vio un movimiento en la puerta del edificio. La puerta de entrada se abrió y, uno a uno, los tres vampiros salieron y se dirigieron directamente hacia la camioneta.

Esperó ansiosa. Los tres se acercaron a su lado de la furgoneta, pero Zane fue el primero en llegar. Abrió la puerta y le lanzó una mirada furiosa.

—¿Qué carajos fue eso? —preguntó.

Sorprendida por su tono áspero, se apartó de él.

—¿Qué pasó?

—¡Nada pasó! Absolutamente nada —gruñó Zane—. ¡Una pérdida de mi jodido tiempo!

La mirada de Ursula pasó por a él, buscando a Oliver. Cuando él la miró a los ojos, vio en ellos algo parecido a la decepción.

—Oliver —suplicó.

Oliver dudó un segundo antes de hablar.

—El local estaba vacío.

Automáticamente negó con la cabeza.

—No, no, eso no es posible. —Señaló con la mano hacia el edificio—. Esa es la casa. Estoy completamente segura. Allí es donde me encerraron.

Oliver bajó los ojos como si intentara evitarla. Detrás de él, el rostro de Amaury estaba inmóvil.

—Ahí dentro no hay nada —añadió Amaury—. Ni vampiros, ni humanos, ni muebles.

Incrédula, negó con la cabeza.

—¡No, están mintiendo! ¡Están ahí, tienen que estar ahí!

—¡No tenemos razón para mentir! —gruñó Zane—. Tú, por otro lado, nos has estado llevando en círculos. No sé cuál es tu juego, pero, sinceramente, a estas alturas ya no me importa. Porque esto termina aquí.

Igual de impactada que aterrorizada por las palabras de Zane, sintió que le temblaban las manos. ¿Qué pensaba hacerle?

—¡Por favor, puedo demostrarlo! Les mostraré dónde tallé mi nombre en la pared de mi celda. Puedo...

Zane se inclinó hacia ella, con la cara a medio metro de la suya, interrumpiéndola.

—No me interesan tus mentiras. Sea lo que sea tu juego, yo no pienso jugarlo.

Luego se volvió hacia Oliver.

—Bórrale la memoria, y luego tú y Cain la subirán a un avión a Washington D.C. Envíen un mensaje anónimo a sus padres para que la recojan en el aeropuerto. Si algo sale mal, te haré responsable. ¿Entendido, Oliver?

¡No! quiso gritar, pero el miedo a lo que Zane haría si lo hacía le cerró las cuerdas vocales.

Oliver miró fijamente a Zane.

—Escucha, tiene que haber otra manera.

Su calvo amigo le fulminó con la mirada.

—¡Haz lo que te digo! —Señaló el edificio con un dedo—. Ya entraste ahí. Estaba vacío.

—Sí, demasiado vacío. Y además olía a limpio, como si un equipo de limpieza hubiera pasado por ahí hace poco. ¿No te parece sospechoso?

—No tiene por qué significar nada.

—Creo que deberíamos esperar a que Gabriel vuelva de Nueva York.

Zane entrecerró los ojos.

—¿Para qué?

Oliver le hizo un gesto para que se alejara del coche y bajó la voz. No quería que Ursula escuchara su sugerencia.

—Él podría revisar sus recuerdos y decirnos lo que vea.

—Eso no servirá de nada si alguien le implantó recuerdos falsos.

—No estoy de acuerdo. Gabriel pudo ver en los recuerdos de Maya dónde habían sido alterados por un vampiro. Reconocería si alguien hubiera manipulado la memoria. Creo que deberíamos esperar.

Zane sacudió la cabeza casi al instante.

—Escucha, Oliver. No había nada adentro. Si realmente escapó de ese edificio anoche, ¿por qué no encontramos restos de nada? Te diré por qué: porque nunca estuvieron ahí en primer lugar. Mi orden sigue en pie. O te encargas tú junto con Cain, o Cain lo hará por su cuenta.

—¡No! —protestó Oliver. No quería que nadie más la maltratara—. Yo lo haré.

Y ya se odiaba por ello. Pero no podía discutir sus hallazgos: la propiedad estaba vacía, y no había rastro de ningún otro vampiro ni de las chicas que Ursula había mencionado. Ella le había mentido de nuevo, y por más que deseara estar equivocado, no podía simplemente ignorar las pruebas.

Zane asintió, pero antes de que pudiera alejarse, sonó su celular.

—¿Sí? —respondió con un ladrido.

El sensible oído de Oliver captó la voz del otro lado de la línea: era Thomas.

—¡Vieron a dos vampiros enloquecidos en un club nocturno del centro! ¡Necesito a todos los hombres disponibles! ¡Ahora!

—¡Mierda! —maldijo Zane, hizo un gesto a Amaury para que se dirigiera a la Hummer y luego miró a Cain, que seguía sentado en la miniván—. Cambio de planes: Cain, te necesitamos. Tenemos una pista sobre esos vampiros descontrolados.

—¡Carajo! —maldijo Cain mientras saltaba de la furgoneta.

—¡Si nos apuramos, creo que esta vez podemos atraparlos! —respondió Zane, devolviendo la mirada a Oliver y señalándole con el dedo. —Ya tienes tus órdenes. ¡No hagas que me arrepienta de confiar en ti!

Luego, él y sus dos colegas se treparon a la Hummer y se marcharon a toda velocidad.

Cuando Oliver volvió a mirar a Ursula, notó su mirada suplicante. Sus ojos marrones parecían platillos, con un borde de humedad a su alrededor. Cerró la puerta del pasajero sin decir una palabra y apartó la mirada.

Oliver se subió al asiento del conductor y cerró la puerta. Sin mirar a Ursula, giró la llave en el encendido y puso el coche en marcha. Luego dio la vuelta a la furgoneta y observó cómo el edificio desaparecía del retrovisor al girar cuando tomó la siguiente intersección.

Condujo hacia la autopista que llevaba al aeropuerto, ubicado a media hora al sur de San Francisco. El tráfico era ligero.

—Por favor, no lo hagas —ella rogó, con voz entrecortada.

Él mantuvo los ojos en la carretera, temiendo flaquear si la miraba.

—No tengo opción.

Sin el apoyo de Scanguards, no podía hacer nada más por ella. Su confianza en ella se desmoronaba. Realmente le había creído cuando le contó lo de su encarcelamiento, y más aún cuando la vio derrumbarse al enterarse que sus padres la creían muerta. Qué tonto había sido al permitir que una hermosa mujer nublara su juicio.

—Siempre tienes opción —afirmó ella—. Solo que no quieres creerme.

Él giró la cabeza para mirarla fijamente.

—¡Sí que te creí! Pero nos mentiste a mí y a mis colegas. Nos llevaste por las narices.

Y a mí por el pito, debería haber añadido.

—Me temo que por esta noche ya no tengo ganas de creer en mentiras.

—¡No son mentiras! —gritó ella, fulminándole con la mirada.

Dios, cómo se le encendían las mejillas de rabia, y qué hermosa la hacía eso. Y sus labios, tan carnosos y atractivos a pesar de las mentiras que salían de ellos.

Oliver volvió a dirigir su mirada hacia la autopista.

—Hasta te di el beneficio de la duda cuando no quisiste decirme cómo escapaste realmente. Hice todo lo posible por convencer a mis colegas de que comprobaran tus afirmaciones. Me jugué el cuello por ti.

—Por favor, no te rindas conmigo. Hay otras vidas en juego. Las otras chicas...

—¡No hay otras chicas! —la interrumpió, apretando más fuerte el volante—. Lo inventaste todo. Y ya no quiero saber por qué.

Porque no quería oír más mentiras. No de esa boca tan bonita con la que lo había besado. Maldita sea, ¿por qué no podía olvidarlo? ¿Lo atormentaría esa imagen para siempre?

—Eres el único que puede ayudarnos. Habría ido a la policía si creyera que tienen alguna posibilidad de derrotar a esos vampiros. Pero solo serían masacrarlos. Tú y tus compañeros son los únicos que pueden hacerlo. Te necesito.

Se le apretó el corazón. *Ella lo necesitaba.* Era una admisión que le habría hecho regocijarse solo unas horas antes, pero después de ver el edificio vacío que, según ella, había sido su prisión, las palabras le provocaron casi náuseas.

—Ya no me importa —contestó él, las palabras hiriéndole profundamente en el corazón.

—¿Qué tengo que hacer para que me ayudes?

Se pasó la mano por el pelo.

—¿Quieres que te ayude?

—Sí.

Le lanzó una mirada cargada de enojo.

—Entonces dame algo... solo un dato que me ayude a creerte. Algo, para saber que me estás diciendo la verdad.

Mantuvo la mirada fija en ella y notó cómo contenía la respiración. Bajó los párpados y él vio la aprensión en sus ojos, la duda que la hacía guardar silencio.

Decepcionado, apartó la mirada de ella.

—Lo sabía. Nunca tuviste intención de decirme la verdad. —Sacudió la cabeza y soltó una carcajada amarga—. Qué tonto fui. Pensar que realmente me gustabas. Y no solo porque quisiera acostarme contigo.

—¿Y ahora ya no quieres eso? —Su voz, de repente tranquila, sonó casi resignada.

—No —mintió. Porque si la tocaba ahora, nunca podría borrarle la memoria y ponerla en aquel avión.

—Mentiroso —dijo en voz baja.

—Me da igual lo que creas.

Por el rabillo del ojo, la vio asentir.

—De acuerdo. Te lo contaré todo. Pero solo a ti. Ninguno de tus compañeros puede jamás enterarse. Si después de eso no me crees, ponme en un avión de vuelta a casa. Pero si me crees, ayúdame a mí y a esas chicas.

La miró, intentando averiguar qué pretendía.

—Toma la próxima salida y detente, por favor, para que podamos hablar.

Entrecerró los ojos con desconfianza.

—Si crees que puedes salirte con la tuya seduciéndome, piénsalo otra vez. No soy tan ingenuo.

Ella le dedicó una sonrisa inesperada.

—No, no lo eres. Aunque eres muy lindo... para ser un vampiro.

Abrió la boca, pero ella lo interrumpió antes de que pudiera responder.

—¿Qué tienes que perder? Aunque intentara seducirte, que no es el caso, ¿sería tan difícil para ti? Tú sales ganando. Soy yo quien lo arriesga todo.

Instintivamente, Oliver dejó que sus ojos recorrieran el cuerpo de ella, y luego volvió a dirigirlos a su rostro.

—¿A qué te arriesgas?

—Me arriesgo a que me drenes cuando sepas de lo que es capaz mi sangre.

17

Oliver cruzó tres carriles para desviarse hacia el carril de salida y salió de la autopista. En el siguiente cruce, giró y encontró una pequeña calle lateral que llevaba a un pequeño bosque junto a una casa deteriorada con un letrero de embargo en el jardín delantero.

Apagó el motor y se giró en el asiento para enfrentar a Ursula. Sus palabras le habían despertado más curiosidad de la que estaba dispuesto a admitir.

—Soy todo oídos.

La observó tragar saliva antes de hablar.

—Éramos unas doce chicas. Al principio no sabíamos por qué nos habían capturado. Pero había similitudes entre nosotras. Todas éramos chinas, de China continental. Todas habíamos sido capturadas en los Estados Unidos. Algunas eran mayores, algunas bonitas, otras no tanto. Así que sabíamos que no era belleza lo que buscaban. Ni juventud. Era nuestra sangre.

Él asintió, aún escéptico sobre adónde quería llegar.

—Continúa.

—Traían vampiros para alimentarse de nosotras. Dos, a veces tres veces por noche. Pero durante las alimentaciones, los vigilaban de cerca. Se aseguraban de que no tomaran demasiado. Pero todas notamos un cambio en ellos cuando dejaban de beber de nosotras: parecían delirantes, desorientados. Como si estuvieran drogados.

Oliver arqueó una ceja.

—¿Drogado? Lo siento, pero los vampiros no se drogan. No somos susceptibles a ninguna droga humana. Ni al alcohol, ni a la cocaína, ni a la heroína. Ni a la marihuana ni a ninguna otra cosa.

Ella asintió.

—Lo aprendí. Pero, aun así, los vampiros se drogaban con nuestra sangre.

—Imposible.

Pero incluso mientras lo decía, la tentación hizo que le picaran las encías, lo que indicaba que su cuerpo ansiaba sangre, preferiblemente la de Ursula. Era un mal momento para que el hambre empezara a asomarse.

—Eso mismo pensamos nosotras, pero sabíamos que estaba pasando. Y luego hubo otras señales: los guardias nunca bebían nuestra sangre, aunque parecían tentados. Y hablaban de nosotras: de lo valiosas que éramos, de lo cara que se vendía nuestra sangre a sus clientes. El precio que cobraban parecía astronómico. No tengo idea de cuánto cuesta una onza de cocaína, pero los guardias decían que nuestra sangre se vendía por más. Preguntaste cómo escapé. Llamaron al guardia para que ayudara en otra habitación porque uno de los clientes estaba fuera de control—probablemente como resultado de la sangre—y aproveché el tiempo para asegurarme de que el vampiro que se alimentaba de mí tomara más de lo debido. Lo drogué. Se desmayó y pude escapar.

Oliver escuchó con atención. ¿Era posible que todo hubiera ocurrido exactamente como ella afirmaba?

—¿Nadie notó que huiste?

—Estoy segura de que sí, pero fue demasiado tarde. Usé la salida de emergencia y corrí hasta que me topé contigo.

Lo recordaba demasiado bien. ¿Acaso por eso había estado tan cerca de la muerte? ¿Porque había obligado al vampiro a beber cantidades excesivas de su sangre? Mientras pensaba en el momento en que la había conocido, recordó haber oído pasos en la distancia. No había esperado a ver quién se acercaba.

—Debieron de hacer las maletas cuando se dieron cuenta de que escapé y no pudieron encontrarme. Debían de temer que llevara a alguien a su escondite.

Oliver asintió lentamente.

—El edificio parecía demasiado limpio para esa zona. Como si alguien se hubiera asegurado de borrar sus huellas. ¿Quién dirigía todo esto?

—No lo sé. Quienquiera que fuera, nunca vino al piso donde vivíamos y... donde se alimentaban de nosotras. De hecho, no creo que ni siquiera los guardias supieran quién era. Tenía la sensación de que quien estaba detrás de esto protegía su identidad. Y los guardias le tenían miedo.

Oliver tenía que seguir interrogándola, no solo porque necesitaba averiguar todo lo posible, sino también porque tenía que distraerse de su hambre. Y cuanto más hablaba ella de sangre, más ganas tenía él de clavarle los colmillos.

—¿Qué escuchaste?

—Que cualquier guardia sería severamente castigado si una chica moría bajo su cargo por no impedir que una sanguijuela tomara demasiada sangre. Los guardias sospechaban que su jefe tenía espías en el edificio para asegurarse de que sabía lo que pasaba en todo momento.

La historia aún sonaba absurda. ¿Pero por qué inventaría algo así?

—¿Por qué solo chicas chinas? ¿Los vampiros tenían alguna preferencia?

—Creo que tenía algo que ver con nuestra sangre. ¿Por qué iban a tener solo una docena de chicas, cuando seguramente podrían capturar más en cualquier gran ciudad? Me hizo pensar que lo que tenemos es raro. Quizá algo genético, quizá algo que solo se encuentra en la sangre de las mujeres chinas.

Sangre. La palabra le recorrió el cuerpo.

—¿Alguna vez te dijeron que tenías sangre especial?

Ella negó con la cabeza.

—Solo indirectamente.

Oliver frunció los labios.

—No sé, Ursula, tu historia es fantástica. Pero no tengo forma de verificarla —suspiró—. Me ordenaron comprarte un boleto de avión y darte suficiente dinero para que vuelvas a casa. Dame una razón para desafiar mis órdenes. Una sola prueba.

De repente se le cortó la respiración.

—¡El dinero! ¡Claro! —Entonces le puso la mano en el brazo, y el contacto le provocó una oleada de calor por todo el cuerpo, intensificando su hambre—. ¡Oliver, espera, espera! ¡Tengo una prueba!

La forma en que su nombre salía de sus labios lo hizo arder por completo.

—Hay más. ¿Cómo se me pudo olvidar? Logré robarle la cartera a una de las sanguijuelas cuando él y el guardia estaban distraídos.

—¿Por qué no se lo dijiste a Zane antes?

—¡Zane casi me mata del susto! Lo intenté, pero no podía pensar con claridad con él mirándome de esa forma.

Oliver frunció el ceño.

—Tiene ese efecto en la gente.

—Han pasado tantas cosas en las últimas veinticuatro horas. Simplemente no lo pensé. —Cuando él la miró inquisitivamente, ella continuó—: Había planeado que, si alguna vez conseguía escapar, usaría el dinero y las tarjetas de crédito de la cartera para volver a casa. La escondí en mi habitación. El nombre de las tarjetas de crédito nos llevará a una de las sanguijuelas. Solo tienes que interrogarlo y sabrás que digo la verdad.

Permitió que la noticia recorriera su cuerpo, regocijándose en silencio, pero luego volvió a la realidad.

—El edificio estaba completamente vacío. Todos los muebles desaparecieron. Así que, dondequiera que la escondieras, la cartera ya no está. —Y otra oportunidad de verificar su historia se había esfumado con ella.

Ella negó con la cabeza.

—No. Sigue ahí. Lo escondí debajo de las tablas del suelo. No la habrían encontrado.

—¿Así que quieres que te lleve ahí de vuelta?

Y maldita sea si no sentía un poco de curiosidad por saber si ella tenía razón. No, era más que eso: quería que tuviera razón. Quería que la historia fuera cierta. Porque así podría demostrar que sus colegas estaban equivocados e investigar más a fondo. Y no tendría que borrarle la memoria ni enviarla de vuelta a casa. Y entonces tal vez, solo tal vez, lo que se estaba gestando entre ellos tendría una oportunidad de desarrollarse.

Ursula lo miró directamente a los ojos, su mirada abierta y directa.

—Sí, para poder demostrarte que no miento.

<hr>

EL TRAYECTO de vuelta a su antigua prisión le pareció largo. Tal vez lo sintió así porque estaba ansiosa por volver al lugar que consideraba el infierno. O tal vez temía que, contra todo pronóstico, sus captores hubieran encontrado su escondite y removido la cartera, dejándola con las manos vacías.

¿Qué haría entonces? Había agotado todos los medios para convencer a Oliver de que podía confiar en ella. No le quedaba nada más que dejarle probar su sangre. Y no permitiría que él bebiera su sangre, pues temía que no fuera capaz de controlarse, y esta vez no habría ningún guardia para velar por su seguridad.

Cuando llegaron de nuevo al edificio y bajaron del auto, a ella le temblaban las manos de forma incontrolable. Oliver la miró de reojo y tomó su mano. El calor de su piel la tranquilizó al instante.

—Tranquila —dijo en voz baja—. Te prometo que no hay nadie dentro.

Ella le respondió con una media sonrisa tímida y se aferró a su mano, sabiendo que él era el único aliado que tenía, aunque su alianza era frágil en el mejor de los casos y podía disolverse de nuevo tan rápido como se había formado.

Con pasos vacilantes, caminó a su lado. Cuando llegaron a la puerta de su antigua prisión, Oliver la abrió y la empujó suavemente hacia dentro. Él la siguió de cerca, siendo su respiración lo único que ella podía oír.

Su mano buscó la de él en la oscuridad, y se alegró cuando él no rechazó su tacto.

—No veo nada —susurró.

—No quiero encender la luz aquí abajo. Podrían verla desde la calle. Puedo guiarnos en la oscuridad si me dices a dónde quieres ir.

—Al cuarto piso.

Mientras él la conducía por las escaleras, trató de bloquear los escalofríos que recorrían su espalda al pensar en lo que ese lugar representaba. Se sorprendió al sentir la mano de Oliver rozar su brazo en un gesto tranquilizador.

—Gracias —murmuró ella.

—Ya casi.

Cuando alcanzaron el último tramo de escaleras, oyó que accionaban un interruptor. Un momento después, las tenues luces del pasillo se encendieron, ayudándola a orientarse. Al instante, lo miró.

—¿Ya es seguro prender la luz?

Él asintió.

—Solo hay dos ventanas en el pasillo, y ambas están cubiertas.

Aliviada, Ursula señaló hacia el otro extremo del pasillo.

—Ahí está la escalera de incendios que usé. —Luego se volvió en la otra dirección—. La habitación está por aquí.

Sus pasos se ralentizaron al pasar junto a las numerosas puertas que conducían a las habitaciones de las otras chicas. Muchas veces había oído sollozos procedentes de ellas. Pero esta noche, el silencio reinaba en todo el piso. A pesar de caminar despacio, por fin llegó a la puerta de su antigua celda. Apoyó la mano en la manija, pero no tuvo fuerzas para abrirla.

Congelada en su sitio, cerró los ojos.

—Lo haremos juntos —murmuró Oliver detrás de ella y puso la mano sobre la suya, girando la manija de la puerta.

Cuando la puerta se abrió hacia adentro, dio un paso vacilante hacia adelante y alcanzó el interruptor de la luz para encenderlo. Luego escaneó con la mirada la pequeña habitación. Estaba vacía, igual que el resto de la casa. ¿Cuántas horas había pasado aquí, esperando y rezando para que la rescataran?

—Aquí había una cama. Me encadenaban a ella durante el día para que no pudiera moverme. Señaló una esquina, donde una viga de madera estaba expuesta. La mitad inferior siempre había estado oculta por el cabecero de su cama, pero ahora era visible.

Caminó hacia ella y escuchó los pasos de Oliver detrás, siguiéndola. Cuando se dejó caer al suelo, pasó los dedos por las letras que había tallado en la superficie de la viga.

—Mi nombre, la dirección de mis padres, por si alguien lo encontraba y podía decirles que estuve aquí.

Se giró para mirar a Oliver y notó que él fijaba la vista donde sus dedos señalaban. Entonces él también pasó la mano por la superficie de la madera. Sus ojos se clavaron en los de ella.

—Lo siento mucho.

Si no lo hubiera visto mover los labios, habría perdido sus palabras susurradas.

Sorprendida por la ternura de su mirada, fue incapaz de moverse cuando su rostro se acercó. Sus labios rozaron su mejilla, presionando un suave beso en su piel.

Tragándose el nudo que tenía en la garganta, se movió y señaló al suelo.

—Está aquí abajo.

Oliver retrocedió para darle espacio mientras ella presionaba un lado del tablón suelto, inclinando así el otro lado hacia arriba para poder agarrarlo y tirar de él.

Metió la mano dentro, con el corazón latiéndole en la garganta, rezando para que sus captores no hubieran descubierto el compartimento que contenía la cartera robada. Sus dedos tocaron algo suave y respiró aliviada al sacar la cartera de cuero. Se la entregó a Oliver.

—Aquí está.

Oliver lo abrió y hojeó las tarjetas que contenía.

—Perfecto.

Luego la ayudó a levantarse.

—Salgamos de aquí. Veo que te sientes incómoda aquí. —Señaló el lugar donde antes estaba su cama—. Debe de ser terrible volver al lugar donde te violaron.

Se quedó mirándole, con la boca abierta. ¿Creía que la habían violado?

—Te pido disculpas. No debería habértelo recordado.

Antes de que pudiera pensar en qué responder, él la sacó de la habitación y del edificio. Cuando volvió a sentarse en la furgoneta y lo vio girar la llave en el encendido, le puso la mano en el brazo y lo detuvo.

Sorprendido, volvió la cabeza hacia ella, pero no dijo nada.

No sabía por qué sentía la necesidad de corregir su error, pero lo hizo. Tal vez su ternura y la comprensión que le había demostrado en su antigua celda había provocado algo en ella. O tal vez simplemente se estaba ablandando.

—Nunca nos violaron.

La sorpresa iluminó sus ojos.

—Pero los vampiros... la mordida. Debiste haber experimentado la excitación. Y siendo alguien tan hermosa como tú...

¿Pensaba que era hermosa?

—Siento decirlo, pero no veo qué vampiro podría resistirse. No pretendía entrometerme, y no importa que no quieras decírmelo. No tenía derecho a mencionarlo. Olvídalo.

Parecía avergonzado. Y tan completamente humano.

—Sé lo de la excitación sexual, la he vivido tantas veces, pero los guardias se aseguraron de que las sanguijuelas nunca nos tocaran de ese modo. Decían que reduciría la potencia de nuestra sangre.

—¿Qué? —La confusión tiñó su voz.

—Decían que si una chica experimentaba gratificación sexual, anularía el efecto narcótico que tenía su sangre. Por eso nunca nos violaron. No iban a dañar la mercancía. También por eso nos encadenaban a las camas durante el día. Para que no pudiéramos tocarnos.

Oliver se quedó con la boca abierta al asimilar la noticia.

Ursula asintió lentamente, recordando las noches en vela luchando contra sus impulsos sexuales.

—Y por la noche, usaban el control mental sobre nosotras para que no intentáramos masturbarnos cuando estábamos solas.

—¿Quieres decir...? —Se detuvo.

Apartó la mirada, de repente avergonzada por haber sido tan franca. No tenía por qué contarle aquella parte de su calvario, pero, por alguna razón, quería que entendiera lo que había vivido.

—No he tenido un orgasmo desde que me capturaron hace tres años.

Al admitirlo, lo oyó exhalar bruscamente.

—¡Oh, Dios mío!

Sintió que el calor le inundaba las mejillas.

—Pero estás tan llena de pasión... —Le tendió la mano, haciendo que lo mirara—. Ojalá pudiera compensarte. —Al instante pareció darse cuenta de lo que había dicho—. Dios, no, no quise decir eso. Quería decir...

Sabía exactamente qué quiso decir. Y debería haberlo hecho retroceder, pero no fue así. Aunque Oliver era un vampiro, en las últimas horas había visto otra faceta suya. Se preocupaba. Había escuchado y dejado de lado su incredulidad. Se había esforzado por ayudarla. Y la forma en que se había comportado cuando ella tuvo miedo de entrar en su antigua celda era francamente sensible. Como si pudiera sentir lo que ella sentía. ¿Era tan malo querer apoyarse en él? ¿Buscar algo de calor?

—Tal vez puedas... —Su voz tembló ligeramente cuando continuó—: Ansío que me toquen.

Que él la tocara. El vampiro que la había rescatado.

Oliver se acercó a ella y le puso la mano en la mejilla.

—¿Quieres que *yo* te toque?

Ursula cerró los ojos y se apoyó en la palma de su mano.

—¿Sería tanto problema?

Lo sintió sacudir la cabeza.

—¿De verdad crees que soy lindo? ¿Digo, para ser un vampiro?

Abrió los ojos y le sonrió. ¿Lindo? Ni siquiera empezaba a describir lo que sentía.

—Lindo quizá no sea la palabra adecuada.

—Entonces, ¿cuál es la palabra adecuada? —preguntó y se acercó un poco más.

Su mirada se posó en los labios entreabiertos de él.

—¿Qué harías si te dijera que te encuentro... sexy?

Oliver gruñó.

—¿Estás jugando conmigo, Ursula? Porque si es así, deberías parar, o haré algo que quizá no quieras que haga.

Ella se acercó más a él.

—¿Y qué sería eso?

No, no estaba jugando con él. Lo deseaba. Y ahora estaba segura de que no era la excitación residual de la mordida del vampiro. Habían pasado demasiadas horas. No, lo que sentía ahora era diferente. Quería a Oliver. Y quería olvidar.

—Pensé que odiabas a los vampiros —respondió él, evadiendo la pregunta.

—Sí, los odiaba —Pero no podía evocar ese mismo sentimiento hacia Oliver.

—¿Entonces por qué quieres acostarte conmigo?

Ella le rozó el labio inferior con el dedo índice.

—Cuando me besaste en tu casa, me dejaste con ganas de más. —
Mucho más de lo que ella había esperado en los últimos tres años.

—¿Así de sencillo?

Ursula sacudió un poco la cabeza.

—No. Nada es sencillo. Pero quiero volver a sentirme viva. ¿Puedes
hacerlo por mí? ¿Puedes ayudarme a sentirme viva?

El rostro de Oliver se acercó, y sus labios se aproximaron a su boca
hasta quedar a dos centímetros de la suya.

—Lo que quieras, nena.

18

———

Oliver inclinó sus labios sobre los de ella y la tomó por la boca en un beso. Primero con suavidad y dulzura en caso de que ella cambiara de opinión. Pero cuando no lo hizo, la acercó más y profundizó el beso.

No podía creer este giro de acontecimientos. Desde el momento en que Ursula había entrado al edificio abandonado, supo instintivamente que estaba diciendo la verdad. Había percibido su miedo. Encontrar la cartera de un cliente del burdel de sangre —como él lo llamaría— fue suficiente confirmación para él de que podía confiar en ella.

Pero descubrir que no la habían violado, que ninguno de aquellos despreciables vampiros había puesto sus sucias garras sobre ella, lo hizo alegrarse. Al mismo tiempo, los maldijo por negarle cualquier tipo de placer carnal.

Cortó el beso y la miró.

—Vamos a casa. —Luego la llevaría a su cama y se aseguraría de que obtuviera la liberación que necesitaba.

Para su sorpresa, Ursula negó con la cabeza.

—No puedo esperar. Por favor. —Ella miró el banco de la parte trasera de la camioneta.

A Oliver le dio un vuelco el corazón.

—¿Ahora? ¿Aquí? ¿En la camioneta?

Más sangre bombeó hacia su verga, poniéndola más dura que una barra de hierro. Al mismo tiempo, el hambre se apoderó de él. Tenía que alimentarse, y pronto, o ya no sería dueño de sus actos.

—Sí —murmuró ella y deslizó la mano hacia el muslo de él, luego la movió hacia arriba.

Cuando sus dedos tocaron el contorno de su erección, él gimió, olvidando al instante su hambre.

—Sube atrás.

Cerró las puertas y la siguió. Cuando vio que su mano se abría el botón superior de sus pantalones de mezclilla, la detuvo. Ella lo miró sorprendida.

—Si crees que voy a apresurarme, te equivocas.

—Pero...

Él sonrió.

—Nada de *peros*. Si quieres acostarte conmigo, entonces vamos a tomar todos los pasos: los besos, las caricias, la seducción. No voy a dejar pasar la oportunidad de hacer el amor con la chica más hermosa que he visto en mi vida y cogérmela como un animal.

Su expresión se suavizó y sus mejillas se tiñeron de un bonito rosa, mientras sus párpados revoloteaban.

—¿Quieres hacerme el amor?

Oliver se acercó y le apoyó la barbilla en la palma de su mano.

—Y quiero hacer que te vengas tan fuerte que creas que el mundo explota a tu alrededor. ¿No es eso lo que quieres?

Sus pestañas se alzaron hasta casi rozarle las cejas. Sus ojos brillaban.

—¿Oliver?

—¿Ajá?

—¿Por qué eres tan bueno conmigo?

—Porque necesitas a alguien que sea bueno contigo. —Y más que nada, él quería ser esa persona.

—¿Vamos a hablar toda la noche o vas a besarme?

Se rio entre dientes. Ah, ¡cómo le gustaban las mujeres ansiosas!

—En mi mente nunca he dejado de besarte.

Se acercó más, su boca a menos de un centímetro de la suya.

—Hazlo realidad entonces.

Cuando volvió a tomar su boca, el mundo a su alrededor se fundió con el fondo. Sus suaves labios se apretaron contra él, sus manos lo acercaron más, instándolo a arrastrar su cuerpo contra el suyo. Con un movimiento, la atrajo hacia su regazo, para que ella lo montara. Con la mano en la parte baja de la espalda, la presionó contra él.

—Así está mejor —murmuró.

Oliver capturó de nuevo sus labios y se adentró en las cálidas cavernas de su boca. Acarició y lamió, saboreó y exploró. La respuesta de ella fue igual de ansiosa: con fuertes caricias, jugó con su lengua. La lujuria se apoderó de él, enviando calientes rayos de fuego a su interior y a la punta de su verga.

Él gimió en su boca, acción que ella repitió unos segundos después. Inclinando la cabeza, buscó una conexión más profunda, un beso más intenso. Las manos de ella se clavaron en los hombros de él como si se aferrara a su vida, y su respuesta se volvió aún más apasionada.

Entonces, de repente, la sintió lamer a lo largo de sus dientes. La conmoción lo atravesó cuando sintió una picazón correspondiente en las encías. Sabía lo que significaba: sus colmillos estaban a punto de descender.

Ursula volvió a lamer. Él cortó el beso y la sujetó a unos centímetros de él, respirando con dificultad.

—¡No lo hagas!

Sobresaltada, ella lo miró fijamente, con la aprensión extendiéndose por su rostro.

—¿Qué pasa?

Él dejó caer los párpados. Dios, ¿cómo podía explicárselo sin recordarle lo que era y lo que potencialmente estaba desatando en él?

—Por favor, ¿estoy haciendo algo mal? —Se le quebró la voz.

No, no podía decepcionarla, no podía dejarla llorar otra vez. Pero tenía que ser sincero con ella. Cuando levantó los ojos para mirarla, tragó saliva.

—Cuando me lames los dientes así, puedo sentir cómo descienden mis colmillos.

Se le cortó la respiración.

—Los colmillos son las zonas más erógenas de un vampiro. Quieren sentir que los lames. Pero no puedo permitirlo, porque si lo hago...

Dudó, buscando en su rostro señales de miedo.

—¿Qué va a pasar?

Oliver bajó la mirada hacia la vena palpitante de su cuello.

—Una vez que mis colmillos estén afuera, no pasará mucho tiempo hasta que no pueda contener mi hambre de sangre. Te mordería.

Ella aspiró una rápida bocanada de aire.

Al ver que ella se alejaba de él, rápidamente añadió:

—Pero no lo haré. Te lo prometo. No te haré eso. Ya has pasado por suficiente. Por favor, dame una oportunidad. Si tenemos cuidado...

Esperaba no estar mintiendo. ¿Podría contener de verdad su hambre durante la siguiente hora para poder hacerle el amor sin someterla a lo que más odiaba: ser mordida por un vampiro?

—Con cuidado, ¿cómo? —preguntó ella y se acercó lentamente, bajando la cabeza hasta el pliegue entre el cuello y el hombro de él—. ¿Así? —Le dio un beso suave en la piel, y luego otro.

Oliver cerró los ojos, dejando que la tierna caricia lo arrastrara.

—Perfecto.

Sus manos tiraron de la camiseta de él, sacándola de sus pantalones.

—Quítatela —le susurró al oído.

Hizo lo que ella le pedía, dándole la bienvenida al aire fresco que tocaba su acalorada piel. Pero el alivio no duró, porque un segundo después, las manos de ella estaban sobre su pecho, acariciándolo. Su cabeza cayó contra el reposacabezas. ¿No se suponía que él era quien debía seducirla, no al revés? Estaba claro que las cosas no estaban saliendo exactamente como había planeado, aunque no se quejaba.

Sin embargo, le había hecho una promesa: darle placer sexual. Y no rompería su promesa. Era hora de tomar las riendas de nuevo.

Oliver tomó la camiseta de ella y se la sacó de los jeans.

—Levanta los brazos.

Ella no dudó y dejó que la despojara de la camiseta, exponiéndole sus pechos desnudos.

—Hermosos.

Tenía los pechos pequeños, pero perfectamente formados, redondos y firmes. Él tomó uno y lo apretó ligeramente, luego bajó la cabeza para llevarse el pezón a la boca. El pequeño capullo de rosa ya estaba duro cuando le pasó la lengua por encima. Su piel sabía a cítricos, pura y joven. Inocente. De repente, aquel pensamiento le planteó una pregunta.

—¿Eres virgen?

Ella negó con la cabeza.

—No.

—Bien —murmuró contra su suave piel—. Porque odiaría que sintieras dolor cuando esté dentro de ti —Por breve que fuera ese dolor.

Volvió a acariciarle el pezón y luego le prestó la misma atención al otro pecho, mientras escuchaba y observaba sus reacciones para averiguar qué era lo que más le gustaba. Bajó hasta su vientre y la cambió de sitio con un movimiento, colocándola de espaldas sobre el banco, para poder inclinarse sobre ella.

Mientras sus labios trazaban un camino hasta su ombligo, sus manos ya estaban abriendo sus jeans y bajando la cremallera. Cuando tiró de sus pantalones y levantó la vista, se dio cuenta de que ella lo miraba, con los labios entreabiertos y la respiración entrecortada. El deseo brillaba en sus ojos, y sus mejillas estaban tan sonrojadas como todo su torso.

—No he hecho esto en tanto tiempo —ella dijo, con la voz baja y casi compungida.

Él se rio suavemente.

—Es como montar en bicicleta —Solo que esta noche ella le montaría a él. Aquel pensamiento envió otra oleada de calor por su cuerpo, encendiéndolo aún más.

La liberó de los jeans y la ropa interior, quitándole los zapatos en el proceso, y dejó que las prendas cayeran al suelo. Ella yacía desnuda ante él. Estaba agradecido por su visión de vampiro, que le permitía verla en todo su esplendor a pesar de la luz tenue.

Acariciando con sus manos desde sus pantorrillas hasta sus muslos, le separó las piernas y luego bajó la cabeza hacia el vértice de sus muslos.

—¿Vas a...? —Ella se detuvo.

Oliver levantó los ojos para mirarla a la cara.

—¿No pensaste que dejaría pasar esto? —De ninguna manera—. Cuando dije que íbamos a tomar todos los pasos, lo decía en serio. Y eso incluye probar tu dulce coño.

En cuanto su boca conectó con sus labios inferiores, Ursula gimió. Oliver lamió el rocío que ya cubría su carne regordeta y dejó que el sabor se extendiera por su lengua. Su cuerpo se endureció. ¡Carajo! Sabía increíble. Abriéndola lo más que pudo en el espacio reducido en el que estaban, lamió sus húmedos pliegues, mordisqueó y exploró. Y con cada suave gemido y suspiro que salía de Ursula, aumentaba su determinación de hacerla llegar al clímax.

Siempre le había gustado comérselo a una mujer, pero la hermosa oriental que tenía entre sus brazos era un placer aún mayor. Saber que podía darle algo que ella había anhelado durante tres años lo estimuló. Lamiendo más arriba, se dirigió hacia su clítoris. El pequeño manojo de nervios ya estaba hinchado, señal de su excitación. Lo acarició suavemente con la lengua. Ursula casi se levantó del banco, con el cuerpo tenso.

—Tranquila, nena —la apaciguó—. Seré suave.

Sin embargo, esa gentileza le costó: en su interior, la bestia quería desatarse y ejercer su destreza sobre ella. Contener su lado salvaje era una lucha que sabía que acabaría perdiendo. Aun así, estaba decidido a luchar. Porque satisfacer a Ursula era ahora más importante que cualquier otra cosa. Afianzaría su confianza en él, estaba seguro. Y quería que ella confiara en él.

Con renovada determinación, continuó acariciando su tierno órgano con la lengua, ejerciendo lentamente cada vez más presión sobre él. La respiración de Ursula cambió, volviéndose más irregular. Los latidos de su corazón palpitaban por todo su cuerpo a un ritmo acelerado, el sonido amplificado por su escucha de vampiro. La excitación de ella alimentó la suya, y él era dolorosamente consciente de la erección que se tensaba contra la cremallera de los jeans, que aún llevaba puestos para no clavarle su adolorida verga antes de que ella encontrara su liberación. Una vez desnudo, no había forma de saber lo que haría.

Como un gato, Ursula se retorció debajo de él, sus gemidos se hicieron más fuertes, sus suspiros más pronunciados. Él redobló sus esfuerzos al darse cuenta de que ella estaba cerca.

—No está funcionando —ella dijo—. No puedo —La frustración y la decepción chocaron en su voz.

¡Carajo! No lo estaba haciendo bien.

19

Ursula cerró los ojos con fuerza. Estaba tan cerca y, a la vez, más lejos del clímax de lo que nunca había estado. Su cuerpo no obedecía, pero seguía aferrándose a la tensión que había sentido los tres últimos años. Como si los grilletes todavía la estuvieran atando a su cama y los pensamientos de sus captores todavía invadieran su mente, impidiéndole encontrar la liberación.

—Cariño, lo siento, no lo estoy haciendo bien —escuchó decir a Oliver.

Abrió los ojos y lo vio incorporarse. Parecía angustiado.

—No es tu culpa. Simplemente no puedo.

Levantó la mano, acariciando tiernamente su mejilla.

—Probaremos otra cosa.

Ella negó con la cabeza.

—Es inútil. Mi cuerpo ya no funciona de esa manera.

Oliver se acercó más y la rodeó con sus brazos.

—Tonterías, cariño. Solo estás un poco tensa. —Ella sintió que él dudaba—. ¿Es porque soy un vampiro? ¿Tienes miedo de que te muerda?

Ella lo miró a los ojos y notó cómo temía su respuesta. Sacudió la cabeza, intentando disipar su preocupación, pero en su interior sabía que albergaba un pequeño resquicio de inquietud ante la posibilidad de que perdiera el control y la mordiera después de todo. No permitió que saliera a la superficie, no quería decepcionarlo aún más.

—No, no es eso. Son solo... los recuerdos de estar atada, de no poder...

—Shhh... haré que lo olvides —Él le dio un suave beso en los labios, luego se apartó y la soltó de su abrazo. —Probaremos otra cosa.

Preguntándose qué tenía en mente, lo vio despojarse de los pantalones, los bóxers y los zapatos, antes de sentarse. Sus ojos pasaron del pecho esculpido y sin vello y se dirigieron a su enorme erección. Incluso en la penumbra de la furgoneta, era difícil pasarla por alto. Era gruesa y larga. Su útero se apretó ante la idea de sentirlo dentro de ella.

—Móntame —él exigió y se inclinó hacia atrás.

Vacilante, ella siguió su orden y levantó una pierna por encima de sus muslos, apoyándose luego en sus rodillas. Oliver se deslizó hacia adelante hasta el borde del asiento, dejando que su verga apuntara hacia arriba como el poste de una tienda de campaña.

—Ahora quiero que te frotes contra mi verga —La miró a los ojos—. No me lleves dentro de ti, solo deslízate contra mí y encuentra tu ritmo.

—Pero tú...

—No te preocupes por mí —Sonrió, haciéndolo parecer más joven y muy diferente a un vampiro—. Voy a disfrutar de esto tanto como espero que tú lo hagas.

Cuando sintió sus manos en las caderas, se dejó guiar por él en el primer movimiento, bajando para que su sexo se deslizara contra el tronco erecto. Su humedad cubrió su verga, haciendo que se deslizara suavemente a lo largo de ella.

La cabeza de Oliver cayó hacia atrás, contra el reposacabezas.

—¡Carajo! —maldijo, cerrando los ojos.

Animada por su reacción, repitió el mismo movimiento. Se movió arriba y abajo, observando su rostro mientras apretaba la mandíbula y las cuerdas del cuello se hinchaban como si estuviera sufriendo. Pero ella sabía que no estaba sufriendo. Estaba tratando de contenerse. Por ella. Para que ella pudiera encontrar la liberación. ¿Algún otro hombre sería tan desinteresado?

Ursula sintió cómo su cuerpo adquiría su propio ritmo inconsciente, cómo se movía sin pensar en ello, como si algo en su interior hubiera tomado el mando. Con cada embestida, su erección se arrastraba contra su sensible clítoris. Torrentes de placer la alcanzaron, las vibraciones zumbaron por todo su cuerpo y las llamas empezaron a bailar sobre su piel, poniéndola caliente. Su larga cabellera, que caía sobre su espalda, acariciaba su piel desnuda, el tacto era tan delicado como si alguien la acariciara con una pluma. Y mientras tanto, Oliver gemía de placer, un sonido que penetraba las paredes de su corazón.

—Oh, nena —murmuró, acariciando sus pechos con las manos, sus dedos jugando con sus pezones endurecidos, lo que solo aumentó la lujuria que recorría su cuerpo.

Necesitando más fricción, Ursula buscó su erección y la apretó más contra su carne mientras seguía deslizándose contra él. Un fuerte gemido escapó de sus labios cuando sintió que un rayo de electricidad la atravesaba.

—Oh, sí... eso es... eso es —se dijo a sí misma.

La mano de Oliver se deslizó hasta la nuca de ella y atrajo su cabeza hacia él.

—Dios, eres preciosa.

Entonces, capturó su boca y le abrasó los labios con un beso. Su lengua se clavó en ella mientras inclinaba la cabeza y buscaba una conexión más profunda. Sin dudarlo, ella le respondió y permitió que su mente se olvidara de todo. Nada importaba ahora, excepto el hombre cuyos labios se fundían con los suyos. Su sabor era embriagador, su cuerpo era tentador. Y bajo la palma de su mano, su miembro palpitaba, indicando su necesidad de tomarla.

En el siguiente movimiento ascendente, sintió que una ola de calor se abalanzaba sobre ella de la nada. Entonces sintió que todo su cuerpo flotaba. Se dejó caer y sintió que las olas de su orgasmo se estrellaban contra ella. Su corazón se detuvo y se quedó sin aliento.

Mientras sorteaba las olas que golpeaban su cuerpo, Oliver soltó sus labios y le sonrió, con la mano peinándole el pelo.

—¿Ves? —susurró—. Sabía que podías hacerlo.

Ursula le rodeó el cuello con los brazos y lo acercó.

—Gracias.

Su mano se deslizó hasta la parte baja de su espalda.

—Fue un gusto poder ayudar.

Sintió cómo su miembro se contraía contra su tierno sexo, recordándole que aún estaba duro.

—¿Estaría bien...? —empezó él y echó la cabeza hacia atrás para mirarla, antes de bajar los ojos hacia su erección—. No necesitaré mucho tiempo. Estoy a punto de venirme.

—¿No necesitarás mucho tiempo? —preguntó ella.

Él negó con la cabeza.

—No, te lo prometo. Sé que tu cuerpo está exhausto ahora mismo. Treinta segundos máximo —dijo, con voz casi de disculpa.

Ella tuvo que sonreír y le levantó la barbilla con la mano. Después de todo lo que había hecho por ella, ¿querría engañarse a sí mismo? ¡No si ella podía evitarlo!

—Es una pena, porque me encantaría sentirte dentro de mí más de treinta segundos. Pero si eso es todo lo que puedes hacer...

Él cuadró los hombros y levantó su postura encorvada.

—¡No! No me refería a eso. *Podría hacerlo* en treinta segundos si necesitaras que fuera rápido, pero si no... Cariño, puedo aguantar todo el tiempo que quieras —Una sonrisa devastadoramente atractiva se dibujó en su rostro—. ¿Y quizá esta vez podamos venir juntos?

—¿No te parece un poco ambicioso?

Él acercó su cabeza a la de ella y acercó sus labios a la distancia de un beso, irradiando autoconfianza a borbotones.

—Me encantan los retos.

Entonces sus labios se posaron en los de ella, y sus manos agarraron sus caderas, instándola a levantarse. La gruesa cabeza de su verga tanteó su sexo, empujando dentro de ella sin resistencia. Cuando ella se hundió en él, empalándose, él le soltó los labios y gimió.

—Es incluso mejor de lo que imaginaba —Le puso la mano en la nuca, le pasó el pulgar por la mejilla y apoyó la frente en la suya—. Esto es más de lo que merezco.

—Me salvaste.

—¿Por eso te acuestas conmigo?

Ella negó lentamente con la cabeza.

—Bien, porque no me gusta el sexo de agradecimiento o de lástima. Prefiero pensar que te acuestas conmigo porque te atraigo.

Se rio suavemente.

—¿Cómo sabrías la diferencia?

—Por tu reacción a esto —afirmó, y levantó más las caderas de ella, luego golpeó su verga hacia arriba, clavándosela con fuerza hasta la empuñadura.

Un fuerte gemido salió de los labios de ella y su cabeza cayó hacia atrás. Sentía las rodillas como gelatina y su corazón se aceleraba. Con una sola embestida, él podía hacerle eso, convertirla en una mujer controlada únicamente por la lujuria.

—¿Ves? —continuó—. Esa es la reacción que estaba buscando.

Ella miró sus brillantes ojos azules.

—Entonces será mejor que dejes de hablar y empieces a actuar.

—Como desees.

La última palabra aún no había salido de sus labios cuando ella se encontró de nuevo boca arriba, con las piernas en el aire y Oliver encima de ella, con la verga apuntando a su sexo.

OLIVER MIRÓ los grandes ojos marrones de Ursula y esperó a que ella se orientara. La tenía donde quería: debajo de él, para poder tomarla más fuerte de lo que sería capaz si la tuviera encima de él. Saber que ella estaba tan ansiosa por esto como él duplicó su hambre por ella. Se habría contentado con un acostón de treinta segundos si después de su orgasmo ella se hubiera dado cuenta de que eso era todo lo que quería y que él solo había sido un medio para conseguir un fin. Pero, por suerte, ella seguía deseándolo, incluso después de alcanzar el clímax.

Su verga aún estaba impregnada de sus jugos cuando volvió a penetrarla, metiéndose hasta la empuñadura. La rigidez de los músculos interiores de ella casi le robó el control, pero no se permitió ceder al impulso de buscar la liberación. Esta era una victoria demasiado dulce para apresurarla. Su calidez y humedad lo envolvieron, dándole la bienvenida a casa como una vaina a su espada.

Inclinándose sobre su cuerpo, movió las caderas hacia delante y hacia atrás, entrando y saliendo de ella con movimientos lentos y medidos, ignorando al vampiro que llevaba dentro y que le pedía que fuera más rápido y fuerte. Esa parte de él ganaría pronto, pero antes quería que su lado humano disfrutara del tierno deslizamiento de la carne con la carne, algo que no había experimentado como humano: siempre había usado condones. Pero ahora, como vampiro, ya no necesitaba esas molestas cosas. No podía contraer ni transmitir enfermedades. En cuanto a un embarazo no deseado, tampoco había posibilidad de eso, pues los vampiros solo podían fecundar a sus compañeras con las que tenían un vínculo de sangre.

Debajo de él, el pecho de Ursula se elevaba al compás de su respiración y su piel brillaba con una fina capa de sudor. Tenía los labios entreabiertos, los párpados semicerrados, y los sonidos que salían de su garganta eran profundos gemidos y suspiros que él engullía como si estuviera hambriento.

Dios, cómo amaba a una mujer receptiva, y la hermosa mujer debajo de él era más que simplemente receptiva. Sus movimientos reflejaban la pasión que había visto antes en sus ojos y hablaban del fuego que ardía en su interior. Podía ver las llamas que intentaban salir a la superficie, y sentir la lujuria que ella había enterrado en su interior durante tanto tiempo. La necesidad que había tenido que reprimir. Pero ya no. Con cada embestida de su verga, la excitaba más, exigiéndole que le mostrara lo que había detrás de aquellos ojos misteriosos y lo que ocultaba en su corazón.

Sin ningún esfuerzo consciente por su parte, su cuerpo se movía en sincronía con el de ella, ajustando su ritmo a los latidos de su corazón y a sus respiraciones. Siempre se había preguntado cómo sería hacer el amor como un vampiro. Ahora lo sabía: era más intenso. Todas las sensaciones se amplificaban, cada caricia era más significativa y cada beso más apasionado. Al mismo tiempo, su energía era ilimitada, aunque sabía que su control no duraría para siempre.

Lo que nunca había pensado, sin embargo, era que la primera vez que hiciera el amor como vampiro sería en la parte trasera de una furgoneta. Pero no importaba dónde estuvieran, porque lo único que podía mirar era a Ursula, su rostro impecable y su cuerpo perfecto. Su entorno se fundía en el fondo.

Estar dentro de ella y llevarlos a ambos al éxtasis era lo único que le interesaba. Cada vez más, el vampiro que llevaba dentro dejaba de lado al amante desinteresado de antes y tomaba las riendas. Con ello, el hambre de sangre pasó al primer plano de nuevo, esta vez con más urgencia. Su mirada se desvió hacia la vena de su cuello. El latido de su corazón retumbaba en sus oídos, y la sangre que corría por sus venas sonaba como una cascada que caía en un estanque de agua turbulenta.

Apartó la mirada de aquel premio tentador y se fijó en sus labios, distrayéndose al besarla y concentrándose en cómo le hacía sentir la verga cuando sus músculos la agarraban con cada movimiento hacia dentro.

Embistiéndola con más fuerza y mayor profundidad, concentró todos sus pensamientos en un objetivo: encontrar su liberación con ella. Era lo único que podía alejar la necesidad de sangre por un poco más de tiempo.

Le soltó los labios y la miró a los ojos.

—Cariño, me vengo. No puedo...

Antes de que pudiera terminar la frase, sus pelotas se tensaron, indicando que se acercaba el clímax. Un segundo después, su verga disparó su semilla, llenándola mientras seguía embistiéndola.

Respiró con dificultad cuando por fin se desplomó sobre ella, apoyando una pierna en el suelo para no aplastarla con su peso.

—Oh, Dios —ella suspiró.

Él levantó un momento la cabeza.

—Lo siento. No te viniste. Te lo compensaré más tarde —Después de alimentarse. En este momento, no podía arriesgarse.

—No importa —respondió ella y le pasó la mano por el pelo.

—Sí importa —Y encontraría la forma de que alcanzaran juntos el clímax, aunque fuera lo último que hiciera—. Más tarde —Justo después de que se saciara de sangre—. Ahora vamos a casa.

Sus ojos lo miraron interrogantes.

—¿A casa?

—Sí, mi casa.

—¿Qué vas a hacer con la cartera?

—No te preocupes. Encontraré al tipo.

—Prométeme que no le contarás a tus colegas sobre mi sangre. No pueden enterarse —suplicó.

No estaba seguro de cómo podría ocultar la información a sus colegas para siempre. En algún momento tendría que decirles lo que estaba pasando, sobre todo si el hombre al que pertenecía la cartera le confirmaba que la sangre de Ursula era una droga para vampiros.

—Por favor.

Oliver asintió, incapaz de decepcionarla.

—Te lo prometo.

20

El club nocturno estaba abarrotado y la música retumbaba a todo volumen. Cain se escurrió entre la multitud, abriéndose paso al igual que Zane y Amaury, mientras escaneaba a la gente en busca de vampiros.

—No veo nada fuera de lo normal —gritó para llamar la atención de Zane.

Su jefe se volteó.

—El club tiene tres pisos y algunos cuartos privados.

Cain asintió.

—Thomas ya debería estar aquí con unos guardias—añadió Zane—. Pero no los veo. Amaury y yo subiremos un piso. Parece tranquilo aquí abajo, pero, de todas formas, revisa todas las habitaciones de este nivel y luego síguenos si no encuentras nada.

A regañadientes, Cain aceptó y los observó dirigirse a las escaleras. No parecía haber ninguna pelea en este piso, y prefería unirse a cualquier acción que tuviera lugar más arriba en el edificio.

—Carajo —murmuró. Con eficiencia, recorrió la pista de baile con la mirada, sin notar nada fuera de lugar. Solo un mar de cuerpos contoneándose al ritmo monótono del techno.

Se abrió paso entre los cuerpos sudorosos, ignorando el olor de la sangre caliente que se hacía más intenso cuando el cuerpo humano se calentaba al bailar o ejercitarse. Una variedad de perfumes dispares impregnaba el aire acondicionado del club, aunque el sistema no lograba reciclar el aire a tiempo. El aroma del alcohol se sumaba a la mezcla. Los asistentes del club bebían mientras bailaban, derramando la mitad de sus tragos en el suelo.

Cain escrutó la barra que estaba al fondo de la pista de baile. Tres *bartenders* estaban ocupados atendiendo la interminable sed de sus clientes. Aun así, no vio nada fuera de lo común. Estaba a punto de seguir adelante cuando sus ojos se fijaron en un hombre que presionaba a una joven contra él. No era un hombre, sino un vampiro, como sugería su aura. Cain se concentró, pero no notó nada salvaje ni descontrolado en el comportamiento del otro vampiro.

Abriéndose paso entre la multitud, Cain se dirigió a la barra, queriendo echar un vistazo más de cerca para asegurarse de que la mujer no estuviera en apuros. Eligió un ángulo de aproximación desde el que el otro vampiro no pudiera verlo.

Cuando Cain estuvo lo suficientemente cerca para escuchar su conversación, se detuvo y observó.

La mujer tenía poco más de veinte años, era bonita y tenía un par de tetas que cualquier estrella de Hollywood envidiaría. Tenía la mano sobre el trasero del vampiro, enfundado en mezclilla, y claramente lo apretaba contra su muy seductor cuerpo.

Cain oyó gemir al vampiro.

—Dulzura, si sigues haciendo eso, voy a tener que tomarte aquí mismo.

Ella soltó una risita.

—Bueno, entonces quizá deberíamos irnos de aquí.

El vampiro bajó la cabeza hasta su cuello. Cain se puso en alerta. ¿La mordería a la vista de varios centenares de testigos humanos? Las piernas de Cain se movieron por sí solas, acercándolo al vampiro desconocido.

De repente, el vampiro levantó la cabeza del cuello de la muchacha y se volvió para mirar fijamente a Cain. Los ojos de Cain se fijaron al instante en la piel de la mujer, que estaba inmaculada. Entonces se encontró con la mirada del otro vampiro.

El extraño asintió brevemente, haciendo saber a Cain que lo había visto y que sabía que era un vampiro. Luego se volvió hacia la mujer que tenía en brazos.

—Creo que ya pasó tu hora de dormir —le dijo, sin hacer ningún esfuerzo por bajar la voz.

Cain se dio la vuelta. Evidentemente, el vampiro estaba en posesión de todas sus facultades, no había nada raro en él. Que quisiera llevarse a una mujer humana a la cama no era asunto de Cain, sobre todo porque parecía que la mujer consentía de todo corazón.

—Que te diviertas —murmuró Cain, sabiendo que el otro vampiro podría escucharlo.

Mientras el vampiro se marchaba con su conquista de la noche, Cain se dirigió al otro lado del club, el cual aún no había revisado. Allí, unos tabiques de espejo separaban la pista de baile de una zona con mesas altas y taburetes. Allí solo había un poco menos de ruido, pero estaba igual de concurrido.

Una vez más, Cain recorrió la zona en busca de vampiros, pero no vio el aura reveladora que rodeaba a un vampiro, algo que solo otras criaturas preternaturales podían percibir. Al completar su inspección del primer piso, se dirigió a las escaleras. Cuando puso el pie en el primer escalón, algo en su visión periférica llamó su atención.

Giró la cabeza en esa dirección y vio una puerta entreabierta. Podría pasar fácilmente desapercibida, ya que estaba hecha del mismo material que el brillante revestimiento negro que la rodeaba. Una luz tenue provenía del interior de la habitación.

Con su corazón acelerado, caminó hacia la puerta, escrutando con la mirada a la gente que le rodeaba, pero nadie parecía prestarle atención. Con la punta del dedo, abrió la puerta unos centímetros más y se asomó al interior. Por lo poco que podía ver desde ese ángulo, la habitación parecía ser una sala de fiestas privada, amueblada con un gran sofá en forma de L.

Cain extendió los sentidos, pero no percibió la presencia de un vampiro. Inhaló. Lo que olió hizo que sus encías picaran violentamente: sangre.

—¡Mierda! —maldijo, y abrió la puerta lo suficiente para poder colarse dentro. La cerró tras de sí, conteniendo la respiración.

Sus ojos tardaron un segundo en evaluar la situación, y su estómago uno más en dar un vuelco.

———

Zane entrecerró los ojos, concentrándose en un grupo de jóvenes que gritaban al ritmo de la música y bailaban desenfrenadamente, cuando percibió un olor. A su lado, Amaury gruñó: él también había olido lo mismo.

Simultáneamente, él y Amaury se abrieron paso entre la multitud y despejaron un camino hacia el lugar donde se originaba el olor a sangre. Zane escrutó la zona. Más allá de la barra, de tamaño similar a la del primer piso, había cabinas más pequeñas escondidas en un rincón, con entradas parcialmente obstruidas por paneles espejados. Las cabinas estaban amuebladas con asientos acolchados y mesas bajas para las bebidas.

A medida que se acercaba, Zane sintió el aura de un vampiro. Irrumpió en una de las cabinas, con Amaury pisándole los talones. Un vampiro estaba mordiendo el cuello de una joven oriental, y sus forcejeos evidenciaban que la mordida no era bienvenida y que el vampiro no estaba usando sus habilidades de control mental para calmarla. La mano del vampiro le tapaba la boca para que no pudiera gritar, pero sus ojos gritaban por ella. La estaba haciendo sufrir deliberadamente.

Zane saltó hacia él justo cuando el vampiro rebelde se dio una vuelta repentina y lo miró fijamente, con los colmillos goteando sangre y los ojos enrojecidos. El extraño se lanzó al ataque con tal ferocidad que Zane fue arrojado de espaldas contra una pared, haciendo añicos la superficie de espejo.

Se recuperó pronto, pero el vampiro estaba más salvaje de lo que jamás había visto. Volvió a atacar como un animal, gruñendo; saliva y sangre goteaban de su boca mientras sus garras se dirigían hacia el cuello de Zane. Zane logró esquivarlo.

Los gritos de la muchacha, que el vampiro canalla había amortiguado antes, llegaban ahora a sus oídos. Desde el rabillo del ojo, Zane comprobó que Amaury se hacía cargo de la situación y volvió a concentrarse en su atacante.

Zane no era ajeno a las peleas sangrientas, pero este vampiro era diferente, más fuerte y peligroso, a pesar de ser de tamaño promedio. Sed de sangre, supuso. No había otra explicación.

Si hubiera sido cualquier otro combate, Zane habría sacado su estaca y se la habría clavado en el corazón al imbécil, pero lo necesitaba vivo. Era la primera vez que se encontraban cara a cara con uno de los loquitos que el alcalde les había pedido vigilar. Y si querían saber qué estaba pasando realmente y qué les estaba llevando a la locura, tenían que capturar a uno con vida.

Mientras esquivaba otro golpe de su atacante, Zane giró y saltó detrás de él, para luego darle una patada en las corvas de las rodillas. Pero en lugar de caer de rodillas, como Zane habría esperado, el vampiro echó los codos hacia atrás y los estampó contra las costillas de Zane, dejándolo sin aliento.

—¡Carajo! —exclamó Zane al absorber el violento golpe.

—¡La cadena! —gritó Amaury detrás de él.

Zane giró la cabeza y vio cómo Amaury se ponía los guantes a la velocidad de un vampiro, y luego metía la mano en su bolsillo. Cuando sacó una cadena de plata, Zane saltó a un lado, dándole a Amaury una línea de visión directa hacia el atacante, que ya se había girado y estaba listo para lanzar más patadas y golpes.

Las patadas altas del hostil vampiro impedían que Amaury se acercara lo suficiente para lanzarle la cadena al cuello. Mostrando los colmillos, el rebelde gruñó como una bestia y luego saltó hacia Amaury. Zane, parado a un lado, vio su oportunidad y levantó la pierna para patear al vampiro en la ingle en pleno salto. Se dobló.

Amaury no perdió tiempo y le rodeó el cuello con la cadena de plata. El hedor a pelo y carne quemándose impregnó inmediatamente el aire.

—¡Maldito cabrón! —maldijo Amaury mientras sostenía la cadena firmemente detrás del cuello del vampiro y lo hacía caer al suelo. El vampiro forcejeaba, llevando las manos a la cadena para intentar quitársela del cuello, pero se quemaba los dedos al tocar el único metal tóxico para los vampiros.

Zane le dio una patada en la cadera al rebelde y luego ayudó a Amaury a inmovilizarlo con una segunda cadena. Detrás de él, la chica seguía llorando. Zane se puso de pie y la miró.

Su cuello sangraba profusamente; tenía el cuerpo cubierto de magulladuras provocadas por las garras del vampiro. La había brutalizado.

—¡Mierda! —masculló Zane.

Una mirada a la entrada de la cabina confirmó que ninguno de los clientes del club había notado lo que estaba ocurriendo: la música era demasiado alta para que alguien oyera los gritos de la chica o los ruidos de la pelea, y el panel espejeado que cubría parcialmente la entrada a la cabina ocultaba la carnicería detrás.

Zane miró a los ojos de la chica, se concentró en su mente y obró su magia para borrar de su memoria cualquier recuerdo de este horrible suceso. Pero para detener la hemorragia y curarla, necesitaba ayuda. Como vampiro con un vínculo de sangre, no podía beber sangre que no fuera la de su pareja híbrida, y si lamía las heridas de la muchacha para cerrarlas, consumiría inadvertidamente parte de su sangre. Se pondría violentamente enfermo. Necesitaba un vampiro que no tuviera un vínculo de sangre o que estuviera vinculado a otro vampiro, ya que estos podían digerir sangre que no proviniera de sus parejas.

Además, las heridas de la joven eran graves. Necesitaba sangre de vampiro para curarse, no bastaría con lamerle las heridas y dejar que la saliva vampírica las cerrara.

—Necesitamos a Cain —le dijo a Amaury—. ¿Y dónde carajo está Thomas?

<hr>

CAIN SE CONTUVO de cubrirse la nariz y la boca con la mano, pero era difícil no sentir náuseas ante la escena sangrienta que tenía frente a él. La chica en el sucio suelo de la habitación había muerto. Le habían arrancado la garganta, y era evidente que un vampiro se había alimentado salvajemente de ella antes de rematarla con sus garras. Como si estuviera enojado. No, no solo enojado: ¡furioso! Había querido castigar a la chica por algo.

Era china; tenía los ojos abiertos, todavía mirándolo con horror. Suficiente prueba de que el vampiro que había hecho esto no se había molestado en usar el control mental para que ella no se diera cuenta de lo que estaba haciendo. La pobre chica sabía perfectamente lo que le estaba pasando.

Cain se apartó de la escena sangrienta y examinó la habitación en busca de cualquier señal que pudiera llevarlo al vampiro responsable. Instintivamente supo que no encontraría ninguna. Había llegado demasiado tarde.

Bajó la cabeza al notar un pequeño rayo de luz que se filtraba por debajo de uno de los paneles espejados. Se acercó hacia él. No había ninguna imagen en el espejo; aunque estaba acostumbrado, aún lo desconcertaba de vez en cuando, haciéndolo preguntarse si realmente existía o si solo era una sombra de su propia imaginación. Sacudiendo el caprichoso pensamiento, pasó las manos por el espejo, buscando alguna ranura o gancho que le permitiera pasar por detrás. No había pestillos, pero cuando presionó contra el panel, este se apartó de la pared, revelando otra habitación detrás, aparentemente un almacén.

Una figura saltó hacia él, el movimiento fue borroso, pero la reacción de Cain fue instantánea. Embistió a su atacante, al que reconoció como un vampiro. El hedor de la sangre aún lo envolvía. Era más corpulento que Cain y un poco más pesado. Cain le asestó un derechazo bajo la barbilla, haciendo que la cabeza de su oponente se echara hacia atrás, y luego le asestó un puñetazo contra la tráquea y una patada en el muslo.

Pero el tipo no se doblegó tan fácilmente como lo habían hecho otros oponentes antes que él.

—¡Mierda!

El vampiro le dedicó una sonrisa maliciosa.

—¡Mejor sangre!

Momentáneamente distraído por el extraño comentario, Cain no pudo evitar el golpe en el cuello que lo estampó contra la estantería de la pared. El dolor le azotó, pero solo por un momento. Se incorporó de inmediato y logró evadir el siguiente golpe. Cain saltó a un lado y pateó a su atacante en la cadera, catapultándolo contra la pared opuesta.

—¡Maldito asesino! —maldijo, fulminando con la mirada al imbécil.

El vampiro gruñó, entrecerrando los ojos mientras se preparaba para un contraataque.

—¡No tenía la sangre correcta! ¡La puta se lo merecía!

El vampiro enloquecido deliraba, y sus balbuceos no tenían sentido. La sed de sangre se reflejaba en su rostro: su respiración era entrecortada, sus ojos estaban inyectados de sangre y su saliva le goteaba de la boca como a un perro rabioso. Por desgracia, otra cosa también era cierta: al igual que otros vampiros con sed de sangre, parecía más fuerte y feroz.

Mientras luchaban, intercambiando golpes, patadas y ganchos, Cain buscó frenéticamente cualquier arma que pudiera usar para someter a su oponente sin matarlo. Tenía una estaca en el bolsillo de la chamarra, pero no pensaba usarla. La orden de Zane había sido capturar vivos a los vampiros enloquecidos que habían estado cazando. Si lograban capturar a uno vivo, tendrían una oportunidad de averiguar qué estaba pasando.

Con su siguiente golpe, el vampiro descarriado rasguñó el cuello de Cain con sus garras. La sangre corrió por los punzantes cortes.

La furia lo cargó de energía y retrocedió para darse vuelo, levantando la rodilla y clavándosela al tipo en los huevos. Cuando su torso se dobló, Cain dio otra patada hacia arriba, enviándolo contra el armario que tenía detrás, haciendo que los suministros que había en él traquetearan y los objetos apilados en los estantes se cayeran.

Cain lo inmovilizó contra la estantería, apretando su brazo contra el cuello del oponente.

—¡Te tengo!

Los ojos del loco bailaron primero a la izquierda y luego a la derecha, extendiendo los brazos.

—¡No me tienes!

Cuando el brazo de su atacante se movió hacia delante, Cain vio que sostenía un trozo de madera.

—¡Mierda!

Al soltar el cuello del tipo, Cain metió la mano en su bolsillo al mismo tiempo que giraba medio cuerpo para evitar el brazo oscilante que sostenía la estaca improvisada. Ahora con su propia estaca en mano, completó el giro y la clavó en el pecho del vampiro.

Un ruido a sus espaldas le hizo girar sobre sus talones, mientras su oponente se desintegraba en el polvo. Levantó su estaca, dispuesto a atacar a quien sea que hubiera entrado, cuando suspiró aliviado.

—Thomas —respiró—. ¡Por fin!

Junto a Thomas, Eddie asomó la cabeza en la habitación.

—Perdón, hubo un accidente con un autobús en La Misión. Nos quedamos atrapados —explicó Eddie.

—No tuve opción —dijo Cain, mirando al lugar donde el polvo del vampiro yacía ahora en el suelo—. Creo que ahí se fue otra oportunidad de descubrir qué está pasando. —Había fracasado, y él odiaba fracasar.

—No te preocupes —Thomas señaló la habitación donde la joven yacía masacrada—. Se lo merecía. Además, Zane y Amaury atraparon a uno vivo.

Cain dejó escapar un suspiro de alivio.

—Hora de limpiar —sugirió Eddie.

Cain cerró los ojos por un momento.

—Debió haber sufrido terriblemente—. Cuando levantó la vista hacia sus dos compañeros, ellos le respondieron con sus propias miradas tristes.

—Arderá en el infierno por ello —afirmó Thomas.

Cain negó con la cabeza.

—Ahora es libre. Debería haberlo dejado vivir para mostrarle lo que realmente es el infierno. —Porque el infierno no estaba en otro plano. Estaba en este mismo mundo.

Cain dejó la limpieza en manos de Thomas y los demás vampiros que habían llegado poco después que él, y transportó al prisionero que Zane y Amaury habían llevado al cuartel general de Scanguards en La Misión. Mientras Zane y Amaury llevaban al vampiro, todavía resistiéndose, a una de las celdas de detención del sótano, Cain se dirigió al V Lounge, un gran salón accesible solo para vampiros mediante tarjetas de identificación especialmente codificadas.

Necesitaba distraerse de lo que había visto esta noche, y sabía que el salón se la proporcionaría.

Al entrar, la atmósfera relajante del salón alivió al instante la tensión de la noche. El salón parecía un viejo club de caballeros, con cómodos asientos, una chimenea y un bar con sangre de barril.

Aquí era donde los vampiros descansaban entre tareas, se ponían al día con sus colegas o disfrutaban de un refrigerio rápido. Los vampiros visitantes que no formaban parte de Scanguards también se entretenían aquí, pero esta noche Cain solo vio colegas. No había visitantes presentes. Saludó con la cabeza a varios vampiros mientras se acercaba a la barra y se apoyaba en el mostrador. La mujer que había detrás le sonrió.

Dejó que sus ojos recorrieran su vestido negro, que no ocultaba ninguna de sus curvas. Se le hizo agua la boca al verlo. Aunque no lo recordaba, sabía que prefería a las mujeres curvilíneas.

—¿Qué te sirvo? —preguntó cortésmente.

¿Qué tal si te sirves en bandeja? pensó, pero se detuvo. No serviría de nada acostarse con alguien al servicio de Scanguards. Al fin y al cabo, no estaba interesado en una relación, y las cosas podrían volverse incómodas si tenía que volver a verla después de una aventura de una noche. Era una vampira y, por lo tanto, borrarle la memoria después del acto no era una opción. Ese truco en particular no funcionaba con los vampiros, solo con los humanos.

Tendría que ir a un club nocturno en su noche libre y ligar con una humana para tener sexo sin complicaciones, tal como lo hizo el vampiro que conoció esta noche. Pero la idea de ir a un club nocturno no le atraía en ese momento, no después de lo que había visto allí esa noche. Tal vez le convendría visitar el burdel de Vera. Sus chicas eran bonitas y no hacían preguntas. Y desde que había empezado a trabajar para Scanguards, tenía suficiente dinero para gastar en diversiones como esa.

Cain señaló uno de los grifos.

—AB positivo, por favor.

Siguió observándola mientras vertía el líquido rojo en una copa de vino y la ponía frente a él. Era gratis, una de las ventajas de trabajar para Scanguards.

A Cain le gustaba la comodidad de la sangre embotellada, pero de vez en cuando salía a cazar. No era algo de lo que alardeara, sobre todo delante de Oliver, que ya tenía bastantes problemas para controlarse. No le ayudaría saber que a Cain también le gustaba cazar de vez en cuando. Sin embargo, estaba totalmente de acuerdo con Quinn en que Oliver primero tenía que aprender a controlarse antes de poder soltarse ante el público en general. Y por lo que Cain podía ver, Oliver estaba más lejos de ese objetivo que nunca.

Cain tomó su copa y se dejó caer en un sillón orejero frente a la chimenea.

Las palabras del vampiro al que había matado resonaron en su cabeza. *No tenía la sangre adecuada.*

¿Qué había querido decir con eso?

21

Ursula se reclinó en el asiento del copiloto mientras Oliver conducía la camioneta por las calles casi vacías de la ciudad. Se sentía cansada y relajada al mismo tiempo. Y, además, un poquito avergonzada por su comportamiento. Nunca había sido tan... directa. Y menos con un vampiro, de todas las criaturas.

Solo esperaba no haberse equivocado al confiar en él.

—¿Te arrepientes? —preguntó Oliver de la nada, lanzándole una mirada de reojo—. ¿Por eso frunces el ceño?

—¿Estoy frunciendo el ceño? Lo siento. Solo estaba pensando en cómo vas a encontrar al vampiro al que le robé la cartera y qué le dirás.

—No te preocupes. Para eso estoy entrenado. No será difícil encontrarlo. Hay una licencia de conducir en la cartera. Voy a empezar por ahí.

—¿Y luego? —Le lanzó una mirada llena de dudas—. Cuando lo encuentres, ¿qué le dirás?

¿Admitiría la sanguijuela que había estado en el burdel de sangre y se había alimentado de las chicas? ¿O negaría su existencia?

—Lo haré hablar. Te lo prometo.

Ella asintió.

—¿Y si no sabe a dónde movieron la operación?

—Tengo el presentimiento de que sí lo sabe. Me imagino que les avisaron a todos los clientes frecuentes a dónde se mudaron. ¿Para qué buscar nuevos clientes si pueden recuperar a los viejos? Deben tener una forma de informarle a su clientela actual dónde encontrarlos ahora.

—Espero que tengas razón. Tenemos que descubrir a dónde se llevaron a las otras chicas. —Tenía que cumplir su promesa hacia ellas y ayudarlas a salir del infierno en el que se encontraban.

—Te importan —afirmó Oliver.

—Éramos como hermanas. No nos dejaban tener mucho contacto, pero igual encontrábamos formas de comunicarnos. Pasar por el mismo dolor te une. —Por eso tenía que ayudarlas, porque saber que seguían sufriendo le dolía en lo más profundo.

—Haré lo que pueda. Pero sabes que cuando sepamos dónde se esconden, tendremos que involucrar a los Scanguards. No es algo que pueda hacer solo.

Ursula sabía a qué se refería.

—Pero no les dirás nada sobre mi sangre especial, ¿verdad? —Lo miró, pero él siguió mirando al frente.

—¿Por qué tienes tanto miedo de que se enteren? *Me lo contaste a mí.*

—No los conozco. ¿Y si son como los vampiros que me mantuvieron cautiva? ¿Y si quieren lo mismo?

Oliver negó con la cabeza.

—Tampoco me conoces a mí.

Se le cortó la respiración. ¿Qué estaba intentando decirle?

—¿Tú también quieres mi sangre? —Se le quebró la voz. ¿Había cometido un grave error al confiar en él?

Lo oyó respirar con dificultad, y luego notó que un escalofrío le recorría el cuerpo.

—No es lo que piensas. Quiero tu sangre, sí. Pero es por lo que acabamos de hacer. —Le lanzó una mirada depredadora—. Cuando un vampiro hace el amor, quiere poseer a su mujer de todas las formas posibles. Y eso incluye hundir sus colmillos en ella y beber su sangre.

Ursula se encogió en su asiento, acercándose a la puerta.

Él pareció darse cuenta y levantó la mano del volante.

—No tienes por qué temerme. No tomaré tu sangre, porque no puedo.

Lo miró con incredulidad, sin entender lo que decía.

—Pero acabas de decir...

—Sé lo que dije —la interrumpió—. Pero hay algo que debes saber. Si tu sangre es como una droga, entonces estará fuera de mis límites para siempre. Fui adicto hace mucho tiempo. Cuando era humano. Y nunca volveré a serlo. Jamás.

Sus ojos azules buscaron los de ella, mirándola con una intensidad que nunca había visto antes.

—Porque si alguna vez vuelvo a las drogas, sea del tipo que sea, no la libraré esta vez. Me destruirá, y no puedo tirar por la borda esta segunda vida que me han dado.

El tono decidido de su voz la hizo detenerse. ¿Sería realmente lo suficientemente fuerte como para resistir la tentación?

—Prefiero renunciar al placer de alimentarme de ti mientras te hago el amor que volver a convertirme en un adicto. —Hizo una pausa—. Eso si alguna vez me dejas volver a hacerte el amor.

Una sola palabra escapó de sus labios.

—Oh.

¿Él quería volver a hacer el amor con ella? Ella bajó la mirada.

—No tienes por qué responderme ahora. Solo te pido que no me rechaces de golpe por lo que acabo de decirte. Pero pensé que apreciarías la verdad.

Ella levantó los ojos para mirarlo, queriendo decirle que lo único que deseaba era unir su cuerpo al suyo, cuando notó un brillo rojo en sus ojos. Era algo con lo que estaba más que familiarizada. Su mirada se dirigió al instante hacia las manos de él, que sujetaban el volante. Las garras empezaban a asomar por sus dedos.

Sintió que el miedo la atenazaba, le oprimía la garganta y le impedía hablar. Solo podía mirarlo fijamente.

—Lo siento, Ursula. Tengo mucha hambre. Pero no te atacaré. Te lo prometo. —Tragó con fuerza y, cuando volvió a abrir la boca, ella vio que sus colmillos sobresalían.

Un suspiro escapó de su pecho.

—Ya casi estamos en casa. Te dejaré salir en la acera. Tendrás que entrar. Blake estará allí. Él te protegerá. Prométeme que irás directamente a él. Dile lo que necesites, pero no te apartes de su lado.

La voz de Oliver sonaba ahora diferente, tensa, como si le costara pronunciar las palabras.

Ella asintió automáticamente.

—Esperaré hasta que estés dentro. Por favor, no huyas. Si lo haces, actuará mi instinto y te perseguiré. Y que Dios nos ayude entonces.

—Te lo prometo —le dijo con un nudo en la garganta. Cualquier cosa para que no la mordiera.

Durante las siguientes cuadras, ella observó todos sus movimientos. Le sudaban las palmas de las manos y el corazón le latía el doble de rápido que de costumbre. Sabía que él podía oírla y oler su sudor, a juzgar por la tensión en su mandíbula y sus nudillos blancos aferrados al volante.

Parecieron pasar siglos hasta que Oliver se detuvo delante de su casa.

—¡Corre!

Sin mirar atrás, ella abrió la puerta del coche y salió dando un portazo. Forzándose a caminar con normalidad, subió los pocos escalones que la separaban de la puerta de entrada y tocó al timbre varias veces seguidas. Mientras esperaba impaciente, miró por encima del hombro. Oliver seguía sentado en la furgoneta, con el motor en marcha.

Su corazón casi se detuvo cuando la puerta de entrada a la casa se abrió de golpe desde adentro.

—Ursula?

—¡Déjame entrar! ¡Cierra la puerta! —exigió y empujó a Blake hacia el interior de la casa.

Solo cuando escuchó la puerta cerrarse y asegurarse con el cerrojo detrás de ella, soltó un suspiro de alivio.

—¿Qué pasó? —Blake le tomó el brazo y la volvió hacia él.

—Oliver tiene hambre.

La furia se extendió por su rostro.

—¡Carajo! ¿Te hizo daño? —Sus ojos le buscaron el cuello—. ¿Te mordió?

Ella negó rápidamente con la cabeza.

—No.

Pero, por alguna razón inexplicable, de repente se preguntó cómo sería sentir sus colmillos en el cuello mientras le hacía el amor. Un pensamiento fugaz cruzó su mente: sus captores les habían negado el sexo a ella y a las demás mujeres porque creían que debilitaría la potencia de su sangre. No estaba segura de que fuera cierto, pero se lo había contado a Oliver. ¿Él recordaría este detalle? Y si lo hacía, ¿intentaría morderla si creía que la droga en su sangre sería menos potente después de tener sexo? Pero, sobre todo: ¿lo permitiría ella?

¿Qué tan mal estaba para siquiera imaginarse algo así? ¿Acaso no había sufrido ya lo suficiente a manos de sus captores?

Las lágrimas comenzaron a acumularse en sus ojos y, con su siguiente aliento, un sollozo desgarró su pecho.

22

Tras calmar su hambre de sangre en un callejón cerca del Civic Center, Oliver volvió a la camioneta y condujo a la dirección que aparecía en la licencia de conducir que encontró en la cartera. Se encontraba en North Beach. Mientras conducía, sus pensamientos volvieron a Ursula y a su mirada asustada cuando se dio cuenta de que necesitaba sangre urgentemente.

Si fuera honesto consigo mismo, admitiría que no tenían futuro. Aunque Ursula le permitiera morderla —cosa que estaba claro que no haría—, él nunca podría arriesgarse. Su sangre era una droga, y él era un adicto en recuperación. No era diferente de un alcohólico que recaería instantáneamente en su comportamiento adictivo si bebiera la más mínima gota de alcohol. Su sangre le haría lo mismo. No solo destruiría su propia vida llevándolo a un torbellino, sino que también acabaría con la de ella: sabiendo lo adictiva que sería su sangre para él, acabaría tomando demasiada y la drenaría por completo. Ella moriría en sus brazos.

Aquel pensamiento lo hizo querer detenerse al costado del camino y vomitar. Se obligó a tragar la bilis que subía por su garganta. No, no sería tan débil. Resistiría, por el bien de ella y por el suyo propio. Le quedaban dos opciones: seguir alimentándose de los habitantes menos afortunados de la ciudad, o acostumbrarse a la sangre embotellada. Ninguna de las dos opciones le resultaba atractiva, cuando la sangre de Ursula representaba la máxima tentación.

Después de hacerle el amor en la parte trasera de su furgoneta, no podía imaginar nada mejor que repetirlo, y esta vez hundir los colmillos en su delicado cuello, haciendo la conexión aún más intensa de lo que ya había sido.

Un pensamiento fugaz intentó tentarlo aún más. ¿No había dicho Ursula que la razón por la que no le permitían tener sexo era que sus captores creían que así disminuiría el efecto embriagador de su sangre? Parecía una sugerencia absurda, y solo podía imaginar que aquellos vampiros eran sádicos y disfrutaban viendo sufrir a esas mujeres, negándoles cualquier tipo de placer porque sí. Seguir esta idea de que podría haber una forma de beber la sangre de Ursula sin peligro solo empeoraba la tentación. Pero esa era su parte adicta hablando, buscando cualquier excusa, por más débil que fuera. No podía permitirse escucharla más: tenía que apagarla o los "y si..." lo volverían loco.

Oliver se tragó el deseo que lo recorría y se concentró en su siguiente tarea.

Paul Corbin, el dueño de la cartera que Ursula había robado, vivía en una casa unifamiliar en North Beach. La dirección sugería que era un hombre adinerado, o al menos acomodado, considerando que las casas unifamiliares en ese soleado barrio de estilo italiano en San Francisco empezaban en alrededor de dos millones de dólares, y eso para una propiedad que requería renovaciones importantes.

Oliver estacionó el auto en la entrada, bloqueándola. No solo porque nunca había estacionamiento disponible en ese vecindario, sino también para impedir que el hombre escapara. No es que sospechara que lo hiciera. Después de todo, Oliver solo estaba aquí para devolverle la cartera y preguntarle qué sabía del burdel de sangre.

Bajó del auto, lo cerró con llave y caminó hacia la puerta de entrada de la imponente casa. Parecía haber sido totalmente renovada hacía poco tiempo. No se había escatimado en gastos, si tenía en cuenta que los escalones de entrada estaban revestidos de travertino y la puerta principal era de acero macizo. Imaginó que los materiales del interior serían igual de elegantes.

Oliver pulsó el timbre de la puerta y oyó el agradable tintineo del interior de la casa. Se encendió una luz sobre su cabeza y levantó los ojos hacia ella, notando una cámara que apuntaba hacia él. Al parecer, Corbin prefería saber de antemano quién estaba afuera de su puerta antes de abrirla.

Oliver dejó que una sonrisa casual se dibujara en sus labios, queriendo parecer inofensivo. No tenía intención de asustar al otro vampiro. No tuvo que esperar mucho hasta que oyó unos pasos que se acercaban a la puerta. Luego, alguien giró la cerradura y la puerta se abrió.

El hombre alto era un vampiro y, según la foto que Oliver había visto en su licencia de conducir, era el mismísimo Paul Corbin. De algún modo, había esperado que tuviera un sirviente que abriera la puerta por él. En una casa tan grande como esa, los sirvientes no habrían estado fuera de lugar.

—¿Sí? —preguntó Corbin, arqueando una ceja.

—Señor Corbin, parece que ha perdido la cartera —empezó Oliver, observando la reacción del hombre—. Me complace decirle que la he encontrado.

Sorprendido, abrió más la puerta, permitiendo que Oliver tuviera una mejor vista del interior. Estaba oscuro, pero podía distinguir un pasillo con puertas a cada lado y una gran puerta doble al final.

—¿Viene a devolverme la cartera? Ya la había dado por perdida —admitió Corbin.

Oliver sonrió, sacando la cartera del bolsillo de su chamarra. Notó que los hombros del otro vampiro se tensaban al instante, hasta que le entregó el objeto.

—¿Cómo podría agradecerle, señor...? —preguntó Corbin cortésmente y al mismo tiempo muy rígido.

Oliver cambió de pie.

—Oliver Parker —mintió—. En realidad, me preguntaba si podría hacerle un par de preguntas en relación con el lugar donde encontré la cartera.

El rostro del hombre permaneció impasible cuando respondió:

—¿Y dónde, señor Parker, lo encontró?

Oliver giró la cabeza, mirando a su alrededor, y se fijó en un hombre que paseaba a su perro.

—Preferiría no hablar de eso al aire libre. —Señaló a la persona con la mascota—. Los nuestros deben tener cuidado.

—Por supuesto. Qué descuidado de mi parte. Pase, por favor.

Al entrar en la casa, Oliver se preguntó cuántos años tendría el otro vampiro. Parecía muy anticuado y rígido.

Corbin abrió las puertas dobles al final del pasillo y lo invitó a entrar. Mientras cerraba las puertas tras ellos, Oliver evaluó rápidamente su entorno. Estaban en una sala de estar elegantemente amueblada, con un piano de cola, un amplio conjunto de asientos y ventanales de piso a techo con vista a la Torre Coit, uno de los puntos más emblemáticos de San Francisco.

—No te quiero apresurar, pero tengo planes para esta noche.

Oliver volteó hacia su anfitrión y se aclaró la garganta.

—Iré directamente al grano. Encontré tu cartera en un edificio en Hunter's Point.

Hizo una pausa, observando la reacción de Corbin. Hubo un destello fugaz de algo en su rostro, pero rápidamente el otro vampiro recobró su compostura.

—Es un lugar al que algunos de los nuestros van a alimentarse —dijo Oliver, sin mencionar que el lugar ahora estaba vacío, con la intención de ver cuánto sabía el hombre.

—¿Has ido allí a alimentarte?

Oliver asintió.

—Es bastante especial.

Corbin se dio la vuelta, mirando por la ventana.

—Supongo que has descubierto mi sucio secreto. No es algo de lo que me sienta orgulloso.

Oliver esperó pacientemente, sin querer interrumpir lo que el hombre quisiera confesar.

—Fui allí una vez. Un conocido me habló de ello. Pensé que me proporcionaría alguna emoción, algo que interrumpiera la monotonía de mi vida. —Se rio para sus adentros, luego señaló con la mano la habitación que tenía detrás, indicando que el dinero por sí solo no le hacía feliz—. Pero, francamente, no lo disfruté. No me gustó cómo me hizo sentir.

Oliver luchó por controlar las emociones que se agolpaban en su interior: este hombre había bebido de la sangre de Ursula. Había clavado sus colmillos en su hermoso cuello, su cuerpo debajo de él. Apretó la mandíbula, tratando de no dejar que la ira lo delatara.

—¿Y cómo te hizo sentir?

Corbin lo miró por encima del hombro, encontrándose con la mirada de Oliver.

—Dímelo tú.

Recordando sus días como adicto, sabía que podía dar una respuesta plausible.

—Despreocupado, ligero.

Corbin asintió.

—Pero sabía que no podía volver. Ya después de la primera vez, supe lo adictivo que era. Nunca había probado una sangre como esa. No tenía ni idea de que existiera algo así. Pero no podía dejar que me cambiara. Lo entiendes, ¿verdad?

—¿Así que solo fuiste una vez?

—Sí. Y me arrepiento. Supongo que me sirvió de algo que me robaran la cartera allí. Me sirvió de lección. —Se encogió de hombros—. De todos modos, gracias por devolvérmela.

Hizo un gesto hacia la puerta como queriendo despedirlo, pero Oliver aún no había terminado con sus preguntas.

—Me pregunto si te han informado que las operaciones se mudaron a otro lugar.

Corbin enarcó una ceja.

—¿Se mudaron? No me había enterado.

—Sí, me temo que el edificio de Hunter's Point ha sido desalojado.

—Tal vez cerraron el establecimiento. Qué alivio.

—Lo dudo mucho. Era un negocio muy lucrativo.

—¿Y por qué te interesa?

Oliver miró detenidamente a Corbin. No parecía un adicto, lo que hacía que su afirmación de que solo había ido una vez fuera plausible. Pero, aun así, era un cliente anterior del burdel de sangre, y como tal podría tener una forma de contactar con los vampiros que lo regentaban.

—Necesito ponerme en contacto con las personas que operan el local. Pero me temo que no me han dicho a dónde trasladaron el negocio. —Oliver bajó los párpados, esperando poder engañar al hombre—. Verás, me gusta cómo me siento cuando me alimento allí.

—Me temo que no puedo ayudarte. Como te dije, solo fui una vez.

—Si te contactaran, digamos, para decirte a dónde se mudaron, ¿me lo dirías?

Corbin lo miró con curiosidad.

—Si has ido al lugar, y por lo que dices más de una vez, ¿por qué no te contactarían directamente? Seguro no querrían perder a un buen cliente solo porque se mudaron.

La mente de Oliver trabajó rápidamente para inventar una excusa.

—Verás, mi información de contacto cambió recientemente y me temo que olvidé avisarles. No tienen forma de contactarme. Por eso me alegró tanto encontrar tu cartera y pensé que podrías ayudarme.

Corbin asintió lentamente.

—Por supuesto. Pero, como ya te dije, dudo que me contacten.

Oliver sacó una tarjeta de su bolsillo y se la entregó. Solo tenía su primer nombre y un número de teléfono. A Scanguards le gustaba hacerlo así, sin dar demasiada información.

Corbin tomó la tarjeta y la miró.

—Gracias. Y, ¿puedo pedirte un favor a cambio?

Oliver le lanzó una mirada curiosa.

—¿Sí?

—¿Podrías no contarle a nadie que estuve en un lugar donde mantienen a mujeres con sangre narcótica? No quiero que me juzguen mis compañeros. Soy nuevo en la ciudad, y ya sabes cómo corren los chismes.

—Tu secreto está a salvo conmigo.

Oliver salió de la casa, satisfecho de haber podido confirmar la afirmación de Ursula. Ella le había dicho la verdad, y esa noticia lo hizo sentirse mucho mejor. Sin embargo, no estaba más cerca de descubrir a dónde habían llevado los captores de Ursula a las otras chicas.

23

Ursula miró con cautela a los dos recién llegados. Habían llegado hacía apenas unos minutos, arrastrando grandes maletas y con expresiones preocupadas. Blake los había recibido con entusiasmo y los presentó como Rose y Quinn, sus tátara-tátara-abuelos.

Ninguno de los dos aparentaba más de veinticinco años. Rose era una belleza clásica, con una larga cabellera dorada y una envidiable figura de modelo. Quinn no se quedaba atrás. Su cabello rubio parecía barrido por el viento, y sus ojos color avellana eran despiertos y hermosos.

—Tú debes de ser Ursula —él la saludó y le ofreció la mano.

Como no quería ser descortés, teniendo en cuenta que se alojaba en su casa, la estrechó.

—Encantada de conocerte. —Aún no había decidido si su afirmación era cierta.

Cuando él soltó su mano, se dirigió a Blake:

—¿Dónde está Oliver?

—Fuera.

—¿Fuera dónde?

Blake cruzó los brazos sobre el pecho.

—No lo sé.

Antes de que Quinn pudiera decir algo más, Rose le puso una mano en el brazo, captando su atención. Al instante, la expresión en sus ojos se suavizó, y le sonrió.

—No lo hagas, amor. Volverá. —Señaló a Ursula—. No creo que pueda estar lejos mucho tiempo.

Poco a poco, la tensión de los hombros de Quinn pareció disiparse.

—Tienes razón. Solo siento que nunca debimos irnos. Aún no está preparado para quedarse solo.

—No lo consientas —lo reprendió Rose—. Es un adulto.

—Sigo siendo responsable de él.

Ursula observó el intercambio con interés. Así que este era el señor de Oliver, el vampiro que lo había convertido. Y por su aspecto, no se parecía en nada a los vampiros con los que ella había tratado en los últimos tres años. Más bien parecía un padre preocupado. Le recordaba a su propio padre, cómo se había preocupado cuando ella se mudó a Nueva York para ir a la universidad. Al principio, la llamaba a diario para asegurarse de que estuviera bien. Quizás ese recuerdo era la razón por la que ahora quería calmar las preocupaciones de Quinn.

—Oliver salió a alimentarse. Volverá pronto.

Se guardó para sí el hecho de que buscaba al hombre al que había robado la cartera. No era algo que pudiera revelar sin desvelar cosas que no estaba dispuesta a compartir. La situación ya era bastante complicada.

Quinn dejó que sus ojos recorrieran su rostro.

—Así que sabes que no bebe sangre embotellada. ¿Eso te asusta?

Ella dudó. Cuando había visto a Oliver poco tiempo atrás con los colmillos extendidos, las garras afiladas y los ojos rojos, había sentido verdadero miedo, pero ahora ese recuerdo parecía tan lejano que no lograba revivir la sensación.

—No lo sé —respondió con sinceridad.

—¿Por qué no nos sentamos un rato? Estoy agotada del viaje —confesó Rose y apuntó a la sala.

Como no tenía motivos para rechazar su invitación, Ursula caminó hacia la sala. Miró el reloj sobre la chimenea. Oliver llevaba mucho tiempo fuera. ¿Tendría problemas con el vampiro al que había robado la cartera? Sabía que no debía preocuparse por él. Al fin y al cabo, era un vampiro, un guardaespaldas entrenado. Y estaba armado.

Un cosquilleo en la nuca de repente la hizo voltear hacia la puerta. Su corazón casi se detuvo: Oliver había vuelto. Estaba de pie entre el marco de la puerta y la sala, mirando fijamente a Rose y Quinn, sin siquiera notar su presencia.

—¿Qué hacen aquí tan pronto? —preguntó, con un tono cortante.

—¿Así es como recibes a tu familia ahora? —replicó Rose, apoyando las manos en las caderas.

—Claro que no —se desvió Oliver rápidamente y caminó hacia ella—. Bienvenida a casa, Rose, ¿qué tal la luna de miel?

La abrazó brevemente, pero sus ojos de pronto se posaron en Ursula. Cuando se liberó de Rose, asintió hacia su señor:

—Deben estar cansados del viaje. ¿Por qué no suben a descansar? Yo puedo subir sus maletas.

Quinn frunció el ceño.

—Oliver, soy mayor que tú. No creas que puedes ignorarme así. Volvimos antes por lo que está pasando aquí.

Oliver lanzó una mirada fulminante a Blake.

—Podría haber manejado la situación sin que nadie se entrometiera.

Blake se cuadró, devolviéndole la mirada.

—¡Sí, cómo no!

Quinn levantó la mano para detener la discusión antes de que comenzara.

—Blake no nos llamó. Fue Maya. Le preocupaba que ustedes dos estuvieran a solas con Ursula.

Oliver miró fijamente a su señor, visiblemente furioso.

—¡No necesito niñera!

—¡Yo tampoco! —de inmediato, Blake se puso del lado de su medio hermano.

Ursula casi tuvo que reprimir una carcajada. Un minuto los dos estaban a punto de pelearse y al siguiente estaban codo a codo contra la figura de autoridad en su familia.

Ursula captó cómo Rose ponía los ojos en blanco y negaba con la cabeza.

—Niños —la oyó murmurar en voz baja. Entonces Rose la miró—. Ursula, ¿por qué no subimos las dos y dejamos que estos tres resuelvan sus diferencias? Yo, por mi parte, no puedo soportar más demostraciones de testosterona por hoy.

Vacilante, Ursula asintió.

—Será mejor que saque toda mi ropa del cuarto de huéspedes para que estés más cómoda —añadió.

—Pero estaba durmiendo en el cuarto de Oliver —soltó Ursula, antes de poder detenerse.

Rose giró la cabeza hacia Oliver y le aventó dagas con los ojos.

—¡Oliver! No puedo creer que te aproveches así de una joven asustada. ¡Qué despreciable!

Oliver se pasó la mano por el pelo.

—¡No hice nada! No he dormido en mi habitación.

Rose bufó indignada.

—¡Claro que no has *dormido*!

Antes de que Ursula pudiera decir algo para defender a Oliver, Rose la sacó de la sala.

———

OLIVER VIO cómo Rose y Ursula salían de la habitación. Esto no podía llegar en peor momento: no necesitaba que Quinn y Rose se metieran en sus asuntos ahora mismo. Tenía demasiadas cosas que debía mantener en secreto: que no había seguido las órdenes de Zane de mandar a Ursula en el siguiente avión a Washington D.C., que la sangre de Ursula era una droga, y que había logrado encontrar a un cliente del burdel de sangre donde ella había estado cautiva durante tres años. Hasta que supiera cómo proceder, no podía dejar que nadie de Scanguards se enterara de estas cosas.

Esperaba poder mantener a Quinn a oscuras el tiempo suficiente para idear una estrategia. Si Maya era quien le había hablado de la situación, entonces Quinn no sabía mucho todavía. Maya no estaba al tanto de lo ocurrido en Hunter's Point. Blake tampoco. Por lo tanto, Quinn no podía saber que Zane le había ordenado mandar lejos a Ursula. Y aún no podía saber que no habían encontrado nada en el edificio de Hunter's Point y que, por lo tanto, desestimaban las afirmaciones de Ursula.

Mierda, ¿cómo se había complicado tanto todo?

—Todo está bajo control, Quinn, confía en mí. —Oliver forzó una expresión de confianza en su rostro.

—Sí, por supuesto —dijo Quinn a secas—. ¿Por qué no me explicas qué está pasando?

—¿Qué te dijo Maya?

—Lo suficiente para empacar y salir de Inglaterra para volver corriendo a casa. Así que actualízame. ¿Qué ha pasado desde entonces?

Oliver tragó saliva.

—Encontramos la propiedad en Hunter's Point donde tenían a Ursula. Pero ya habían limpiado todo para cuando llegamos. Supongo que asumieron que volvería con ayuda, así que huyeron. Aún no tenemos pistas sobre a dónde pudieron haber trasladado la operación.

Sintió que su cuerpo se acaloraba. Odiaba tener que mentir a su señor. Pero cuanto menos supiera en ese momento, mejor. Si se enteraba de las órdenes de Zane, cabía la posibilidad de que Quinn intentara separarlo de Ursula, y no podía arriesgarse. Ella confiaba en él para protegerla, y solo podía hacerlo cuando estaba con ella. Además, necesitaba hablar con ella en privado para decirle que había lograd confirmar su historia.

—Ajá... ¿Qué más?

Oliver se encogió de hombros, intentando parecer despreocupado.

—Nada más. Estamos trabajando con todos nuestros contactos para averiguar si alguien ha oído hablar del lugar y sabe dónde podrían estar ahora. Tienen cautiva a otra docena de chicas. Necesitan nuestra ayuda.

—¿Y el hecho de que no encontraran nada en la propiedad de Hunter's Point no les hizo sospechar? —preguntó Quinn.

—A mí me habría hecho cuestionar si está diciendo la verdad —intervino Blake, mirando a Oliver—. Sabes que todos tuvimos dudas, incluso tú.

—Adelante, molesta a Zane preguntándole si aún tiene dudas sobre su historia. A ver si le gusta que lo interroguen —ostentó Oliver—. ¿Se lo creería Blake? Y lo que es más importante, ¿dejaría Quinn de hacer preguntas?

—Está bien, como sea. Solo digo. Ojalá me dejaran ir con ustedes a esas redadas. Nunca me toca hacer nada divertido —se quejó Blake—. Por eso siempre estoy desinformado. Hasta Cain patrulla la ciudad buscando vampiros enloquecidos, y solo lleva unos meses en Scanguards.

Quinn puso la mano en el brazo de Blake.

—¿Qué sabes de esos loquitos? Es información clasificada.

Blake sonrió.

—Cain me lo dijo porque soy de la familia. Dijo que se estaban volviendo locos en la ciudad, como animales drogados.

Oliver levantó las orejas. ¿Drogados? Nunca los había oído describir así; cuando el personal vampírico de Scanguards hablaba de ellos, usaba palabras como sed de sangre, pero ¿y si esos vampiros estaban bajo el efecto de drogas? O, más bien, de sangre con un efecto similar a una droga.

¿Era posible que hubiera una conexión entre el burdel de sangre y esos incidentes de los que habían oído hablar en los que los vampiros habían enloquecido completamente, como si sufrieran sed de sangre?

Esta noche, Zane había recibido una llamada de que varios de esos loquitos habían sido vistos en un club nocturno de la ciudad. Oliver tenía que averiguar qué había pasado allí. Tal vez encontraría la pista que necesitaba para encontrar la nueva ubicación del burdel de sangre.

—Oye, Quinn —lo interrumpió—. Escucha, es genial que tú y Rose estén de vuelta. Los extrañamos. ¿Verdad, Blake?

Su medio hermano asintió rápidamente.

—Mejor me voy a dormir. Está a punto de amanecer y ha sido una noche muy ajetreada. —Abrazó a su señor.

—Me alegro de estar en casa, hijo. —Quinn sonrió cuando lo soltó.

Oliver estaba a punto de irse, cuando Quinn le puso una mano en el hombro.

—Sobre la chica... —Señaló hacia el piso superior.

—¿Qué pasa con ella?

—No hagas nada de lo que puedas arrepentirte después. Está vulnerable.

Oliver cuidó que su rostro no mostrara que la observación le molestaba. Sabía que ella estaba vulnerable; no necesitaba que Quinn se lo recordara.

—Si estás insinuando que podría morderla, déjame decirte de una vez por todas: no lo haré.

Y esa era una promesa que estaba decidido a cumplir. Cueste lo que cueste.

———

OLIVER ESPERÓ a que se calmara el ruido en la casa. Por fin, parecía que Rose y Quinn se habían ido a dormir y Blake se había retirado a su habitación. Rose había instalado a Ursula en el cuarto de huéspedes, pues estaba claro que no quería que se volviera a quedar en la suya. Pero tendrían que hacer mucho más que eso para impedir que él la viera.

Esperó una hora más después de que todo quedara en silencio antes de salir a hurtadillas de su habitación y caminar descalzo hacia el cuarto de huéspedes. Las tablas del suelo crujían bajo sus pies, pero nadie parecía escucharlo.

Cuando llegó a la puerta del cuarto de huéspedes, escuchó en busca de sonidos provenientes del interior, pero no oyó nada. No podía arriesgarse a tocar, temeroso de que Rose o Quinn lo escucharan desde el dormitorio principal al otro lado del pasillo, así que se limitó a abrir la puerta con cuidado y se coló dentro, cerrándola detrás de él.

Las cortinas estaban cerradas, pero algo de luz se filtraba en la habitación, suficiente para ver claramente que Ursula dormía, aunque él no fuera un vampiro con visión nocturna. Se acercó en silencio a la cama y se sentó en el borde, inclinándose sobre Ursula. Con la boca junto a su oído, le susurró:

—Úrsula, cariño, soy yo, Oliver.

Ella soltó un suspiro ahogado. Temiendo que hiciera demasiado ruido y alertara a todos en la casa, deslizó los labios sobre los suyos y les dio un suave beso, dispuesto a intensificarlo si era necesario.

—¿Oliver? —murmuró ella.

—Sí, cariño.

—Mmm...

El ronroneo que ella emitió fue motivo suficiente para que él separara los labios con la lengua y se adentrara en su boca acogedora. En un instante, su hambre por ella salió a la superficie. Tuvo que obligarse a retroceder, recordándose a sí mismo por qué estaba aquí.

—Tengo noticias.

Ella abrió los ojos y se incorporó hasta quedar sentada. Aún llevaba una de sus camisetas, y eso lo complacía. Por supuesto, si durmiera en su cama, no llevaría nada. En cambio, él la cubriría de besos y caricias.

—¿Qué pasó?

Escuchó los ruidos del exterior de la puerta antes de continuar:

—Debemos guardar silencio. Quinn y Rose se enojarán si me encuentran aquí.

—¿Son muy anticuados?

—No, solo son muy protectores con los inocentes.

—Pero yo no soy...

Incluso en la oscuridad, notó cómo se sonrojaba. No pudo resistirse a darle un beso en la mejilla rosada.

—Lo siento por lo que pasó antes.

—¿Te refieres a que llegaron sin avisar?

Sacudió la cabeza.

—No, a lo que viste en la furgoneta. Cuando tenía... hambre.

—Oh.

—Sé que te asusté. No volverá a pasar. Me aseguraré de alimentarme más seguido para que no tengas que volver a verlo. —Cuando ella no respondió y bajó la mirada, él se preguntó si sus palabras estaban empeorando las cosas. Al fin y al cabo, seguía alimentándose de humanos, aunque le hubiera prometido no morderla a *ella*—. Soy lo que soy, Ursula. Me esfuerzo por cambiar, pero es... difícil.

Ella le puso la mano en el antebrazo.

—Lo comprendo.

Sus latidos se aceleraron.

—Entonces, ¿estamos bien? Quiero decir, tú y yo, ¿estamos bien?

—Estamos bien. —Ella le sonrió—. Dijiste que tenías noticias.

— Encontré al vampiro al que robaste la cartera.

Oliver percibió la emoción que la recorría.

—Por favor, dime qué te dijo. —Sus ojos se clavaron en los labios de él.

—Confirmó que fue allí por la sangre. Sabe que tiene un efecto narcotizante.

—¿Te dijo a dónde se fueron?

—Dice que no lo sabe.

La decepción se extendió por su rostro. Él le levantó la cara con la mano.

—No te preocupes. Aún es pronto. Si movieron el burdel de sangre a otro lugar, puede que tarden unos días en avisarle a todos sus clientes. Tenemos que ser pacientes.

Ella asintió, aunque él pudo ver que no estaba del todo convencida.

—Espero que tengas razón.

Él le acarició la mejilla con el pulgar.

—Mientras tanto, voy a investigar otra pista.

—¿Qué otra pista?

—Déjamelo a mí. Cuando tenga algo más concreto, te lo diré. No quiero darte falsas esperanzas en caso de que no funcione. Por favor, confía en mí, los encontraremos.

—Odio esperar.

—No tomaré mucho tiempo. —Entonces se levantó—. Será mejor que me vaya.

Le puso una mano en el brazo, reteniéndole.

—Por favor, quédate un ratito, solo hasta que me vuelva a dormir.

—No debería. —Pero sus ojos le suplicaban, y no había manera de resistirse—. Solo unos minutos.

Movió la manta a un lado y se deslizó bajo ella, atrayendo a Ursula contra su cuerpo completamente vestido.

—¿Así está bien?

—Sí —susurró ella y se acurrucó contra él.

Le rodeó la espalda con los brazos y deslizó uno de ellos hacia su trasero. Cuando se lo acarició suavemente, ella ronroneó como una gatita y le pasó una pierna por encima de los muslos.

—Duerme ahora —murmuró y le acarició el sedoso pelo con la mano.

24

———————

Cain estaba sentado en un pequeño despacho, detrás de una ventana de vidrio que daba a una sala de interrogatorios en el nivel inferior. A su lado, Thomas engullía el resto de su botella de sangre.

—Ya era hora de que ese imbécil empezara a reaccionar. Necesito dormir un poco.

Cain no podía estar más de acuerdo. Después de llevar al vampiro rebelde al cuartel general de Scanguards, el tipo se había desmayado como si estuviera borracho. Al menos eso significaba que había dejado de gritar pidiendo *sangre de verdad*, fuera lo que fuera que eso significara. Durante horas, Thomas, Zane y el propio Cain habían esperado en el V Lounge a que el cautivo recobrara el conocimiento. Amaury se había ido a casa hacía rato después de que su compañera lo llamara.

Incluso Cain había podido oír la seductora voz de Nina al teléfono, describiéndole a Amaury lo que llevaba puesto. Nunca había visto a su compañero vampiro moverse tan rápido. No es que necesitaran a Amaury para interrogar al rebelde. Zane se había ofrecido para esa tarea y ya estaba impaciente, golpeando el pie como un tambor mientras esperaba al prisionero en la habitación de abajo.

Cain giró la cabeza hacia la puerta de la sala de interrogatorios cuando se abrió y dos vampiros arrastraron al cautivo, que forcejeaba. Tenía las manos esposadas al frente. Para no causarle un dolor innecesario, habían vendado las muñecas del vampiro para que las esposas de plata no tocaran la piel expuesta. Que las vendas permanecieran en sus muñecas durante el interrogatorio dependía de su cooperación. Y por la expresión en la cara de Zane, el superior de Cain obviamente esperaba que el prisionero no cooperara de inmediato para poder infligirle algo de dolor.

Thomas accionó un interruptor para que los sonidos de la sala de interrogatorios se escucharan por los altavoces del área de observación.

—¡Déjenlo! —ordenó Zane a los dos guardias. Soltaron al cautivo y salieron de la habitación, cerrando la puerta tras ellos.

Thomas pulsó un botón, bloqueando la sala a distancia para que no pudiera abrirse desde dentro. —Están encerrados —anunció a través del micrófono mientras mantenía presionado el botón del altavoz, soltándolo enseguida.

Zane asintió con la cabeza, luego agarró al prisionero por el cuello y lo estrelló contra la única silla en la sala.

—Ahora hablamos.

Cain observaba atentamente, sabiendo que siempre podía aprender algo de Zane.

El cautivo levantó la mirada desafiante, con los ojos desorbitados. Se inclinó hacia delante en la silla, como si no pudiera quedarse quieto. Sus manos temblaban y los tendones de su cuello se abultaron.

—¡Quiero sangre! —exigió, con los ojos entrecerrados.

—Tuviste suficiente anoche —afirmó Zane—. Casi mataste a esa chica. Agradece que esté viva.

—¿O qué? —escupió como respuesta.

Zane dio un salto, agarrándole el cuello una vez más. La mano del cautivo se levantó, pero las esposas de plata que hicieron contacto con Zane no podían hacerle daño: Zane llevaba una camisa de manga larga y guantes de cuero.

—¡O te habría arrancado el corazón mientras mirabas!

Cain miró a Thomas.

—Es pura pose, ¿verdad?

—Ya lo ha hecho antes. No veo por qué no lo haría otra vez.

Cain intentó no mostrar su sorpresa ante las palabras de Thomas, y en su lugar volvió a centrarse en los acontecimientos de la sala de abajo. Parecía que el prisionero se sentía razonablemente intimidado por la amenaza de Zane y se encogió en su asiento.

—No te alimentarás hasta que me des la información que estoy buscando.

—No puedes retenerme aquí para siempre.

—¿No puedo? —Zane lanzó a su cautivo una media sonrisa—. Hazme enojar y te meteré en una celda subterránea y me olvidaré de ti.

La mirada recelosa del vampiro era evidencia de que empezaba a creer que Zane era capaz de hacer precisamente eso.

—¿Cómo te llamas? —preguntó Zane.

Hubo una breve vacilación, y luego vino la respuesta.

—Michael Valentine.

—No es su verdadero nombre —comentó Thomas a Cain mientras ya lo escribía en el teclado que tenía delante.

—¡Qué nombre tan curioso! ¿Y cuál es el de verdad? —continuó Zane.

—Ese es mi nombre. Me convirtieron el día de San Valentín de 1900. A alguien se le ocurrió una broma de mal gusto. Así que adopté el nombre.

—¿Cómo te llamabas antes?

—Garner —detonó.

Zane miró hacia la ventana, con una pregunta silenciosa en sus labios.

Thomas presionó el altavoz.

—Dame un minuto. —Soltó el botón del altavoz y siguió escribiendo en el teclado. Un momento después, volvió a activar el altavoz—. Comprobado. Continúa.

Cain miró la pantalla del computador donde un mensaje parpadeaba: "No se encontró entrada". Lanzó a Thomas una mirada inquisitiva.

Thomas se encogió de hombros.

—Puede que Zane no esté faroleando, pero yo sí. Solo queremos que piense que podemos comprobar cualquier cosa que nos diga. Así será más probable que nos diga la verdad."

—Pero si Garner tampoco es su verdadero nombre, se daría cuenta de que no tienes forma de comprobar lo que dice.

Thomas sonrió.

—Pero Garner sí es su verdadero nombre.

—¿Cómo lo sabes?

—Experiencia. Observé el movimiento de sus ojos. Me dice mucho sobre si alguien miente o no.

—Ya veo. ¿Y la base de datos?

—No tenemos una base de datos completa de todos los vampiros pasados y presentes. Nadie la tiene. Debe haber cientos de hombres llamados Michael Garner. Sería una pérdida de mi valioso tiempo revisar todas las bases de datos públicas e Internet para encontrar al correcto. Sin embargo, cada día añado más información a mi base de datos. Y el nombre de ese pelmazo está en ella ahora.

Cain volvió a mirar a Zane y al vampiro que se hacía llamar Michael Valentine. Zane estaba de pie a pocos metros de él, con las piernas anchas y los brazos a los lados. Parecía casi relajado, pero el cautivo sería un idiota si supusiera tal cosa. Zane estaba listo para atacar si Valentine hacía un solo movimiento en falso. Cain ya había visto a Zane en acción. Sabía lo que le esperaba.

—Este es el trato, Michael Valentine: Yo hago una pregunta, tú la respondes. ¿Lo entiendes?

Valentine asintió.

—¿Qué pasó en el club nocturno? ¿Por qué te alimentaste en público?

Él levantó la cabeza y sonrió a Zane.

—Esas son dos preguntas.

Antes de que la última palabra hubiera salido de sus labios, el dorso de la mano de Zane golpeó al imbécil justo en la mejilla, azotándole la cabeza hacia un lado con tanta violencia que Cain casi esperaba que se la separara del cuello.

—¡Carajo! —bufó el prisionero mientras le goteaba sangre de la nariz—. ¡Me rompiste la nariz!

—Pues entonces será mejor que empieces a hablar antes de que te rompa algo más valioso.

Finalmente, Valentine hizo caso de la advertencia, comprendiendo que Zane hablaba en serio.

—Bien, estaba hambriento. Necesitaba una dosis.

—¿Una dosis? —repitió Zane—. ¡Explícate!

Los ojos de Valentine se desviaron hacia la ventana, como si le preocupara quién pudiera estar observando.

Zane gruñó:

—¡Estoy esperando!

—Una dosis, ya sabes. De sangre. Para drogarme. Y la chica era asiática. Pensé que tendría lo que necesitaba. Se parecía a las otras. Pero...

—¿Pero qué?

—Era sangre corriente. Nada especial. No pude drogarme. No era el material adecuado.

Zane miró hacia la ventana, con una expresión extraña en el rostro, como si quisiera preguntar a Thomas y a Cain si sabían qué balbuceaba Valentine.

Cain pulsó el botón del altavoz.

—¿Qué te hace pensar que la sangre te drogaría?

Valentine se sobresaltó al oír la voz del altavoz y miró hacia la ventana. Pero Cain sabía que no podía verlo, ya que la ventana tenía un espejo al otro lado.

—Porque la he probado muchas veces. Pero ya no están ahí. Y necesitaba una dosis. Necesitaba el subidón. No es mi culpa. Una vez que empiezas, no puedes parar.

Cain reconocía a un adicto cuando lo veía. Y este vampiro era un adicto. ¿Pero a qué era adicto? ¿A la sangre? ¿Estaba siendo víctima de la sed de sangre? Antes de poder preguntar algo más, Zane siguió interrogándolo.

—A ver si lo entendí bien. ¿Dices que sufres sed de sangre y que por eso te descontrolaste con esa chica?

Valentine negó con la cabeza.

—¡No! ¡No tengo sed de sangre! ¿Estás loco? Solo tengo un problema de abuso de sustancias. No es nada grave. Puedo controlarlo. Solo necesito una dosis y estaré bien.

—¿Un problema de abuso de sustancias"? ¿De qué diablos estás hablando? ¿Crees que nací ayer? Las drogas no tienen ningún efecto sobre los vampiros. ¡Hasta un recién convertido lo sabe! Así que no digas mamadas como esa o te las volveré a meter por la garganta.

Valentine se levantó de un salto de la silla.

—¡Pero tienes que creerme!

Zane lo fulminó con la mirada.

—¡No *tengo* que hacer nada! ¡Casi matas a esa chica! Y quienquiera que fuera el otro vampiro, masacró a otro abajo. ¿O fuiste tú también?

Conmocionado, Valentine retrocedió.

—¡No! Yo no la maté. Larry... él estaba más erizo que yo. ¡Lo juro! Fue Larry quien mató a esa chica. No pudo parar. Y cuando se dio cuenta de que no tenía la sangre correcta, enloqueció.

Zane lo agarró por el cuello de la camisa.

—¿Qué sangre *correcta*? ¿Un tipo de sangre en específico?

—¡No! No es un tipo de sangre. No es eso. Es solo que...

—¿Solo qué? —gruñó Zane con impaciencia.

—No sé qué es, pero es como una droga. Te eleva. Viene de esas mujeres chinas. Las tienen en ese lugar.

Cain soltó un suspiro e intercambió una rápida mirada con Thomas. ¿Esta conversación iba en la dirección que él pensaba?

—¿Qué lugar?

—Allá abajo, un edificio viejo en Hunter's Point. Ahí tienen a un montón de ellas. Las alquilan. Es caro, pero esa mierda es buena. Pero carajo, ¡ya no están! ¡Se fueron de la noche a la mañana!

Una expresión de comprensión cruzó el rostro de Zane mientras levantaba la cabeza para mirar hacia la ventana.

—¿Estás diciendo que hay un lugar en Hunter's Point donde los vampiros retienen a las mujeres por su sangre?

Valentine asintió.

—No es sangre común y corriente. Es como una droga, como el crack o la heroína. Y todas las chicas son chinas. Por eso pensamos, Larry y yo, que, si encontrábamos algunas chicas asiáticas y nos alimentábamos de ellas, tal vez encontraríamos una que tuviera el mismo tipo de sangre. Pero no era lo mismo. Era sangre común y corriente.

—¡Mierda! —maldijo Zane.

Cain miró a Thomas.

—Ursula decía la verdad.

—Thomas, que vengan los guardias y que lo lleven de vuelta a su celda —ordenó Zane.

Momentos después, los guardias recogieron a Valentine.

—¿Qué están haciendo conmigo? ¡Tienen que soltarme! —lloriqueó Valentine mientras lo arrastraban fuera de la habitación—. ¡Te dije todo lo que querías saber!

—¿Qué carajo vamos a hacer ahora? —preguntó Cain.

Thomas se pasó una mano por el pelo rubio y se reclinó en la silla.

—Encuentren a esos bastardos.

—¿Y Ursula?

—Ya no podemos hacer nada. Oliver le borró la memoria y ella ya habría aterrizado en Washington D.C. Quizá sea para mejor.

—Pero ella habría podido ayudarnos. Ella sabe cómo son —insistió Cain—. Deberíamos...

El timbre del teléfono le interrumpió. Thomas contestó.

—¿Sí?

Cain oyó una voz familiar y luego el saludo de Thomas.

—Quinn, ¿volviste? Qué agradable sorpresa.

La puerta se abrió de golpe y Zane entró en la habitación maldiciendo en voz alta.

—¡Carajo, carajo, carajo!

Cain se abstuvo de decir algo, sabiendo que Zane estaba furioso por no haber reconocido la afirmación de Ursula como cierta.

—Tenemos que idear una estrategia —dijo Zane, y luego se volvió hacia Thomas—. Deja el teléfono. Esto es más importante.

Thomas frunció los labios.

—Es Quinn, y creo que querrás oír lo que tiene que decir... Quinn, te voy a poner en altavoz. Zane y Cain están aquí.

Presionó un botón y colgó el receptor sobre la mesa.

—Ahora diles lo que me acabas de contar.

—Hola, chicos. Estoy un poco desfasado. Acabo de llegar hace unas horas. Pero la chica que dice que fue prisionera de los vampiros, está aquí.

Zane se inclinó sobre el escritorio.

—¿Oliver no la llevó al aeropuerto?

—No, ¿por qué iba a hacerlo?

—¡Porque yo se lo ordené! —bramó Zane.

Hubo una pausa en el otro lado de la línea.

—Parece que no le gustó tu orden.

—Parece que no —murmuró Caín para sí mismo, sin sorprenderse ni un poco por cómo se habían dado las cosas. Había visto cómo Oliver miraba a la chica. Probablemente había usado esos grandes ojos marrones para envolverlo en su dedo meñique y obligarlo a hacer lo que ella quisiera.

—Bueno, ahora no importa —dijo Thomas con calma—. Ella todavía podría ser útil, porque acabamos de averiguar qué pasa con ese burdel.

—¿Quieres compartir? —preguntó Quinn.

Thomas se acercó más al teléfono.

—Al parecer, todas las chicas del burdel tienen una sangre especial. Actúa como una droga para los vampiros. Se vuelven locos por ella, y cuando no consiguen más, muestran síntomas de abstinencia. Como los drogadictos humanos. No es nada bonito.

"Nada bonito" se queda corto, pensó Cain, recordando la escena en el club nocturno.

—¿Estás seguro?

—En lo absoluto —confirmó Thomas.

—Entonces tenemos un problema —dijo Quinn con gravedad.

Zane puso la mano en el hombro de Thomas, inclinándose sobre el altavoz del teléfono.

—Lo sé, Quinn. Estaba pensando lo mismo.

Cain miró fijamente a Zane y luego a Thomas, que asintió con la cabeza.

—¿Qué? —preguntó Cain.

Zane suspiró.

—Oliver era adicto a las drogas cuando era humano. Es susceptible a cualquier tipo de adicción. Si está con la chica y la muerde, tenemos que asumir lo peor.

Thomas se volvió hacia el teléfono.

—Quinn, ¿se ha acostado con ella?

—No estoy seguro, pero lo sospecho.

Zane maldijo.

—¡Carajo, entonces seguro que ya la mordió!

—¡No! —la voz de Quinn sonó como un disparo—. Dijo específicamente que no iba a morderla.

—¿Y le creíste? —preguntó Cain—. Quinn, yo estaba allí, vi a la chica y vi cómo la miraba. La deseaba, no solo su cuerpo, también su sangre.

Se oyó un suspiro a través de la línea.

—Jesús... Rose y yo nunca debimos habernos ido.

—Nos encargaremos de esto —lo tranquilizó Zane.

—¿Qué estás planeando?

—Tenemos que separarlos. Es por su propia protección, y por la de ella también. En cuanto se ponga el sol, esto es lo que quiero que hagas...

25

———

Oliver sintió un aliento cálido soplando contra su pecho desnudo. El latido del corazón de otra persona retumbaba contra él, y el aroma de una mujer le acariciaba las fosas nasales.

Se había quedado dormido con Ursula en brazos y, en algún momento del día, se había quitado la camisa porque tenía demasiado calor. Debería haberse marchado de su cama en ese instante, pero ella se había acurrucado contra él de una manera tan confiada que no había podido apartarse.

El sol ya se estaba poniendo y pronto la casa sería una colmena. Era mejor que volviera a su cuarto antes de que Rose y Quinn se dieran cuenta de que estaba en la habitación de Ursula.

Con cuidado, retiró el brazo de Úrsula de su pecho y la giró sobre su espalda, intentando no despertarla, pero la puerta se abrió. Los ojos de Oliver se dispararon hacia la figura que había en el marco de la puerta: Quinn.

—¡Perfecto! —dijo Quinn con sarcasmo—. No podías dejarla sola, ¿verdad?

A su lado, Ursula se despertó en un sobresalto, con un grito ahogado en los labios.

—¿No sabes tocar la puerta? —gruñó Oliver a su señor.

—Maldita sea, Oliver, ¿no escuchaste nada de lo que te dije anoche?

—¡No hice nada!

Quinn lo miró de arriba abajo.

—¡Oh, deja de mentir!

Indignado por la interpretación errónea de Quinn, Oliver agarró un borde de la manta, dispuesto a levantarse, pero Quinn alzó una mano en señal de protesta.

—¡Ahórrame la vista de tu cuerpo desnudo! —Luego se dio la vuelta.

—¡Pero no estoy...! —*Desnudo*, quiso decir, pero Quinn dio un portazo. Desde el pasillo, lanzó una última orden.

—¡Vístete! Samson quiere verte. ¡Ahora!

Entonces sus pasos fueron tragados por la alfombra del pasillo.

Oliver pasó una mano por su cabello revuelto.

—¡Ah, mierda! —Miró a Ursula.

Sus ojos estaban bien abiertos por la sorpresa y la vergüenza.

—Lo siento, no debí pedirte que te quedaras.

Él le sonrió y le acarició la mejilla con los nudillos.

—No seas tonta. Se calmará. Solo no está acostumbrado a que traiga una chica a casa.

Oliver le dio esa explicación, aunque sabía que no era cierta. Quinn estaba preocupado por lo que podría hacerle a Úrsula si su hambre de sangre se volvía demasiado intensa. Ya había dejado claras sus preocupaciones. Pero eso no era excusa para que irrumpiera en la habitación sin tocar la puerta. Algo más debía haber alterado a Quinn.

—¿No traes muchas chicas a casa?

Él se inclinó hacia ella y le estampó un beso en la mejilla.

—No. Tú eres la primera. —Luego se enderezó—. Y aunque me encantaría quedarme contigo ahora mismo, será mejor que vea qué quiere mi jefe.

Una mirada asustada cruzó por el rostro de ella.

—¿Me vas a dejar sola con ellos?

—No tienes nada que temer. No te harán daño. —De hecho, estaría mucho más segura con Quinn, Rose y Blake que con él. Al menos, ninguno de esos tres se sentía tentado por su sangre. Pero se guardó sus pensamientos.

Con otra mirada tranquilizadora hacia ella, se levantó de la cama, recogió la camisa del suelo y salió de la habitación. Se dirigió a su propio cuarto, y diez minutos después estaba listo para enfrentarse a su jefe. No era raro que Samson quisiera verlo. Samson le llamaba a menudo a su residencia privada para ver cómo estaba. Después de trabajar como su asistente personal durante más de tres años, Oliver seguía manteniendo una relación especialmente estrecha con su jefe, aunque ahora estuviera asignado a otras tareas.

Desafortunadamente, esa reunión con Samson era terriblemente inoportuna. Oliver había querido pasar por el cuartel general para ver si podía averiguar algo más sobre lo que había sucedido con los vampiros enloquecidos en el club nocturno.

Quinn estaba en el vestíbulo cuando Oliver bajó las escaleras. Su señor le lanzó una mirada extraña. Aún molesto por su grosera intromisión —tan impropia de los impecables modales de Quinn—, levantó la barbilla y lo fulminó con la mirada.

—La próxima vez, infórmate bien: ¡no estaba desnudo!

Luego pasó junto a él y azotó la puerta, dándose cuenta demasiado tarde de que había dejado el coche en el garaje.

—¡Maldita sea!

Pero era demasiado orgulloso para darse la vuelta y volver a entrar. La casa victoriana de Samson estaba a solo unos pasos, en la vecina Nob Hill. Tendría que caminar hasta allá.

Delilah, la mujer de Samson, le abrió la puerta cuando llegó. Se veía tan bella como siempre y había recuperado completamente la figura tras el nacimiento de su hija Isabelle hacía apenas seis meses.

—Hola Oliver, ¿cómo estás?

Él le sonrió y entró en la casa, cerrando la puerta detrás de él.

—Un gusto verte, Delilah. ¿Cómo está Isabelle? ¿Está dormida?

Delilah suspiró y le indicó que la siguiera a la sala.

—¡Ojalá! Pero me temo que sigue el horario de su padre.

—Samson quería verme.

Delilah se agachó hasta el suelo, donde había una gran manta extendida.

—Todavía está en el teléfono. ¿Por qué no me haces compañía mientras tanto?

Lanzó una pelotita en dirección a Isabelle, y la niña estiró la mano para alcanzarla, pero un cachorro de labrador saltó de repente y se la arrebató.

—¡Coco! —reprendió al perro—. No le das ni una oportunidad.

Pero a la niña no parecía importarle que su mascota le hubiera ganado. Isabelle soltó una carcajada, que sonó más bien como un gorgoteo, pero sus ojos brillaron cuando sonrió a Oliver, mostrándole unos colmillos diminutos.

—Dios, crece más cada semana —dijo él, inclinándose y extendiendo los brazos hacia ella—. ¿Quieres venir con el tío Oliver?

—Quizás más tarde —le interrumpió Samson desde detrás.

Oliver se volvió al instante y se levantó.

—Samson.

—Acompáñame a mi oficina.

Oliver caminó por el pasillo de paneles de madera que llevaba al fondo de la casa, donde estaba el despacho de Samson. Al entrar detrás de su jefe, le vinieron recuerdos de cuando había trabajado allí como humano. Había pasado muchas horas en esa casa, atendiendo las necesidades de Samson y protegiéndolo mientras dormía durante el día.

—Toma asiento.

Oliver se sentó en la silla frente al enorme escritorio que albergaba dos monitores de computadora y varios dispositivos electrónicos. Samson se acomodó detrás del escritorio y unió las yemas de sus dedos.

—Te llamé porque tenemos problemas —comenzó Samson con voz tranquila, su expresión seria.

Oliver enarcó una ceja y se inclinó hacia adelante en su silla, con una sensación de hundimiento en sus entrañas. Las conversaciones que empezaban así nunca acababan bien.

—¿Sí?

Samson apoyó los brazos en el escritorio, cruzando las manos mientras se inclinaba hacia delante.

—Me has decepcionado, Oliver.

A Oliver le dio un vuelco el corazón. ¡Mierda! ¿A qué se refería Samson?

—No seguiste las órdenes que se te dieron. La chica debía estar en un avión a Washington.

Oliver se levantó de un salto, con el corazón acelerado. ¿Cómo es que ya lo sabía? ¡Carajo! ¿Quién lo había delatado?

—¡Blake! ¡No podía mantener la boca cerrada!

—¡Siéntate! —ordenó Samson.

De mala gana, se hundió de nuevo en su asiento.

—Blake no tiene nada que ver con esto. Y no importa cómo nos hayamos enterado. La cuestión es: no seguiste las órdenes de Zane y, al hacerlo, te has puesto en peligro.

—¡No estoy en peligro!

—Puede que no lo creas porque no conoces toda la historia, así que déjame contarte lo que está pasando: en una redada en un club nocturno anoche, capturamos a uno de los vampiros renegados que hemos estado cazando durante semanas. Cain destruyó a otro, pero no antes de que ese rebelde masacrara a una joven asiática, dejándola muerta. Ambos vampiros mostraban síntomas de abstinencia.

Las piezas comenzaron a encajar en la mente de Oliver. Sabía hacia dónde se dirigía esto.

—Querían drogarse con sangre. Con una sangre especial a la que eran adictos. Se habían estado alimentando en un burdel de sangre en Hunter's Point, el mismo lugar al que te llevó Ursula y que encontraste vacío. Cuando no pudieron conseguir más sangre de las chicas que estaban retenidas en el burdel, porque no sabían dónde lo habían trasladado, empezaron a atacar a chicas asiáticas.

Oliver cerró los ojos con fuerza. Entendió lo que los renegados trataban de hacer: encontrar mujeres asiáticas con el mismo tipo de sangre que Ursula.

—Pero cuando resultó que las mujeres que encontraron en el club nocturno no tenían sangre que los drogara, ¡se volvieron locos! No quiero que te ocurra lo mismo.

Oliver se encontró con la intensa mirada de Samson.

—¿Por qué me pasaría eso a mí?

—Oliver, Ursula tiene sangre especial. Te drogará, y te volverás adicto a ella. Todos sabemos lo vulnerable que eres. Y yo te conozco mejor que la mayoría. No podemos permitir que estés cerca de ella. Una sola mordida podría sellar tu destino.

—¡No! Te equivocas. No la morderé.

—Por favor, Oliver —le imploró Samson, ahora con voz más calmada
—. Me han contado cómo la miras. No es ningún secreto que quieres acostarte con ella, si es que no lo has hecho ya. Sabes lo que eso significa.
Querrás morderla como parte de hacerle el amor. Y entonces, no podrás
parar. No podemos correr ese riesgo, porque no queremos perderte.

Oliver negó furioso con la cabeza.

—¡Yo no soy así! No la mordí la primera vez. Me prometí que no lo
haría, ¡porque no podía seguir ese camino de nuevo! Sabía que tenía que
ser fuerte. Y lo fui. ¡Lo soy!

Samson entrecerró los ojos y su expresión cambió.

—¿Lo sabías? ¿Sabías desde el principio lo que hace su sangre y no se lo
dijiste a nadie?

Oliver reprimió una maldición. ¡Carajo! Sin querer, había soltado
demasiado.

—¿Por qué no acudiste a mí? ¡Tendrías que habérmelo dicho! —bramó
Samson.

—Le prometí que no se lo diría a nadie.

—¿Ella te confió su secreto?

Oliver asintió.

—Le dan miedo todos ustedes. Solo me lo dijo a mí para que la
ayudara, pero teme que, si todos lo saben, la encerrarían por su sangre,
igual que los otros vampiros. —Se pasó la mano por el pelo.

—¡Pero sabes que nunca haríamos eso!

—¡Lo sé! ¡Pero ella no! ¿Sabes por lo que ha pasado? ¿Lo que esos
animales le hicieron durante tres años? —Apretó los puños—. ¡Voy a
matarlos por eso!

—¡Ahora no vas a hacer nada! A partir de ahora seguirás órdenes.

—Si hubiera seguido la estúpida orden de Zane, Ursula estaría de
vuelta en Washington y no estaríamos más cerca de resolver nada. En
cambio...

Samson levantó la mano, deteniéndolo.

—Es cierto que, en retrospectiva, la orden de Zane fue equivocada, pero
con la información que tenía entonces, era la única solución lógica. —Se
inclinó sobre el escritorio—. No me molesta que Ursula siga aquí. De

hecho, creo que podría ser útil para encontrar el nido de esos vampiros. Pero lo que sí me encabrona es que no confiaste lo suficiente en mí para venir a contarme lo que estaba pasando. Y que hayas seguido exponiéndote a la tentación de su sangre. Es irresponsable. Tú mejor que nadie deberías saber que un alcohólico no puede estar al frente de una licorería.

Oliver sintió que la sangre le hervía.

—¡No es así! Puedo manejarlo.

—¿Hasta cuándo? ¿Hasta que sobreestimes cuánto tiempo puedes estar sin sangre? ¿Hasta que tu hambre de sangre sea demasiado fuerte? ¿Hasta que ya no puedas pensar con claridad y solo puedas pensar en hundir tus colmillos en su cuello?

Oliver sintió que le picaban las encías solo de imaginarse bebiendo de Ursula mientras ella jadeaba debajo de él.

—Ella me necesita.

—Es un peligro para ti. ¿Te has acostado con ella?

Oliver evitó la mirada de Samson. "¡Eso no es asunto tuyo!

—Así que lo has hecho —concluyó Samson—. Y lo volverás a hacer, ¿y si la próxima vez pierdes el control? ¿Y si te alimentas de ella? No tienes ni idea de lo que te hará su sangre. Zane y los demás lo vieron en el club. Esos vampiros estaban locos. Violentos. Incontrolables. No podemos permitir que eso te pase a ti. Lo siento.

Un helado escalofrío le recorrió la espalda. Entrecerrando los ojos, Oliver miró a su jefe.

—¿Qué estás diciendo?

—Sabes perfectamente lo que te estoy diciendo. No puedes acercarte a ella. Está fuera de tus límites.

—¡No puedes hacer eso!

Samson le dirigió una mirada seria.

—Por favor, intenta verlo desde mi lado. No te rescaté de una vida de drogadicto y delincuente para dejarte caer en el mismo hoyo negro en el que te encontré. Tienes una vida prometedora por delante. ¿No era eso lo que siempre quisiste? ¿Ser uno de los nuestros? ¿Convertirte en un gran guardaespaldas? ¿Tener misiones emocionantes? —Samson negó con la cabeza—. Tirarías todo esto por la borda si la mordieras y te convirtieras de nuevo en un adicto. Como vampiro, tus deseos y necesidades son mucho más fuertes. Esta vez no podrás superar la adicción. No serás lo suficientemente fuerte. Por eso no puedo permitir que vuelvas a verla.

Oliver levantó la barbilla, preparado para un contraataque.

—¿Y si alguien te hubiera dicho lo mismo sobre Delilah?

Samson golpeó el escritorio con el puño.

—¡Eso es improcedente y lo sabes! No puedes comparar a Delilah con una chica que conociste hace dos noches.

Oliver se levantó de un salto. Sabía que estaba en un campo minado, pero no tenía nada que perder.

—Si mal no recuerdo, no conocías a Delilah mucho más tiempo del que yo llevo conociendo a Ursula antes de ponerte todo posesivo con ella.

Lentamente, como un tigre al acecho, Samson se levantó de detrás de su escritorio.

—Te aconsejo que tengas mucho cuidado con lo que dices. Una palabra más de insubordinación y te despojaré de tu cargo en Scanguards. Volverás a ser un simple chofer.

Furioso, Oliver se enfrentó cara a cara con Samson.

—¡Adelante! Pero no puedes alejarme de Ursula.

—Ya lo hice. Para cuando llegues a casa, ella ya se habrá ido.

Oliver retrocedió sobresaltado. Samson le había engañado. Lo había invitado a su casa para que los demás se llevaran a Ursula a sus espaldas.

—¡Jódete!

—Me lo agradecerás más tarde.

Oliver lo fulminó con la mirada, luego giró sobre sus talones y salió corriendo de la casa, ignorando a Delilah y al bebé que jugaban en el recibidor.

Tenía que llegar a tiempo para detenerlos antes de que se llevaran a Ursula.

26

Ursula oyó el timbre justo cuando terminaba de vestirse después de una ducha rápida. No había querido quedarse demasiado tiempo en la bañera, pues se sentía incómoda al estar sola en la casa con Quinn, Rose y Blake. Aunque no estaba preocupada por Blake ni por Rose, la irrupción de Quinn en la habitación la había dejado nerviosa. Parecía enojado y, por alguna razón, no creía que fuera porque los había encontrado juntos en la cama. Por todo lo que sabía de los vampiros, no creía que tuvieran estándares morales tan altos como para preocuparse por quién se acostaba con quién.

Además, Oliver y ella ni siquiera habían tenido sexo esta vez. Simplemente la había abrazado mientras dormía. Solo de pensarlo se sentía cálida y segura. Segura en los brazos de un vampiro. Apenas tres días atrás habría reído a carcajadas ante esa idea.

Un ruido en el pasillo afuera de su habitación la hizo abandonar sus pensamientos y volver pronto a la realidad. Un segundo más tarde, escuchó un golpe en la puerta.

—¿Ursula? ¿Estás vestida? —preguntó Quinn.

—Sí.

La puerta se abrió de golpe y Quinn entró. Tras él, Zane entró en la habitación. Ver al vampiro calvo le hizo un nudo en el estómago. ¿Qué quería Zane aquí?

—Zane ha venido a llevarte a un lugar seguro.

Ursula casi se ahogó con su propia saliva. Retrocedió instintivamente, golpeándose las piernas contra el marco de la cama.

—¿Qué? —tartamudeó. Aquí estaba a salvo, con Oliver.

Quinn parecía lamentarse por ella cuando continuó:

—Tenemos que trasladarte a otro sitio. No puedes quedarte aquí.

Ella negó con la cabeza.

—¿Por qué? ¿Es porque encontraste a Oliver en mi cama? Lo siento, pero no es lo que piensas. Nosotros no...

—No importa lo que yo piense. Y no se trata de eso. —Lanzó una mirada a Zane.

—¿Qué está pasando? ¡Por favor!

Zane dio un paso hacia ella.

—Debiste habernos dicho sobre tu sangre especial desde el principio. Nos habría ahorrado mucho tiempo.

Su corazón dejó de latir mientras la conmoción la recorría. Todo le cayó de golpe: Zane no solo sabía que Oliver no la había llevado al aeropuerto y metido en un avión a Washington, sino que también sabía lo de su sangre. ¡Conocía su secreto!

La decepción y el miedo chocaron dentro de ella, brotando, subiendo como una ola que le llenó los ojos de lágrimas. Intentó contenerlas.

—¡No! —logró decir con voz ahogada.

¿Cómo pudo hacerle esto Oliver? ¿Cómo pudo romper su promesa de mantener a salvo su secreto? ¿De *mantenerla a* salvo? Ella había confiado en él. Había creído que era diferente, que era bueno y sincero. Que ella le importaba. Qué estúpida había sido al pensar eso.

No se podía confiar en ningún vampiro, por muy dulce que pareciera, por muy atento que actuara

Oliver la había traicionado.

—¡Odio a Oliver! ¡Y os odio a todos! —gritó con voz quebrantada.

Zane se encogió de hombros.

—Sí, bueno, me importa un carajo. ¡Nos mentiste! ¿Así tratas a la gente que te está ayudando? ¡Nos hiciste perder el tiempo! Si nos hubieras dicho enseguida a qué nos enfrentábamos, no habríamos perdido el tiempo.

¿Perdido el tiempo? Ella sabía lo que eso significaba.

— Así que quieren mi sangre para ustedes, ¿no?

Zane la miró con asco.

—¡Sigue soñando, chiquilla! No quiero tu sangre: Estoy unido por la sangre. Solo bebo la sangre de mi pareja. No tocaría la tuya, aunque mi vida dependiera de ello. ¿No lo entiendes?

Ella lo miró fijamente, sin comprender. ¿Un vampiro unido por la sangre solo bebía la de su pareja? ¿No atacaba a otros para alimentarse?

—Entonces solo me pondrán en renta como los otros vampiros. ¡Es lo mismo!

Zane intercambió una mirada con Quinn.

—No pensaba que fuera tan tonta, pero bueno. Hasta yo me puedo equivocar a veces.

—¡No soy tonta! —gritó, llevándose las manos a las caderas.

—Entonces métete esto en la cabeza: ¡nadie en Scanguards quiere beber sangre narcótica! ¡No queremos adictos entre nosotros! Tenemos un trabajo que hacer y no podemos hacerlo si todos estamos drogados y perdidos en algo. Necesitamos tener la cabeza despejada.

Escuchó sus palabras, pero le costó creerle. ¿Por qué Scanguards dejaría pasar algo tan valioso como su sangre cuando podrían ganar mucho dinero con ella? No, probablemente solo la estaban tranquilizando hasta que decidieran qué hacer con ella. No podía confiar en ellos. Ya había cometido ese error una vez, confiando en Oliver, y él la había traicionado.

Se le estrujó el corazón al pensar en él. ¿Por qué lo había hecho?

Ella bajó la cabeza.

—¿Qué van a hacer conmigo?

—Te llevarán a un refugio.

—¿Por cuánto tiempo?

—El tiempo que sea necesario para encontrar a las otras chicas y destruir a los otros vampiros —respondió Zane.

Un sollozo brotó de su pecho. Y una vez que tuvieran a las otras chicas, podrían empezar la operación ellos mismos. ¿Era eso lo que planeaban? ¿O realmente iban a rescatarla a ella y a las otras mujeres? Ojalá pudiera confiar en ellos, pero ese sentimiento en particular la eludía. Le había dado toda su confianza a Oliver, y él había abusado de ella al contarle su secreto a sus colegas.

Zane dio un paso más cerca.

—Y podrías ser útil para encontrar a tus captores.

Quinn levantó una ceja.

—¿Quieres usarla como cebo?

—Puede que tengamos que hacerlo. Lo discutiremos más tarde. —Hizo un gesto hacia Ursula—. Ahora, vámonos.

Ella caminó hacia la puerta, pasando junto a Zane y Quinn, manteniendo la cabeza erguida, sin querer mostrar el dolor que sentía en su interior.

—¿Algo que quieras que le diga a Oliver de tu parte? —preguntó Quinn.

La suavidad de su voz casi la hizo estallar en llanto, pero apretó la mandíbula y se quedó mirando al pasillo.

—Puedes decirle que se vaya al infierno.

No intentó escapar cuando Zane la condujo hasta su Hummer y le abrió la puerta del pasajero. Sabía que sería un derroche de energía. Él era infinitamente más rápido que ella y, por lo que parecía, lo bastante mezquino como para infligirle dolor si no cumplía con sus deseos. Ahora no estaba de humor para el dolor físico; el dolor emocional que sentía ya era bastante difícil de sobrellevar.

Y allí había pensado que se estaba enamorando de Oliver. ¡Oh, Dios! ¡Qué estúpida! Y todo el tiempo él la había estado engañando en cuanto a sus intenciones. A la primera oportunidad, la delató ante sus colegas. ¿Cómo pudo haber estado tan equivocada sobre él?

—Necesito que me des más información. ¿Cuántos guardias había en las instalaciones? —preguntó Zane mientras ponía el coche en marcha.

—Siempre había cuatro de ellos custodiando el piso de arriba, donde vivíamos todas y donde se alimentaban de nosotras. Pero había más.

—¿Cuántos más? —insistió Zane.

—Al menos siete u ocho más. Se turnaban.

—¿Y cuántas chicas además de ti?

Ella vaciló.

— ¿Para qué quieres saber eso?

Él la miró de reojo.

—Porque necesito saber a qué nos enfrentamos.

La inquietud recorrió su espina dorsal. ¿Cómo iba a usar esa información? ¿Para planear qué hacer con las chicas? ¿Dónde establecerse una vez que Scanguards las hubiera *liberado*?

—Te hice una pregunta.

—No sé cuántas.

Él apretó los dientes.

—Habla o haré que hables.

No dudaba de que lo haría, y también sabía que no le quedaban fuerzas para luchar contra él.

—No puedo estar segura, tal vez una docena, pero hay una chica a la que no he visto en un tiempo. No puedo estar segura de que siga viva. Y hace poco llegaron dos nuevas. Pero creo que son doce.

—¿Todas chinas?

Ursula asintió.

—Bien.

Entonces Zane guardó silencio. Estaba claro que no era de los que entablaban conversaciones triviales. Y por suerte ella tampoco estaba de humor para eso.

Durante el resto del breve trayecto, ella solo miró por la ventanilla. Cuando Zane detuvo la Hummer solo unos minutos después de haber salido de casa de Quinn, ella observó a su alrededor. Estaban estacionados frente a un gran edificio en esquina. Por lo que pudo ver, era de cuatro pisos y parecía haber sido construido a principios del siglo XX, o quizás unos años después.

Zane hizo un gesto para que saliera del auto. Ursula cerró la puerta detrás de ella y luego miró la gran puerta de entrada. A su lado, había un cartel de latón fijado en la pared. Cuando llegó a la puerta con Zane a su lado, lo leyó. *Servicios Ejecutivos*, decía. Zane presionó el timbre mientras ella se preguntaba qué clase de negocio habría detrás de esas elegantes puertas.

El intercomunicador crujió.

—¿Sí?

—Zane para Vera.

El timbre sonó y Zane empujó la puerta, manteniéndola abierta para ella. Vacilante, Ursula entró. La recibió un vestíbulo elegante y opulento que conducía a una majestuosa escalera. A su izquierda había una especie de salón desde el que le llegaban música y suaves murmullos. A lo largo del lado derecho, notó varias puertas.

Ursula siguió a Zane mientras éste se acercaba a la gran escalera que dominaba el otro extremo del vestíbulo, sin dejar de escrutar su entorno con la mirada. Al pasar junto al salón, ralentizó sus pasos y centró la mirada. Mujeres con vestidos reveladores se acercaban a hombres sentados en cómodos sillones y sofás. Se fijó en una pareja. Mientras el hombre bebía de su copa, la hermosa mujer negra que estaba a su lado le pasaba la pierna por encima de los muslos, frotándole la entrepierna.

La mirada de Ursula se desvió hacia las personas que estaban sentadas en otro sofá, no lejos de ellos. Se presentó una escena similar. La mujer abría la camisa del hombre, deslizando la mano por dentro, mientras él, a la vista de todos, le bajaba el tirante del vestido por un hombro y le acariciaba el pecho repentinamente expuesto.

Ursula se volvió hacia Zane y lo fulminó con la mirada.

—¡Oh! ¡Me trajiste a un burdel! ¿Cómo pudiste?

Ni siquiera de Zane había esperado tal crueldad, pero aparentemente su habilidad para evaluar a la gente era pésima. Zane *sí fue* tan cruel como para traerla al mismo lugar del que ella apenas acababa de escapar. Que aquí la mercancía fuera sexo y no sangre no importaba. Seguía siendo lo mismo.

Zane se encogió de hombros como si no entendiera su objeción.

—Es seguro. Y lo dirige alguien aliado. Pero lo más importante, aquí nadie sospechará de ti.

Al escuchar pasos venir de la escalera, Ursula giró la cabeza. Una mujer china preciosa, portando un elegante traje de negocios, se deslizaba por la escalera con un andar tan grácil como el de una princesa. Su cabello negro estaba recogido alto en la cabeza, y su rostro estaba embellecido con un maquillaje sutil que resaltaba sus ojos expresivos. No parecía tener más de treinta años.

—Zane —saludó la mujer con voz ronca.

Zane se limitó a asentir y señaló a Ursula.

—Vera, gracias por acceder a esto. Ella es Ursula.

Vera dejó que sus ojos recorrieran a Ursula, inspeccionándola minuciosamente.

—Así que tú eres la especial. Yo soy Vera. Yo dirijo este lugar.

Le tendió la mano y Ursula se sintió obligada a estrechársela. A pesar del gesto cortés, no pudo reprimir su siguiente comentario.

—Así que eres mi nueva carcelera.

—¡Ay! —replicó dramáticamente, llevándose una mano al pecho, antes de mirar a Zane—. ¿Qué le has hecho para que tenga tan mala opinión de nosotros?

Zane gruñó.

—Nada.

—Ya veo, fuiste tan encantador como siempre.

Cuando Zane le devolvió la mirada, Ursula casi quiso sonreír. Parecía que Vera no le tenía miedo. Ella misma debía de ser un vampiro. Ningún humano se atrevería a enfadar a Zane, ni tampoco muchos vampiros.

—Como pidió Samson: mantenla aquí, no la pierdas de vista y no le des acceso a un teléfono ni a ningún otro medio de comunicación. No debe tener ningún contacto con nadie de Scanguards, y menos con Oliver.

Vera levantó los párpados.

—¿Oh? ¿Qué hizo ahora el pobrecillo?

Ursula bufó. ¿Pobrecillo?

—¡El imbécil! —murmuró entre dientes. Primero la había seducido y luego la había traicionado.

—Ah, ya veo. Bueno, déjamela a mí. La cuidaré bien.

Sin decir nada más, Zane giró sobre sus talones y se marchó. Cuando se cerró la puerta de entrada, Vera puso la mano en el brazo de Ursula y la condujo escaleras arriba.

—Estoy preparando una habitación para ti en el último piso. Es muy segura y cómoda.

Ursula la miró de reojo.

—Quieres decir que no podré escapar.

Vera la regañó con la mirada.

—Ya, ya. ¿Por qué tan hostil? Pensaba tratarte como a una invitada. Pero si prefieres que te trate como a una prisionera, eso también se puede arreglar.

Ursula apretó los labios.

—Escucha, querida, me han contado por lo que has pasado, y es algo que no le desearía a nadie. Pero pasó, y tienes que dejarlo ir. Te miro y me veo a mí misma cuando tenía tu edad.

Llegaron al segundo piso y continuaron hasta el siguiente tramo de escaleras.

—Solo que entonces estaba embarazada —confesó Vera.

Sorprendida, Ursula la miró.

—Pero tú eres vampiro, ¿no? Si sabes todo esto de mí y estás asociada con Scanguards, debes ser uno de ellos.

Ella sonrió.

—Sí, claro. Pero alguna vez fui humana. Y joven como tú.

—Aún eres joven. Mírate.

—Mi caparazón es joven, pero por dentro he envejecido. He llorado por el hijo que nunca pude criar. Y los años que malgasté intentando vengarme del mal que me hicieron. No cometas el mismo error que yo. Es hora de vivir.

Ursula bajó la mirada.

—Ojalá fuera tan fácil. Pero no estoy sola en esto. Hay otras como yo, y mientras ellas sufran, yo sufro. —No había olvidado a las mujeres que se habían convertido en sus hermanas a lo largo de los años, las mujeres que habían soportado las mismas penurias que ella.

—Deja que Scanguards se encargue de ellas. —Vera abrió la puerta de una habitación e indicó a Ursula que entrara.

Una joven estaba terminando de arreglar la cama, y luego se movió al baño contiguo.

—¿Confías en Scanguards? —preguntó Ursula.

—Con mi vida. Son honrados y confiables. No encontrarás a nadie con una ética más alta que los hombres de Scanguards.

Ursula bufó indignada justo cuando la joven salía del baño.

—Bueno, si es así, supongo que Oliver es la manzana podrida que arruina el huacal.

—¿Oliver? —preguntó Vera, claramente sorprendida, y hasta la otra mujer dejó lo que estaba haciendo y se le quedó mirando—. Oliver es el hombre más dulce que alguien podría desear. Lleno de integridad, honor y...

—¿Integridad? ¡Ja! ¡Me traicionó en cuanto tuvo la oportunidad!

Vera levantó las cejas y se volvió hacia la chica que había arreglado la habitación.

—¿Todo listo?

—Sí, Vera. Las sábanas están limpias y hay toallas calientes en el baño. Todo está limpio.

Vera asintió.

—Gracias, Karen. Eres muy amable por ayudar. Sé que no es tu trabajo.

—No me importa. —Karen salió de la habitación y cerró la puerta tras de sí.

En cuanto volvieron a quedarse solas, el rostro de Vera se volvió serio.

—Siento que pienses así sobre Oliver. Tal vez hayas visto un lado de él que yo no conocía. De todos modos... —Señaló la mesa de noche—. Este es un teléfono de la casa, solo se conecta dentro del edificio. Si necesitas algo, artículos de aseo, comida o lo que sea, marca el cero y uno de los empleados te traerá lo que necesites. Hay una selección de ropa en el armario. Me temo que parte de ella no será de tu agrado, pero hay camisones y camisetas informales que te quedarán bien.

Vera se volvió hacia la puerta.

—Lo siento. No estoy enojada contigo —se disculpó Ursula, sintiéndose mal porque la mujer había sido abierta y amable y lo único que había hecho Ursula hasta ahora era quejarse—. Es que estoy...

—No hace falta que me lo expliques. Seguro que no es asunto mío.

Cuando la puerta se cerró tras ella, Ursula se dejó caer sobre la suave cama tamaño *queen* y dejó que sus lágrimas fluyeran libremente. Todo lo que podía pensar era en Oliver y en el hecho de que la había traicionado.

27

———————

Oliver corría más rápido que nunca. La velocidad de un vampiro podía alcanzar los sesenta kilómetros por hora en breves ráfagas, y ahora estaba agradecido por ello. No le importaba quién pudiera haberlo visto y cuestionado su cordura. Lo único que le preocupaba era llegar a casa antes de que sus colegas pudieran llevarse a Ursula.

Su corazón latía como un martillo neumático, y sus respiraciones salían y entraban de sus pulmones con fuerza mientras giraba finalmente en su calle y corría hacia la puerta de entrada de su hogar. Introdujo la llave en la cerradura y la abrió, entrando como un torbellino al vestíbulo.

—¿Ursula? Ursula! —gritó.

No obtuvo respuesta. La bestia que llevaba dentro aulló de frustración.

—Ursula, ¿dónde estás? — repitió mientras corría hacia las escaleras, pero entonces percibió un movimiento a su derecha. Giró la cabeza hacia esa dirección.

Quinn estaba en la puerta de la sala, con las manos metidas en los bolsillos.

—Se fue.

Furioso, Oliver se abalanzó sobre Quinn y lo empujó contra el marco de la puerta.

—¿Dónde está?

Su señor se lo apartó con facilidad.

—La llevaron a un lugar seguro.

—¿Dónde?

—No puedo decírtelo.

Oliver entrecerró los ojos.

—¿No puedes o no quieres?

—Las dos cosas.

—Entonces estás en mi contra.

Quinn negó con la cabeza y le dirigió una mirada severa.

—Te estoy protegiendo. En el estado en que te encuentras no se sabe lo que harás. ¿De verdad crees que permitiría que esta clase de tentación permaneciera frente a tus narices y ver cómo te destruyes a ti mismo? ¡No te convertí para verte tirar tu vida a la basura!

—¡No tienes ni idea de lo que pasa dentro de mí!

Se dio cuenta de que Rose y Blake habían salido de la sala.

—¡Ninguno de ustedes! ¡No confían en mí! Puedo tomar mis propias decisiones. Pero no creen que pueda resistir la tentación. ¡Me creen débil! ¡No soy un niño, maldita sea! ¡Sé lo que está bien y lo que está mal! ¡Pero todos creen que tienen que decidir por mí! ¡Denme un poco de crédito, carajo! ¡Todo lo que quería era que me amaran y me apoyan! ¡Y en vez de eso me asfixian! ¡Me tratan como a un delincuente juvenil a punto de cometer un crimen! ¡Maldita sea! ¡Nunca iba a lastimar a Ursula! ¡Me preocupo por ella! —Tomó una bocanada de aire, llenándose los pulmones, antes de continuar—: ¡Ella confiaba en mí! ¿Y ahora?

Sabía lo que Ursula ahora pensaba de él. No necesitaba ser neurocirujano para descubrirlo. Ella lo odiaba —estaba seguro de ello— porque pensaba que él había traicionado su confianza y había roto su palabra. Le había prometido mantener su secreto a salvo.

Oliver señaló a Quinn con el dedo.

—Si algo le pasa, te haré responsable.

Luego se dio la vuelta y corrió hacia la puerta que daba al garaje. Bajó las escaleras, saltó al miniván y salió acelerado de la cochera hacia la noche. Tenía que encontrar a Ursula.

Poco después llegó a la sede de Scanguards, en La Misión, y condujo hasta el estacionamiento subterráneo, donde entró con su tarjeta de acceso.

Tras estacionarse en su espacio asignado, tomó el ascensor hasta el piso ejecutivo. Cuando se abrieron las puertas del elevador, se dio cuenta de la frenética actividad que hacía que la planta, normalmente tranquila, zumbara como una colmena.

Oliver se acercó a la gran sala de reuniones, donde rondaban muchos de sus colegas vampiros. Tocó el hombro de uno de ellos.

—¿Qué está pasando, Jay?

—Zane convocó una reunión. Parece que tenemos información sobre los loquitos que hemos estado patrullando por la ciudad. Se rumora que Zane capturó a uno anoche. Supongo que nos asignarán nuevas misiones.

Oliver asintió. Ya sabía que habían capturado a una de las sanguijuelas, como llamaba Ursula a los vampiros que frecuentaban el burdel de sangre.

—No es un rumor. ¿Dónde está Zane ahora?

Jay se encogió de hombros.

—Ni idea. —Miró su reloj—. Se supone que la reunión empieza en quince minutos. —Sonrió a la multitud que ya se había formado—. Ya todos se están relamiendo, ansiosos por entrar en acción.

—Ya lo veo.

Al menos eso significaba que ahora Scanguards actuaba con toda su fuerza, tratando de descubrir a dónde se había trasladado el burdel de sangre. Eso lo hizo sentir un poco mejor. Pero no era su prioridad en este momento. Encontrar el paradero de Ursula sí lo era.

—¿Has visto a Thomas?

Jay señaló con el pulgar por encima de su hombro.

—Probablemente en su despacho.

—¡Gracias!

Oliver avanzó por el pasillo y se detuvo ante el despacho de Thomas, tocando brevemente a la puerta.

—Adelante —oyó la voz de Thomas desde dentro.

Bajó la manija y empujó la puerta para abrirla, entrando rápidamente. Thomas levantó la vista de la computadora.

—Sabía que eventualmente vendrías.

—¿Dónde está?

Thomas chasqueó la lengua.

—¿Qué, sin un saludo siquiera? Te has hecho muy grosero desde que te convirtieron.

Entrecerrando los ojos, Oliver lo fulminó con la mirada.

—Bueno, no todos podemos ser tan lindos como Eddie, ¿verdad?

La expresión de Thomas se tornó molesta.

—Si crees que encabronándome lograrás que te diga dónde está Ursula, eres peor estratega de lo que pensaba.

Oliver apoyó las manos en el escritorio y se inclinó sobre él.

—¿Dónde la están escondiendo? ¿Aquí en el edificio? ¿En una de las celdas?

La idea le produjo un escalofrío. Saber que Ursula estaba encerrada en algún lugar lo enfurecía. Sintió que le picaban las encías y que sus colmillos estaban ansiosos por descender.

—¿Nos ves cara de pendejos? ¿De verdad piensas que la esconderíamos a la vista de todos para que puedas entrar con tu tarjeta de acceso y llegar hasta ella?

—¿Por eso Zane todavía no vuelve? ¿Porque está escondiéndola en alguna parte?

Thomas no se inmutó. Tenía demasiada experiencia para delatarse, pero Oliver lo sabía de todos modos. Zane era quien se había llevado a Ursula.

—¿Qué más da? Lo único que importa es que estás a salvo.

Oliver soltó una carcajada amarga.

—¿A salvo? ¿De qué? ¿De su sangre? ¿No lo entiendes? No la voy a morder. Se lo prometí. ¿De verdad crees que haría lo mismo que le hicieron esos cabrones? ¿Usarla por su sangre?

Lo cual no significaba que no deseara su cuerpo—debajo de él, jadeando en éxtasis.

—Eso lo dices ahora, pero espera a que la tentación sea demasiado fuerte. —Thomas se levantó—. Si no te importa, tengo que asistir a una reunión. Y te convendría unirte también. Después de todo, este caso empezó siendo tuyo. Si tan solo nos hubieras dicho la verdad sobre Ursula cuando te enteraste, seguiría siendo tu caso. Dime, Oliver, ¿dónde está tu lealtad? ¿Con nosotros o con ella?

Entonces Thomas presionó un par de botones en su teclado, presumiblemente bloqueando la pantalla de su computadora, y salió de su oficina sin esperar respuesta.

Contemplando las palabras de Thomas, Oliver bajó la cabeza y estudió sus zapatos. Scanguards era su vida y su familia. Pero en las últimas horas se había peleado con prácticamente todos los miembros de su extensa familia y básicamente les había dicho que los odiaba. Todo por culpa de una mujer. Nunca pensó que llegaría a eso. Nunca creyó que una mujer pudiera interponerse entre él y Scanguards.

Sabiendo que tenía que hacer algo, salió del despacho de Thomas y avanzó por el pasillo. Se detuvo en seco cuando vio abrirse la puerta de la salida de emergencia. Un segundo después, Blake salió de ella y se coló al piso ejecutivo.

Oliver miró a su alrededor, verificando que nadie hubiera visto aún a su medio hermano, y rápidamente se acercó a él. Blake se sobresaltó al ver a Oliver aproximarse, pero se recuperó con rapidez.

—¿Estás loco? —murmuró Oliver mientras lo arrastraba a un rincón que albergaba un refrigerador y unas cuantas estanterías—. No puedes subir aquí.

—Cuando saliste como una furia me sentí mal. Solo quiero ayudar —respondió Blake.

Oliver se pasó una mano por el cabello.

—No puedes. Este caso es estrictamente para vampiros.

—Maldita sea, claro que puedo ayudar. Sé lo suficiente como para ser útil. Debe haber algo que pueda hacer.

Oliver sintió que fruncía más el ceño.

—Puedes encontrar a Ursula. Eso es lo que puedes hacer.

Aunque sabía que Blake tenía aún menos posibilidades de encontrarla que el propio Oliver.

—Hombre, no tenía ni idea de que se la llevarían sin más. No parece justo. Tú fuiste el que la protegió desde el principio.

Oliver asintió, algo sorprendido de que su medio hermano se pusiera de su parte.

—Lo hice. Ella confía en mí. ¿Te imaginas lo que debe estar pensando ahora?

—Pero Zane nunca nos va a decir dónde la llevó. Ya lo conoces.

—Ajá...

—¿Quién más lo sabe?

Oliver hizo un gesto con la cabeza hacia el pasillo que tenía detrás.

—Thomas. Pero él tampoco está hablando. Ya lo intenté. Y desafortunadamente, tampoco te lo va a decir a *ti*.

De repente, Blake sonrió.

—Pero puede que le diga a Eddie.

—¿Eddie? —repitió Oliver, cuando sintió que se le prendía un foco sobre la cabeza—. Dios mío, tienes razón. ¿Cómo no se me había ocurrido? Thomas le diría cualquier cosa a Eddie. Todo el mundo sabe que le gusta.

Un movimiento a su izquierda hizo que Oliver girara la cabeza hacia un lado.

Se encontró mirando directamente a los ojos muy abiertos de Eddie.

—¡Oh, mierda! —maldijo Oliver.

Blake exhaló un fuerte suspiro.

Hacía tiempo que era un secreto a voces que Thomas albergaba algo más que amistad por el joven vampiro que vivía con él. Todo el mundo podía verlo, por mucho que Thomas intentara reprimir sus sentimientos por el joven heterosexual. El único que no lo sabía era el propio Eddie... bueno, hasta ahora.

Eddie lo miraba fijamente, congelado en su sitio y conmocionado hasta la médula.

—Thomas... él... —Como si intentara sacudirse las palabras, Eddie sacudió la cabeza. Parecía angustiado.

—Escucha, Eddie, olvida lo que oíste.

Los tendones del cuello de Eddie se tensaron.

—¿Cómo carajos voy a olvidarlo?

—Créeme, Thomas es un hombre honorable. Nunca actuará según sus sentimientos, pues sabe que no son recíprocos.

¡Mierda! No solo no iba a lograr que Eddie le sacara información a Thomas, sino que ahora se encontraba defendiendo a Thomas, aunque estuviera cagado con él por negarle el acceso a Ursula. Pero lo que le estaba diciendo a Eddie era la verdad: Thomas nunca se propasaría con Eddie. Había mantenido en secreto sus sentimientos desde que Eddie se había convertido, y no había motivo para pensar que intentaría incomodar al joven vampiro exponiéndole sus sentimientos.

—Dios, ojalá nunca me hubiera enterado.

—Lo siento. —Oliver le puso una mano en el hombro con la intención de calmarlo, pero Eddie lo apartó de un empujón.

—¡No me toques!

Eddie se dio media vuelta y se marchó.

Oliver intercambió una mirada con Blake, quien parecía tan apenado por el incidente como Oliver.

—¡Carajo! —Oliver volvió a maldecir. Había hecho todo un mugrero. Un mugrero de proporciones reales. ¿Cómo iba a volver a limpiarlo?

28

Tras convencer a Blake de que no era prudente quedarse en el piso ejecutivo y asegurarse de que saliera por donde había llegado, Oliver se dirigió a la sala de reuniones, donde la junta ya estaba en marcha. Lo menos que podía hacer ahora era ver si podía ayudar a detener a los vampiros que dirigían el burdel de sangre. Al fin y al cabo, tenía cierta información que aún no había compartido con sus colegas. Sin embargo, eso no significaba que dejara de buscar a Ursula.

Oliver se detuvo ante la puerta abierta de la sala de reuniones y echó un vistazo al interior. Había más de una docena de vampiros reunidos y, como no había ningún asiento libre, permaneció de pie junto a la puerta.

Zane había llegado mientras tanto, y él y Thomas dirigieron conjuntamente la reunión, poniendo al corriente a los vampiros reunidos sobre lo sucedido en el club nocturno y cualquier información que Ursula les hubiera dado acerca del burdel de sangre. Murmullos de sorpresa recorrieron la multitud.

—Debemos suponer que un solo sorbo de la sangre que llevan estas mujeres puede volverte adicto —continuó Zane.

—No estoy de acuerdo —interrumpió Oliver, atrayendo la atención de la multitud hacia él.

—Así que decidiste unirte después de todo —dijo Thomas.

Oliver ignoró la indirecta y miró fijamente a Zane.

—Esta misma noche conocí a un antiguo cliente del burdel de sangre.

—¿Y por qué nos informas de esto hasta ahora? —se quejó Zane, apretando los dientes.

—¡Si no hubieras estado tan ocupado sacándome del camino para poder arrebatarme a Ursula a mis espaldas, quizá te lo habría dicho antes!

Zane hizo un gesto con la mano, indicándole que se callara.

—Eso no es asunto de nadie. Así que ve al grano, a menos que sea otro intento de convencernos de que te dejemos verla.

Oliver entrecerró los ojos, pero decidió no discutir con él. Ya habría tiempo para eso más tarde.

—El vampiro era una sanguijuela. Así es como les dicen las chicas del burdel de sangre a los clientes. Bastante apropiado, supongo. Él afirmó haber visitado el burdel solo una vez, y no vi señales de adicción.

Zane resopló como si no le creyera.

—¿Qué más?

—Fue cooperativo y accedió a contactarnos si se le informan sobre la nueva ubicación del burdel.

—¿Cómo verificaste que era un antiguo cliente? ¿Cómo lo encontraste si según tú no presentaba signos de adicción o comportamiento que llamara la atención?

—Encontré su cartera.

Zane enarcó una ceja.

—¿Dónde?

—En el edificio en Hunter's Point.

—El edificio estaba vacío.

—No del todo —replicó Oliver—, contenía una cartera. Ursula se la había robado a un cliente y la había escondido bajo el suelo de su celda. La llevé allí para buscarla.

—Cuando se supone que debías llevarla al aeropuerto —añadió Zane.

Oliver cruzó los brazos sobre el pecho y cuadró su postura.

—Lo que todos sabemos ahora que fue una decisión equivocada. Si lo hubiera hecho, no habría encontrado la cartera ni a la sanguijuela.

Pero Zane no mordió el anzuelo y permaneció imperturbable.

—¿Y cuándo ibas a presentarnos esas pruebas?

—Lo estoy haciendo ahora, ¿no?

—Después de esta reunión, quiero verte en mi oficina, a solas.

Luego Zane volvió a mirar a los vampiros reunidos.

—Ahora, sus asignaciones. Aún no tenemos pistas sobre dónde podrían haberse trasladado, pero suponemos que siguen en la zona de la Bahía, porque aquí es donde están sus clientes. —Señaló a uno de los vampiros de la multitud—. Jay, tú investigarás los antecedentes de ese tal Michael Valentine que detuvimos. Él sigue bajo nuestra custodia. Registra su apartamento, su correo, su computadora; revisa su teléfono, sus directorios, cualquier cosa que encuentres. Ve si ha recibido algo en los dos últimos días que indique a dónde se ha trasladado el burdel.

Jay asintió.

—Dalo por hecho.

—Bill, dile a Jay que te dé una lista de todos los amigos y conocidos de Valentine. Luego tú, Andrew y Greg revisarán todos los nombres de esa lista y verán si alguno de ellos también es cliente del burdel de sangre. Si lo son, ejerzan presión y háganlos hablar. Comprueben si han recibido algún mensaje de texto o correo electrónico con la nueva dirección del burdel de sangre. Tenemos que encontrar el lugar. Todavía hay una docena de mujeres encerradas ahí. Tenemos que sacarlas. Y rápido.

Luego dejó que sus ojos vagaran.

—El resto de ustedes, sigan con las patrullas regulares en busca de esas... *sanguijuelas*. Vayan a los clubes y estén atentos, sobre todo a los vampiros que se alimenten de mujeres asiáticas, o tan solo que hablen con ellas. Por lo que sabemos, parecen ser las únicas portadoras de esta sangre. Si no tienen más remedio, suelten algunas indirectas y finjan que saben dónde puede drogarse un vampiro. Asegúrense de tener refuerzos. ¿Está claro?

Varios respondieron con un "sí" rotundo; otros simplemente asintieron.

Oliver notó que Eddie se había acercado, mirando ahora hacia dentro de la sala, con los ojos fijos en Thomas, que estaba en una esquina hablando con Zane mientras los demás vampiros se levantaban de sus asientos.

Como si Thomas pudiera sentir la mirada de Eddie sobre él, giró la cabeza y lo miró directamente. Hubo una pausa incómoda antes de que Eddie girara sobre sus talones y se marchara.

Después de la reunión, Thomas se acercó a Oliver, echando una larga mirada por el pasillo donde Eddie había desaparecido.

—Necesito el nombre y la dirección del vampiro que encontraste.

Oliver asintió.

—¿Tienes algo con que escribir?

Thomas le pasó un block de notas y un bolígrafo, y Oliver empezó a escribir la información.

—¿Le pasa algo a Eddie? —preguntó Thomas con aparente despreocupación.

Oliver se alegró de seguir ocupado anotando la dirección, así no tenía que mirar a Thomas al contestarle.

—No noté nada.

Todavía sintiéndose mal por lo que había soltado para que Eddie lo oyera, le devolvió a Thomas el block y el bolígrafo y cambió de tema.

—No dejes que Corbin sepa que estás comprobando sus antecedentes. Está cooperando, así que no arruines el progreso que ya he logrado.

—No soy un aficionado.

Un momento después, Oliver estaba en el despacho de Zane, golpeando el pie contra el suelo mientras esperaba a que el vampiro calvo hiciera acto de presencia. Sabía que le esperaba una reprimenda, pero no le importaba lo que Zane tuviera que decirle.

No tuvo que esperar mucho. Zane irrumpió en la oficina y cerró la puerta de un portazo, dejándole claro a Oliver el estado de ánimo en el que se encontraba. Decir que estaba enojado se quedaba corto.

Zane lo fulminó con la mirada.

—Insubordinación. Retención de pruebas. Negativa a seguir órdenes...

—Te estás repitiendo. Insubordinación y negativa a seguir órdenes, creo que es lo mismo. —Oliver sabía que caminaba sobre arenas movedizas, pero no pudo evitarlo. Había que bajar a Zane de su pedestal.

—¡Oh, claro, te crees muy listo! ¿Qué te pasó, Oliver? ¿Qué ha sido del joven simpático que no podía hacer nada malo? ¿Que nos admiraba?

Oliver se llevó las manos a las caderas.

—Ese tipo se convirtió en uno de ustedes y se dio cuenta de que están hechos de carne y hueso, igual que el resto de nosotros. ¡No eres mejor que yo! ¡Solo eres más pendejo! Así que, adelante, ¡sé tú mismo! Compórtate como el pendejo que siempre has sido y acabemos con esto. ¿Quieres bajarme un peldaño? ¡Intenta golpearme! A ver si me importa.

El enfrentamiento duró varios segundos, y luego Zane suspiró.

—No has cambiado en absoluto. Sigues siendo una mecha corta, igual que cuando eras humano. Solo que entonces aún nos tenías respeto. O quizás nos tenías miedo.

—Nunca les tuve miedo —siseó Oliver.

—Pues es hora de asegurarnos de que nos tengas miedo. Así que déjame decirte esto: puedes despedirte de tu trabajo y de tu asociación con Scanguards si no te alineas ahora. Las órdenes de un superior de Scanguards se cumplen. Eso aplica para todos, ¡incluido tú!

Oliver cruzó los brazos sobre el pecho.

—Eso es gracioso viniendo de ti. Teniendo en cuenta que no hace mucho desobedeciste las órdenes directas de Gabriel y Samson para estar con Portia.

Zane alzó el pecho.

—No metas a Portia en esto.

Satisfecho de haber dado en el clavo, Oliver prosiguió:

—Es lo mismo, así que no hagas como si yo fuera el primero de esta empresa que desobedece una orden cuando sabe que es la incorrecta. Tú mejor que nadie deberías entenderlo. Pero no, de repente te convertiste en *el sistema*. ¿Cuándo dejaste de usar tu instinto para saber lo que está bien o mal?

—¡No me digas quién crees que soy! —tronó Zane—. Sé lo que intentas hacer y no va a funcionar. No te diré dónde está. No hay discusión. No estás en condiciones de estar cerca de ella. Su sangre te destruirá. Y todos, todos en Scanguards, nos preocupamos demasiado por ti como para permitir que eso pase.

—¡Tienes una forma muy peculiar de demostrarlo! —gruñó Oliver y se dio la vuelta.

Antes de que Zane pudiera detenerlo, salió por la puerta, dando un portazo aún más fuerte que el que Zane había dado momentos antes.

29

El sonido persistente de un timbre interrumpió su sueño. A ciegas, Oliver buscó el despertador y lo golpeó con la mano, presionando el botón silenciador. Pero el timbre no se detuvo. Se obligó a levantar un párpado y miró el reloj. Eran poco más de las tres de la tarde. ¿Quién había puesto el despertador a las tres de la tarde y por qué demonios no paraba?

Se incorporó de golpe, sentado en la cama, y miró alrededor de la oscura habitación. Cada segundo se sentía más despierto, hasta que finalmente se dio cuenta de que el sonido no venía del despertador, sino de la pila de ropa que había aventado en el suelo cuando volvió a casa poco antes del amanecer.

Se abalanzó hacia el desorden y sacó el celular del bolsillo de sus jeans.

—¿Sí? —contestó sin siquiera mirar quién llamaba.

—Hola, Oliver —dijo una voz femenina con tono meloso.

—¿Eh? ¿Quién es?

Una risita al otro lado de la línea.

—Karen, por supuesto. No me digas que estabas durmiendo.

—Hola, Karen —respondió rápidamente. Era una de las chicas de Vera, probablemente la más parlanchina de todas, y no tenía ni idea de que él era un vampiro. Nadie que supiera lo que era se atrevía a llamarlo durante el día.

—Tuve una noche larga. ¿Qué pasa?

¿Querría que fuera al lugar de Vera esta noche? Aunque era cliente frecuente del establecimiento de Vera, todas las chicas sabían que nunca iba en busca de sexo. Simplemente le encantaba pasar tiempo con Vera y coquetear con las mujeres a su servicio. Aunque había recibido "cortesías" de varias de ellas, nunca las había aceptado, y no iba a empezar ahora.

—No te hemos visto en toda la semana. ¿Nos estás engañando?

—¿Yo te haría eso? —Forzó una risa, aunque lo único que quería era volver a dormir para estar fresco al atardecer y seguir buscando a Ursula. La noche anterior había pasado por casa de Amaury, pero solo había encontrado a Nina. Después de descartar su hogar como posible escondite de Ursula, condujo hasta la casa de Zane. Solo el perro estaba en casa. Nadie respondió al timbre y, tras subir por una escalera de incendios y asomarse a las ventanas del piso superior, determinó que no había rastro de Ursula. Además, Zane nunca la dejaría sola en su casa, sabiendo que probablemente intentaría escapar.

—... así que pensé en llamarte. —La voz de Karen flotó hacia él.

¡Mierda! ¡Se había perdido la mitad de la conversación!

—Ajá... —respondió él, preguntándose qué le había estado contando.

—¿Y qué tal? ¿Por qué no le caes bien?

Confuso, Oliver se rascó la cabeza.

—¿A quién?

—A esa chica, por supuesto. ¿Me estás escuchando?

—Claro que sí. ¿Qué chica? —Si esta era una más de una de sus historias interminables, tenía que inventar una excusa para zafarse de esa inútil conversación—. Escucha, tengo que irme.

—Vamos, dime. ¿Acaso se te insinuó y se molestó porque no te gustan las chinas?

Oliver se puso alerta al instante.

—¿China? ¿Cómo es?

—Pues china, obviamente. Pelo largo y negro. Bonita.

¿Podría tener tanta suerte? ¿Karen estaba hablando de Ursula?

—¿Qué te dijo?

—Bueno, no me lo dijo a *mí*, pero la oí por casualidad. Dijo que la traicionaste a la primera oportunidad. Se veía bastante encabronada, si me lo preguntas.

No le sorprendió, pero aun así maldijo.

—¡Ah, mierda! No sabrás dónde está ahora, ¿verdad?

—Se está quedando en la habitación 407.

El sobresalto le hizo catapultarse de la cama.

—¿En el burdel?

Karen soltó un resoplido de fastidio.

—¡No lo llamamos así!

Oliver se echó atrás.

—Quería decir, ¿en el... uh... establecimiento de Vera? —Pero ya no escuchó el siguiente comentario de Karen, porque solo podía pensar en que sabía dónde estaba Ursula. De todos los sitios, Zane la había escondido en un burdel. ¿A ese pelmazo no le importaban los sentimientos de Ursula? Esconderla en un burdel, ¡cuando llevaba tres años encerrada en uno!

—Gracias Karen, eres un encanto. Por favor, ¿puedo pedirte un favor?

—Claro que puedes, cariño.

—No le digas a nadie que me hablaste de ella. Tengo que ser discreto al respecto. ¿Me lo prometes?

—¿Y qué gano con eso? —negoció.

Oliver se lo pensó un momento, preguntándose qué la tranquilizaría.

—¿Flores? ¿Boletos para algún evento?

—¿Los mejores asientos?

—Solo lo mejor para ti.

En cuanto colgó, estaba listo para actuar. Fue al baño y se metió en la ducha. No le sorprendió que su verga estuviera completamente erecta en cuanto empezó a enjabonarse. No era de extrañar: se imaginaba las manos de Ursula tocándolo. Por supuesto, antes de que eso pudiera pasar, tenía que explicarle que no había traicionado su secreto. Teniendo en cuenta la opinión que ella tenía de él ahora, dudaba que le permitiera tomarle la mano, y mucho menos hacerle el amor.

Durante las horas que quedaban hasta la puesta de sol, paseó de un lado a otro en su habitación, ensayando en su mente lo que le diría, cómo empezaría su explicación para asegurarse de que le creyera.

El tiempo parecía eterno, pero finalmente el sol se puso sobre el Océano Pacífico. De camino a la salida, Oliver se detuvo en la biblioteca y abrió el gabinete de suministros donde Quinn guardaba dispositivos electrónicos de repuesto. Tomó un celular y salió por la puerta. Dejó el auto atrás, queriendo pasar lo más desapercibido posible. Por si alguien de Scanguards se presentaba en casa de Vera, no quería que notaran su coche estacionado en la zona. Además, el lugar de Vera estaba en Nob Hill, colindante con Russian Hill y, por tanto, a un corto paseo de distancia.

Aún era temprano en la noche, así que el lugar de Vera estaría tranquilo. La mayoría de los clientes llegaban más tarde, conforme avanzaba la noche. Por lo tanto, tenía que ser especialmente sigiloso. Sabiendo que no podía entrar como Juan por su casa, rodeó el edificio hasta llegar a un pequeño callejón que daba a un costado, donde había una escalera de incendios. La habitación 407 daba a este callejón, pero no tenía escalera de incendios. En su lugar, tenía un pequeño balcón.

Oliver evaluó rápidamente la situación. La escalera más cercana conducía a la habitación contigua, pero como era un vestíbulo que daba al despacho de Vera, no podía entrar en ella para acceder al cuarto de Ursula desde adentro. Tenía que llegar al balcón de Ursula.

La escalera de incendios solo llegaba hasta el segundo piso, donde una palanca de liberación rápida permitía que cualquier persona en peligro pudiera bajar la escalera hasta el suelo. Pero desde su posición en el callejón no podía llegar lo bastante alto como para agarrarse a ninguna parte de la escalera de incendios. Probó qué tan alto podía saltar. Retrocedió unos pasos, corrió y saltó hacia arriba, estirando los brazos, pero sus dedos no alcanzaron la escalera de metal. Lo intentó de nuevo, pero su segundo salto no fue más exitoso que el primero. Estaba fuera de forma. Quizá, si retrocedía más y corría más rápido, podría alcanzar la escalera.

Sus ojos recorrieron el callejón. Había un enorme basurero a menos de cuatro metros de la escalera de incendios. Se acercó a inspeccionarlo. No tenía ruedas, y aunque con su fuerza de vampiro podría haberlo movido más cerca de la escalera, el ruido del metal raspando contra el concreto despertaría a todo el vecindario.

Oliver trepó al contenedor, empujó la tapa con el pie y se subió a él. Ahora estaba casi a la altura de la escalera. Evaluó rápidamente la distancia y decidió que valía la pena intentarlo. Dio un paso atrás y se lanzó hacia delante, saltando hacia la escalera de incendios, con los brazos extendidos hacia arriba y adelante. Sus dedos conectaron con la plataforma metálica, apretándose instantáneamente alrededor de una barra mientras su cuerpo seguía balanceándose.

—¡Te tengo! —murmuró para sí mismo y levantó las piernas. Ayudado por la fuerza de sus músculos abdominales, logró levantarse hasta la plataforma y ponerse de pie.

Miró hacia arriba, subió los dos tramos de la escalera metálica hasta el cuarto piso y se detuvo ahí. Se pegó contra la pared, asegurándose de que no lo vieran desde la ventana del vestíbulo de Vera. Cuando miró hacia el pequeño balcón frente a la habitación 407, se dio cuenta de que había subestimado la distancia entre este y la plataforma donde ahora se encontraba. No había forma de saltar desde su posición actual y aterrizar en el balcón.

Buscando otra solución, alzó la vista. Si podía llegar al tejado, podría saltar directamente al balcón. Enfocó la vista y observó varias varillas metálicas cortas que sobresalían de la pared, donde en algún momento debió de haber estado fijada otra escalera que conducía al tejado. Por alguna razón, esta había sido retirada, pero algunos de los tubos, anclados en la fachada de ladrillo y no más largos de unos ocho centímetros, aún permanecían.

Oliver se agachó para pasar bajo a la ventana y llegar al otro lado, luego se subió a la barandilla que rodeaba la escalera de incendios. Desde ahí, colocó un pie en el primer tubo, agarrando otro más arriba con la mano. Cual hombre araña, fue ascendiendo con cuidado, evitando perder el agarre o resbalar y llamar la atención.

En cuestión de segundos, llegó al tejado y se subió a él. Intentando no hacer demasiado ruido, caminó con pasos ligeros hasta la ventana del cuarto de Ursula. Miró hacia abajo. Estaba directamente encima del estrecho balcón.

Oliver saltó, doblando las rodillas hasta quedar en cuclillas para amortiguar el golpe y el ruido al aterrizar de lleno en medio del balcón. Echó un vistazo rápido hacia la escalera de incendios, pero nadie lo había visto ni oído. Las cortinas de la habitación de Ursula estaban corridas y las ventanas cerradas. Sin embargo, Oliver sabía por experiencia que el edificio era antiguo y que muchas de las ventanas no cerraban con llave, ya que los viejos marcos corredizos se habían deformado con el paso de los años.

Rezando para que así fuera con esta ventana, sujetó el marco y empujó hacia arriba. Se movió. Tan rápido como pudo, la levantó y se deslizó al interior, sabiendo que Ursula ya habría oído el ruido. No podía permitir que gritara.

Frenéticamente, descorrió las cortinas. La luz en la habitación era tenue. Solo estaba prendida una pequeña lámpara de noche, y la tele estaba encendida. Ursula se había levantado de un salto de la cama, con el control remoto levantado por encima de su cabeza como si fuera a golpearlo con él.

—Ursula, soy yo. Oliver —se anunció.

Ella jadeó y abrió más la boca, como si fuera a gritar. Por instinto, él saltó y la agarró, haciéndolos caer a los dos sobre la cama, al tiempo que le tapaba la boca con la mano.

Ella luchó contra él, golpeando su pecho con sus pequeños puños.

—¡Shh! ¡Ursula, detente! No estoy aquí para hacerte daño.

Ella lo miró con furia en los ojos. Un segundo después, le clavó los dientes en la palma de la mano. ¡Lo estaba mordiendo!

—¡Ay! ¿Por qué haces eso? —Pero no le soltó la boca—. ¿Prometes no gritar si te quito la mano de la boca?

Ella entrecerró los ojos y, de repente, su pierna se encajó entre los muslos de él y lanzó una patada hacia arriba. Pero él fue más rápido, desplazando su peso y aprisionando las piernas de ella para que no pudiera volver a intentar darle una patada en las bolas.

—¿Qué fue eso? —Le soltó la boca.

—¡Idiota! ¡Me traicionaste! ¡Les dijiste lo de mi sangre! —le espetó.

—¡No fui yo! Nunca les dije una sola palabra de lo que me confiaste.

—¡Mamadas! —Le lanzó una mirada desafiante—. Ahora suéltame o gritaré por Vera.

—¡Si intentas gritar, te beso! Y créeme, soy más rápido que tú. —Lo era, y no estaba bromeando.

Ursula se aquietó bajo él. Lentamente, él desplazó su peso a sus rodillas y codos, asegurándose de no aplastarla, pero sin intención de soltarla hasta estar seguro de que no gritaría ni intentaría escapar.

Ursula pareció darse cuenta de que hablaba en serio y apretó los labios en una fina línea. Todo indicaba que ahora lo sometería a la ley del hielo.

—Escucha, querida, me llamaron a casa de Samson...

—¡No soy tu querida! —se quejó.

—Lo eras cuando dormías en mis brazos.

Ella giró el rostro para evitar mirarlo. Pero con sus dedos en la barbilla, él la obligó a hacerlo.

—Veo que estás enojada conmigo.

—¡No me digas, Sherlock!

No pudo evitar sonreír a pesar de sí mismo.

—Eres una gata salvaje, Ursula. Quizás nos aprovechemos de eso más tarde, cuando hagamos el amor. No me importaría que esas afiladas garras tuyas se clavaran en mí cuando esté dentro de ti.

Ella aspiró indignada.

—Si crees que voy a acostarme contigo después de todo lo que has hecho, ¡estás equivocado!

—¿Lo estoy? —murmuró y bajó la cabeza, dejando que sus labios se cernieran sobre los de ella—. Apuesto a que, si te besara ahora, me devolverías el beso. —Luego volvió a levantar la cabeza—. Pero no te besaré, porque tienes que saber lo que pasó de verdad.

Él se sentó sobre sus ancas, dejándole más libertad de movimiento. Al instante, ella se arrastró hacia atrás, incorporándose hasta quedar sentada.

—Me llamaron a casa de Samson; fue una artimaña para sacarme de la casa y alejarme de ti. ¿Recuerdas cuando llamaron a Zane y los demás la noche que inspeccionamos el edificio en Hunter's Point?

Ella asintió a regañadientes, con los ojos atentos a todos sus movimientos.

—Los llamaron a un club nocturno. Al parecer, unos vampiros estaban causando problemas. Resultó que eran dos de tus clientes. Sanguijuelas.

Sus ojos se abrieron de par en par con interés.

—Ambos se alimentaban de mujeres chinas. Mis colegas tuvieron que hacer mucho control de daños, borrar recuerdos, limpiar. Una de las sanguijuelas mató a una chica. Cain le clavó una estaca.

Un grito ahogado escapó de la garganta de Ursula.

—¡Oh, Dios! ¡No!

Oliver la miró con tristeza.

—Me temo que mis colegas no pudieron salvarla. Ya estaba muerta cuando llegaron. Pero salvaron a la otra chica. Y capturaron a ese vampiro enloquecido. Lo llevaron al cuartel general y lo interrogaron. Les contó todo: que quería sangre especial, sangre que drogara, que el burdel de sangre de Hunter's Point al que había estado yendo había desaparecido. Era un adicto, Ursula. Sufría síndrome de abstinencia, por eso estaba tan loco. Cuando Zane y los demás se dieron cuenta de lo que estaba pasando, supieron al instante que tú también debías tener sangre especial.

La miró a los ojos y vio la comprensión en ellos. Ella sabía que él decía la verdad.

—Por eso Zane vino a buscarme.

Oliver asintió.

—Después de ver lo que la sangre hace a los vampiros, querían asegurarse de que yo no estuviera cerca de ti. Por eso te llevaron. Temían que te mordiera y acabara como esos vampiros drogados enloquecidos.

—Así que realmente no quieren mi sangre. Tus colegas, no me retienen por eso —dijo como si hablara consigo misma.

—No. Querían protegerme. Aunque se encabronaron bastante cuando descubrieron que ya sabía lo de tu sangre y no les dije. De todos modos, ahora que creen que me han alejado de ti, están ocupados peinando la ciudad en busca de cualquier prueba de a dónde se mudó el burdel de sangre. Quieren destruir a esos vampiros. Te lo prometo.

—¿Y las chicas y yo? ¿Qué harán con nosotras? —Había un rastro de miedo en su voz.

Oliver había trabajado para Scanguards el tiempo suficiente para saber lo que planeaban, aunque nadie había hablado del plan final.

—Una vez que las encontremos, nos aseguraremos de que vuelvan con sus familias y, si es necesario, les daremos nuevas identidades para que nadie sepa nunca quiénes son y qué las hace especiales.

—¿Harán eso? ¿Por nosotras? ¿Por los humanos?

Oliver le acarició la mejilla con los nudillos.

—Sí. Están aquí para protegerte. Igual que yo.

Se acercó un poco más.

—¿Cómo me encontraste?

—Una de las chicas de aquí oyó que dijiste algo de mí, y me llamó.

Sus ojos se abrieron de par en par y se apartó de él.

—¿Eres cliente de aquí?

Oliver se inclinó más cerca.

—No, no lo soy. Solo vengo aquí por... uh... compañía.

—¡¿Compañía?! —Ella lo miró, claramente sin creerle.

—Soy amigo de Vera, y les gusto a sus chicas. Pero nunca he venido aquí por sexo. —Sonrió—. Al menos no hasta esta noche.

30

Oliver quería acostarse con ella. Ursula sintió que una oleada de calor se disparaba desde su vientre hasta su cabeza y se extendía por sus mejillas. Si su aspecto reflejaba cómo se sentía en ese momento, diría que estaba sonrojada como un tomate maduro. Su enojo hacia Oliver se desvaneció en cuanto él relató lo sucedido en el club nocturno y lo que vino después. Oliver no había traicionado su secreto. Había mantenido su palabra. Incluso sabiendo que, al hacerlo, se había ganado la ira de sus colegas.

Cuando Oliver se inclinó aún más hacia ella, dejó caer los párpados.

—Siento haberte maldecido a tus espaldas.

Sus labios se acercaron a su boca, su aliento pasó como un fantasma sobre su piel.

Puedo vivir con eso si estás dispuesta a compensarme.

Abrió los ojos por completo, encontrándose con su sensual mirada. El azul de sus ojos era casi cegador.

—¿Cómo?

—Un beso sería un buen comienzo.

—¿Qué más? —preguntó ella, encontrándose con él a medio camino.

—Tú, desnuda. —Miró detrás de ella, con una sonrisa perversa dibujándose en su rostro—. Preferiblemente atada a este cabecero de hierro forjado.

Se le cortó la respiración. Instintivamente, se apartó un poco.

—¿Por qué?

—Para enseñarte a confiar en mí. Para enseñarte que, aunque estés atada y seas vulnerable, nunca haría nada que te hiciera daño. Que, aunque estés a mi merced, sigues teniendo tu libre albedrío, sigues siendo tú quien manda sobre tu cuerpo y tu mente.

Lo miró fijamente, asustada, porque había pasado tres años de su vida con las manos atadas a la cama, privada de su libre albedrío. Se estremeció.

—No funcionará. No puedo dejar que me ates. Ellos me hicieron eso. Ellos...

Le puso el dedo sobre los labios.

—Sé lo que te hicieron. Por eso ahora tú y yo haremos esto juntos. Para borrar los malos recuerdos. Cuando acabemos aquí, asociarás estar atada con el placer, no con el miedo, la frustración y el dolor. Porque me aseguraré de que lo único que sientas sea placer. Nada más.

No dudaba de que él quisiera colmarla de placer, pero no se imaginaba poder olvidar nunca esos días en que había estado encadenada a su cama.

—¿Qué te hace pensar que funcionará? ¿Psicología 101?

Él sonrió.

—Nunca fui a la universidad. Pero siempre he podido leer a las mujeres. Y cuando hicimos el amor en mi camioneta, no podías soltar las cadenas con las que te ataban. Siguen aquí. —Le dio unos suaves golpecitos en la sien—. Y mientras no puedas quitártelas de encima, nunca podrás compartir tu cuerpo libremente. Llámame egoísta, pero cuando te hago el amor, quiero sentirte entera. No quiero que te reprimas porque tengas miedo. Quiero que seas libre.

Libre, la palabra sonaba tan bien. ¿Pero podría alguna vez sentirse libre de verdad? Incluso ahora seguía encarcelada, aunque fuera por su propia protección.

—¿Y por eso quieres atarme?

Los ojos de Oliver se oscurecieron.

—Eso y... porque la idea de tenerte a mi merced me la pone tan dura que estoy a punto de estallar.

Él tomó la mano de ella y la llevó a la parte delantera de sus pantalones de mezclilla. Cuando la presionó sobre el bulto que se había formado allí, ella sintió calor bajo su palma, donde palpitaba su erección.

—Y si te pidiera que me desataras, ¿lo harías inmediatamente? —preguntó ella, con la voz temblorosa, porque estaba considerando algo que nunca debía contemplar. Pero cada vez que Oliver la miraba con deseo y lujuria en los ojos, una parte diferente de ella tomaba el control y decidía por ella.

Él negó con la cabeza, haciendo que su corazón se detuviera por completo.

—No. Podrás desatarte sola. Solo usaré pañuelos de seda para atarte tus manos a la cabecera. Pero los nudos estarán tan flojos que podrás zafarte de ellos cuando sientas necesitarlo.

El alivio la hizo soltar el aliento que había retenido. Lo miró y recordó las cosas que había hecho por ella para que alcanzara un orgasmo en la parte trasera de su furgoneta, lo desinteresado que había sido, lo dadivoso. Así que, si este juego de *bondage* era algo que él quería, ella podía intentarlo. Hasta ahora no la había lastimado. No había motivo para que lo hiciera ahora. Ella asintió lentamente, rezando por no cometer el mayor error de su vida.

—Sí.

Oliver la estrechó entre sus brazos y la abrazó con fuerzas.

—Oh, cariño, gracias. No te arrepentirás.

Entonces su boca estaba sobre la de ella, sellando sus labios con un beso apasionado. Era distinto a cuando estaba en su camioneta: más apasionado, más salvaje, más indómito. ¿Había tomado la decisión correcta? Pero no tuvo ocasión de seguir reflexionando, porque el beso de Oliver la privó de la capacidad de pensar. En cambio, todos los receptores sensoriales de su cuerpo parecieron activarse como si él hubiera pulsado un interruptor.

Su aliento caliente la abrasaba, su lengua la penetraba profundamente, sin dejar rincón sin explorar, y sus manos vagaban por su cuerpo, comandadas por un hombre que sabía que no encontraría resistencia. Con confianza y determinación, le sacó la camiseta por encima de la cabeza, dejando al descubierto la piel desnuda que había debajo. Una piel que hormigueaba de forma agradable. Cuando la cremallera de su chamarra rozó su pecho, ella gritó, lo que hizo que la soltara al instante.

—Tu chamarra —le dijo—. Quítatela. Quítatela toda.

Oliver saltó de la cama y se deshizo de su ropa. Nunca había visto a nadie desnudarse con tanta velocidad y gracia. Cuando él se paró frente a ella con solo sus bóxers encima, ella se lamió los labios y sus ojos se dirigieron a la impresionante silueta de su verga. La cabeza bulbosa de su erección asomaba por la cintura de su ropa interior, demasiado grande para ser contenida por la tela, que se estiraba demasiado para ocultar realmente algo.

—Me encanta cómo me miras —él afirmó.

—¿Cómo te miro?

Gruñó suavemente.

—Con hambre.

Antes de que ella pudiera responderle, la despojó de sus pantalones, dejándola solo con las bragas del bikini. Pero en lugar de volver a unirse a ella en la cama, se volvió hacia la cómoda que tenía detrás y abrió el cajón superior. Rebuscó en él.

—¿Qué estás haciendo?

Se volvió y ella lo vio sosteniendo un negligé prácticamente transparente. Se lo aventó.

—Póntelo. Creo que te quedará bien el rojo.

Tomó la tela vaporosa que no ocultaba nada y se la deslizó por la cabeza. Era sorprendentemente suave. Pero en cuanto se la puso, se dio cuenta de que el área donde debería cubrir sus pechos estaba desprovista de tela. Se sintió escandalosa con el atuendo y estaba a punto de quitárselo de nuevo cuando notó que Oliver la miraba fijamente, con un deseo desenfrenado ardiendo en sus ojos.

—Eres hermosa —susurró, y el brillo de admiración en sus ojos hizo que su corazón latiera más deprisa. Al mismo tiempo, sus pezones se tensaron en pequeños capullos duros, y sintió que la humedad se acumulaba en su interior.

Lentamente, se dejó caer de nuevo sobre el colchón, consciente de que se presentaba como en una bandeja de plata, con los pechos asomando por los agujeros del negligé. De repente, se sintió poderosa. Se sintió como si fuera ella la que mandaba, la que movía los hilos. Ursula se lamió los labios.

—¡Carajo, nena! —Oliver maldijo y abrió de un tirón el segundo cajón, sacando un par de pañuelos de seda, antes de dirigirse a la cama y unirse a ella.

Se sentó a horcajadas sobre su torso y se inclinó sobre ella, rozándole el vientre con la erección que tenía detrás de los calzoncillos.

—Estira los brazos sobre tu cabeza.

—En un momento. —Ella cumpliría su deseo, pero había algo que quería antes.

Sin avergonzarse, tiró de la cintura de sus calzoncillos, bajándoselos hasta donde su posición lo permitía. Luego rodeó la dura verga con la palma de la mano y apretó la firme carne.

Oliver gimió con fuerza, cerró los ojos y echó la cabeza hacia atrás. Su respiración se aceleró mientras ella lo acariciaba, subiendo y bajando la mano por su longitud.

—Tienes que parar —suplicó—, o me derramaré sobre ti. —Sus ojos se abrieron y se encontraron con los de ella.

—¿Y eso sería tan terrible?

Él agarró su mano y la apartó suavemente.

—Sí, porque quiero venirme dentro de ti cuando alcances el clímax.

Luego tomó ambas manos y se las sujetó por encima de la cabeza. Con movimientos rápidos y sorprendentemente practicados, le ató ambas manos al armazón de la cama. Ella tiró ligeramente de ellas y se dio cuenta de que estaban sueltas, tal como él había prometido. Si doblaba las manos, podría zafarse de las ataduras.

—Prométeme algo.

Ella le miró a los ojos azules.

—¿Sí?

—Haz como si no pudieras escapar de esas ataduras. Me gustaría creer que estás a mi merced, aunque sé que yo estoy a la tuya.

Ella asintió, sorprendida por sus palabras. ¿De verdad creía que estaba a su merced? ¿O todo era parte del juego sexual que estaban jugando? En cualquier caso, le gustó la sensación de poder que repentinamente la invadió. Durante tanto tiempo, no había tenido nada. Ahora se sentía fuerte e invencible.

—En ese caso, acércate un poco más. —Ella bajó la mirada hacia su verga, notando cómo él hacía lo mismo.

Una fuerte bocanada de aire le indicó que se había dado cuenta de lo que pensaba.

—No estarás...

Deliberadamente, se pasó la lengua por el labio inferior, luego levantó los párpados para encontrarse con su mirada sorprendida.

—Tú me lo hiciste.

—Así no es exactamente cómo funciona el *bondage* —dijo mientras se acercaba más al cuerpo de ella, poniéndose de rodillas en el proceso—. Se supone que soy yo quien te dice lo que quiero que hagas.

—Bueno, entonces tal vez deberías ordenármelo.

Oliver se agarró a la cabecera detrás de ella y se inclinó hacia delante, acercándole la punta de su erección a la boca.

—¡Chúpamela!

—Pensé que nunca me lo pedirías. —Al pronunciar la última palabra, lamió la cabeza en forma de hongo, saboreando la salada gota de humedad que se había acumulado allí. Luego deslizó los labios alrededor de la punta y abrió más.

Oliver se inclinó hacia delante, empujando su verga en la boca, sin dejar de gemir de placer. Solo había llegado a la mitad de su interior cuando retrocedió y repitió el movimiento. Su piel era suave como el terciopelo, pero debajo estaba duro como el acero. Cuando levantó la vista hacia su rostro, vio cómo la observaba fascinado. Tenía los ojos llenos de lujuria y los labios entreabiertos. Pudo ver las puntas de sus colmillos. Se habían alargado. Al pensar en lo que podía hacerle, una llama se encendió en su interior. Pero en lugar de entrar en pánico, sintió que su útero palpitaba de necesidad.

Instintivamente, chupó con más fuerza, introduciendo más parte del miembro a su boca. Oliver echó la cabeza hacia atrás y gimió con fuerza.

—¡Dios, Ursula! —Su mano se deslizó por debajo de su nuca, sujetándola mientras aumentaba su ritmo. Pero no empujó más adentro, consciente de que su verga era demasiado grande para la boca de ella y de que se ahogaría si lo hacía.

Entonces, de repente, con una maldición reprimida, se apartó de ella y retrocedió.

—Carajo, nena, eres demasiado buena.

Ella sonrió y se lamió los labios. Ahora los sentía tiernos. Como si supiera lo que necesitaba, se inclinó hacia ella y la besó suavemente para aliviarlos.

Acercándole la boca a la oreja, le susurró:

—Tienes una vena muy perversa, intentando que pierda el control de esa manera. Y las mujeres perversas deben ser castigadas.

Se le cortó la respiración e, instintivamente, tiró de sus ataduras. Pero la mano de él se levantó, impidiendo que se soltara de ellas. Un escalofrío recorrió su cuerpo y su corazón empezó a latir frenéticamente.

—Tranquila.

Sus labios conectaron con la piel caliente de su cuello mientras le plantaba suaves besos. Lentamente, ella se relajó y liberó la tensión de sus hombros y brazos.

—Mejor —murmuró y bajó por su cuerpo.

Sus labios encontraron su pezón y lo capturaron. Lo succionó con la boca, dándole un fuerte tirón. Ursula gritó ante la inesperada sensación, y su pelvis se inclinó hacia él en el mismo instante.

—¿Así?

—Más —exigió en lugar de una respuesta.

Cuando repitió la acción, el placer la atravesó como una ráfaga y envió una onda expansiva a su clítoris. Su cuerpo se arqueó hacia él.

Oliver le lamió el pezón endurecido con la lengua.

—¿Qué te parece esto entonces? —Sintió algo duro contra su pecho: los dientes rozándole la piel, rozándole el pezón.

Se levantó, pero los pañuelos que rodeaban sus muñecas se tensaron con su acción.

Oliver la apretó contra el colchón y volvió a lamerle el tierno pezón. Luego se movió y su pierna separó más los muslos de ella. Su mano se deslizó por su cuerpo. Cuando llegó a sus bragas, deslizó los dedos bajo la tela y los pasó por su áspero vello. Pero no se quedó ahí. En lugar de eso, profundizó más y tocó sus pliegues femeninos, que estaban empapados con sus jugos.

—Oh, nena —la elogió —estás toda mojada para mí.

Dejó caer la cabeza hacia el otro pecho y lo besó, mientras introducía un dedo en su apretada vaina. Ella soltó un gemido.

—¡Oliver!

Eso pareció incitarle, porque le lamió el pecho con más fervor. Mordisqueó, chupó y besó su carne hasta que la sintió tierna y cruda. Mientras tanto, su dedo entraba y salía de su sexo.

—Mira, no puedes escapar de mí —murmuró—. Estás a mi merced.

Entonces, de repente, sacó el dedo de su apretado sexo y le arrancó las bragas del cuerpo. El aire frío sopló contra su carne caliente. Antes de que pudiera volver a respirar, la cabeza bruta de su verga sondeó la entrada de su cuerpo y se clavó en ella.

31

No se había molestado en quitarse completamente los bóxers. Todavía descansaban justo bajo sus nalgas. Así de caliente lo había puesto Ursula. Tan excitado que no pudo evitar que sus colmillos descendieran. Se la había chupado como una campeona de gimnasia oral, y el conjunto que dejaba sus tetas al descubierto la hacía lucir más sexy que nada que él hubiera visto jamás. Tal vez debería haber optado por que estuviera desnuda, pero no, había pensado que podría aguantar un poco de disfraces con ella. Por lo visto, no podía.

Si no le hubiera hundido su verga cuando lo hizo, la habría mordido. Su plan de hacer que ella se viniera primero se había ido por la ventana. Ahora lo único que podía hacer para no hundirle los colmillos era clavarle la verga una y otra vez.

—Lo siento, Ursula, pero voy a tener que cogerte muy fuerte. —Porque necesitaba apaciguar a la bestia que llevaba dentro. Y solo se apaciguaría si ejercía su poder sobre ella de otra forma, ya que no podía morderla.

Los labios de Ursula se separaron en un suspiro, sus ojos se oscurecieron con lujuria.

—¿Qué tan fuerte?

—Fuerte. —Se echó hacia atrás y la embistió con la verga, empujándola unos centímetros más cerca de la cabecera.

Ella jadeó, pero no intentó apartarse de él. En lugar de eso, lo rodeó con las piernas, cruzando los tobillos detrás de su trasero, y lo acercó más.

—Puedes hacerlo mejor.

El calor se encendió en su interior al oír su burla.

—¿Ah, sí? ¿No te basta? —Se apartó de ella y la tumbó boca abajo. Como resultado, los pañuelos de seda que la ataban al marco de la cama se cruzaron y apretaron alrededor de sus muñecas. Se dio cuenta al instante de que eso significaba que ella no podría desatarse en esta posición y, aunque no había sido intencional, a la bestia que había en él le gustó esa idea.

Rápidamente, la puso de rodillas, con su hermoso trasero en forma de corazón apuntando hacia arriba. Sus pétalos húmedos brillaban tentadores. Sin vacilar, la penetró por detrás, sujetándole las caderas para que absorbiera el impacto y no se estrellara contra el cabecero.

Ursula gimió contra la almohada.

—¡Carajo! Así estás aún más apretada.

—Y tú estás más grande —afirmó ella, jadeando mientras intentaba apoyarse en los codos.

Sus músculos internos lo agarraron con fuerza, lo apretaron tan fuerte como si lo estuviera sosteniendo en un puño. Su cálido calor lo lubricaba y convertía cada embestida en un suave deslizamiento hacia la seda, hacia el cielo. Su cuerpo trabajaba sin ningún pensamiento consciente, sus respiraciones se sucedían rápidamente, su corazón latía como un martillo neumático. Su verga se movía hacia delante y hacia atrás a un ritmo rápido, con las manos aferrándose con tanta fuerza a las caderas de ella que sabía que dejaría marcas. Pero no podía contenerse.

Ursula estaba tendida ante él, vulnerable y tentadora. Ella le produjo la misma sensación que él experimentaba cuando cazaba sangre. La misma sensación lo invadió ahora: se sentía poderoso e invencible mientras se la cogía, sabiendo que estaba a su merced. Que solo él determinaba su destino. Pero, al mismo tiempo, sabía que lo que deseaba para ella no era nada malo: quería su placer, llevarla al éxtasis. Ahora tenía poder sobre su cuerpo, el poder de hacerla sentir deseada. La bestia que llevaba dentro empezó a retirarse.

Finalmente, pudo ralentizar sus embestidas y deslizarse dentro y fuera de ella con movimientos más suaves. Miró hacia abajo, donde su verga desaparecía en el cuerpo de ella, y la visión de su carne rosada lo excitó. Saber que confiaba en él lo suficiente como para dejar que la pusiera en aquella posición tan vulnerable le llenaba el corazón de orgullo. Sus manos aflojaron el agarre de sus caderas y acarició su hermoso trasero.

Deslizó las manos bajo el negligé rojo y las movió a lo largo de su espalda, acariciándola. Luego le tocó el pecho, llenando ambas manos con sus senos. No eran grandes, ni tan voluptuosos como los de otras mujeres que había conocido, pero no le importaba. Eran suficientes para sus manos, y eran firmes y jóvenes, y sus pezones sensibles.

Los pequeños capullos seguían duros. Haciéndolos rodar entre el pulgar y el índice, tiró de ellos, haciéndola gritar de nuevo.

—Eres la mujer más sexy con la que he hecho el amor.

Al oír sus palabras, ella respondió a su empuje con una reacción igual pero opuesta, duplicando el impacto. Envió un rayo a sus bolas, echando más leña al fuego que ardía en su interior. No aguantaría mucho más si ella seguía así. Pero tampoco podía frenarse y, en la siguiente embestida, sintió que sus bolas se tensaban. La ráfaga de semen que recorrió su verga fue lo último que sintió antes de explotar dentro de ella, y su cuerpo entró en espasmos mientras experimentaba el orgasmo más increíble que había tenido nunca.

Al desplomarse sobre ella, se dio cuenta con horror de que Ursula no se había venido con él. No le había proporcionado el placer que le había prometido. Consternado, se separó de ella y la puso boca arriba.

—Lo siento", dijo mirándola a los ojos.

—¿Por qué?

—Porque no te viniste.

—Te lo dije, es difícil para mí.

No podía aceptarlo como un hecho. Y no descansaría hasta haber rectificado la situación. Se quitó los bóxers que entorpecían sus movimientos, volvió a separarle los muslos y se colocó entre ellos, acercando su verga, aún dura, a su sexo.

—Pero ya terminaste —protestó Ursula.

—Pero tú no. —Volvió a clavarse en ella—. Y tal y como yo lo veo... —

Miró los pañuelos de seda que le rodeaban las muñecas—. Sigues atada, lo que significa que sigues a mi merced.

Ella sonrió.

—¿Entonces qué planeas ahora?

Él le dio un suave empujón con la verga. Había una forma de aumentar su excitación y facilitarle el clímax.

—Quiero que sientas mi mordida.

Oliver vio cómo su rostro pasaba de la excitación a la aprensión. Sus labios empezaron a temblar.

—Oliver, por favor...

—Escúchame, Ursula. —Le pasó suavemente el dedo por los labios—. No será una mordida de verdad. Mis colmillos nunca tocarán tu carne.

Su frente se frunció.

—¿Cómo?

Él nunca había intentado lo que estaba a punto de sugerir, pero esperaba que funcionara.

—Usaré el control mental para hacerte sentir la mordida sin morderte realmente. Sentirás las mismas sensaciones, la excitación, la exaltación.

Ella lo miró, con los ojos abiertos de sorpresa.

—¿Puedes hacer eso?

—Conoces el control mental.

Ursula asintió.

—Lo utilizaron conmigo para evitar que me...

—Que te tocaras. Y puedo usarlo ahora para ayudarte a llegar al clímax. —Si pudiera lograrlo. Sus intentos de control mental habían sido inestables hasta ahora. Pero no iba a agobiar a Ursula con eso.

—¿Pero por qué harías eso? No sentirás la mordida tú mismo, ¿verdad?

Oliver dejó que sus dedos recorrieran el cuello de ella, acariciando la tierna piel donde su pulso latía contra su tacto.

—No, no lo sentiré, pero lo veré en tus ojos, lo escucharé en tus gemidos y lo sentiré en la forma en que se mueve tu cuerpo. Y entonces, cuando te vengas, lo sentiré, porque tus músculos se estremecerán alrededor de mi verga, apretándome tan fuerte que me vendré por segunda vez.

Notó que su pecho subía y bajaba y que sus párpados se agitaban.

—Todo lo que quiero es tu placer. —Le recordó su verga, que seguía dentro de ella, hundiéndose más en su interior—. ¿Confías en mí?

Su voz estaba sin aliento cuando contestó después de lo que pareció una eternidad.

—Hazlo.

Su corazón se dilató al escuchar su respuesta. La confianza que le ofrecía era el mayor regalo que jamás podría haber esperado de ella. Abrumado, cerró los ojos un instante. Cuando volvió a abrirlos, contempló sus orbes oscuros.

—Creo que podría enamorarme de ti. —A menos que ya hubiera sucedido. No lo sabía. Lo que sentía por Ursula era tan nuevo y excitante que se sentía como si estuviera en las nubes. Como si ya hubiera bebido su sangre drogada. Pero ¿eso significaba que se estaba enamorando de ella? ¿O simplemente se sentía así porque el sexo con ella era espectacular?

—Oliver... —Un brillo húmedo se extendió por sus ojos.

Se inclinó hacia ella, rozando sus labios con los de ella para darle un beso ligero como una pluma.

—Ojalá pudiera hundir mis colmillos en ti y saborearte, sentir esa conexión contigo que solo la mordida puede proporcionar. Pero el riesgo es demasiado grande. Para los dos. —La besó hasta el cuello, sintiéndola temblar bajo sus labios—. Así que tendrás que experimentarlo por los dos.

Levantó la cabeza y la miró profundamente a los ojos. Luego canalizó sus pensamientos, sintiendo el calor que se acumulaba en su centro.

Envió su primer pensamiento a la mente de ella. Aunque ella no escucharía sus palabras, su cuerpo sentiría las sensaciones que él le transmitía.

Ursula, sientes mis labios en tu cuello.

Una respiración entrecortada le indicó que la había alcanzado. Notó cómo se estremecía.

Es cálido y agradable. Mi lengua lame tu piel. Sientes el filo de mis dientes rozando tu carne. Te excita.

El cuerpo de Ursula se arqueó hacia él, y él reanudó las lentas embestidas de su verga dentro de su cálido sexo. Sus caderas se movían en sincronía con él.

—Sí —susurró ella.

Sientes cómo mi boca se abre más y mis colmillos perforan tu piel. Es como un pinchazo. No duele. Se hunden más profundamente, alojándose en tu carne, igual que mi verga se entierra dentro de ti.

Ella gimió con ojos entrecerrados.

Tu cuerpo anhela esto. Sientes el tirón en la vena, y sientes como si te lamiera el clítoris. Como si estuviera chupando tu dulce coño. Quieres que tome más.

—¡Oh, Dios! —gritó ella, sus ojos buscando los de él. Todo el miedo que había en ellos se había desvanecido, y todo lo que podía ver ahora era deseo.

Con cada tirón de tu vena, sientes mi contacto más intensamente. Sientes cómo te lamo. Sientes cada centímetro de mi verga mientras me introduzco en ti. Tu corazón late en sincronía con el mío.

Podía oír cómo los latidos de su corazón se adaptaban a los suyos, cómo le permitía controlar sus reacciones, guiarla en la exploración sensual de su cuerpo.

Te duelen los pechos. Tus pezones se endurecen, arden. Pueden sentir el hormigueo que se extiende por todo tu cuerpo, las lentas oleadas que te inundan. El calor te envuelve. El fuego en tu interior arde más alto. Me necesitas. Sientes mi verga llenándote, mi lengua lamiendo tu clítoris hinchado.

Más rápido, más fuerte. Sientes cómo aumenta la presión.

Oliver observó embelesado cómo reaccionaba su cuerpo a sus sugerencias. Nunca había visto nada igual: cada pensamiento que plantó en su mente echó raíces y transformó a Ursula en una mujer ardiente de pasión y deseo. Sus ojos brillaban de lujuria, todo su cuerpo refulgía de humedad y sus labios emitían sonidos de placer que él nunca había oído de ella. Sus gemidos y suspiros, sus suaves gritos, todo ello eso lo excitaba, endureciendo de nuevo su verga. Aunque se había venido hacía solo unos minutos, estaba listo de nuevo. Todo porque Ursula lo excitaba.

Sientes cómo mis colmillos tiran con más fuerza. Queriendo más. Y tú también quieres más. Quieres darme todo lo que tienes. Te abres. Te desnudas. Y entonces sientes todo a la vez. Mis colmillos en tu cuello, mis manos en tus pechos, mi lengua en tu clítoris y mi verga en tu coño. Entonces las olas te golpean como un tsunami. Te arrasan.

Los músculos interiores de Ursula se cerraron alrededor de él, apretándolo con tanta fuerza como había previsto cuando alcanzó el clímax, con una expresión de asombro en los ojos.

Oliver abandonó su propio control y se unió a ella en su momento de éxtasis, disparando más semen en su cuerpo acogedor hasta que por fin ambos se aquietaron. La abrazó contra sí, dándole suaves besos en la cara y el cuello.

—Dios mío —murmuró ella, aún sin aliento—. Nunca pensé...

Él levantó la cabeza y sonrió.

—Nunca he experimentado nada mejor.

Era la verdad.

32

Ursula disfrutaba la manera en que Oliver la estrechaba contra su cuerpo mientras se recostaba detrás de ella en la bañera. El agua caliente chapoteaba a su alrededor, y ella se sentía más relajada de lo que había estado en mucho tiempo. Después de hacer el amor, él se había disculpado por haber sido tan brusco con ella y había insistido en que se bañaran juntos para poder aliviar su cuerpo adolorido. Era cierto que había sido un poco más rudo que la primera vez que cogieron en la camioneta, pero no la lastimó.

—¿Cómo te convertiste en vampiro?

Ella giró la cabeza para mirarlo y Oliver le apartó un mechón de pelo húmedo de la mejilla. Sus gestos eran tan tiernos y amables que a ella le resultaba difícil conciliarlos con el hecho de que fuera un vampiro.

—Tuve un accidente. Conducía por una carretera sinuosa con Quinn. Acabábamos de salir de una fiesta. Vi el coche que venía hacia mí demasiado tarde y me desvié. Chocamos con una grúa. Salí volando por el parabrisas.

—¿No llevabas puesto el cinturón?

Él negó con la cabeza.

—Me había olvidado de ponérmelo. No sé por qué... siempre me lo ponía. Quizás era el destino. —Forzó una sonrisa sombría—. Me empalaron con la pala de una excavadora.

Ursula respiró hondo.

—¡Dios mío! —Solo podía imaginar lo doloroso que debió haber sido.

—No recuerdo el impacto ni lo que vino después. Me estaba muriendo. Si Quinn no hubiera estado ahí, hoy no estaría aquí. Me convirtió allí mismo.

—Te salvó. —Le acarició la mejilla con la mano—. ¿Por qué estabas con él en primer lugar?

—Trabajaba para Scanguards. Creo que ya te lo había dicho antes. Era el asistente personal del dueño, Samson. Él me tomó bajo su protección y confió en mí. —Una expresión de dolor apareció en su rostro.

—¿Qué te pasa?

Oliver cerró los ojos un momento.

—Cuando me di cuenta de que iban a esconderte de mí, me enojé tanto que le dije cosas horribles a Samson.

Ella le levantó la barbilla.

—Tienes que pedirle perdón.

—Lo sé. Pero no puedo dejar que sepan que te encontré. Si lo hago, lo más probable es que te lleven a otro lugar. Odio mentirles a mis compañeros, pero no me dejan muchas opciones.

Ella volvió a desviar la mirada y se apoyó en su pecho.

—No creen que puedas controlar tus impulsos, ¿verdad?

Oliver le peinaba el cabello con los dedos.

—Para ellos, soy joven e inexperto. Creen que saben más que yo. —Suspiró—. Ven, te voy a lavar el cabello.

La empujó hacia abajo en la bañera para que su pelo se hundiera en el agua y luego volvió a levantarla. Mientras le aplicaba el champú, continuó:

—La mayoría de mis colegas llevan muchísimo tiempo aquí. Han vivido tantas vidas que creo que a veces olvidan lo que es ser joven.

Mientras Oliver le masajeaba suavemente la cabeza, ella suspiró satisfecha.

—Puede que seas joven, pero eres muy bueno.

Él se rio entre dientes.

—¿Bueno en la cama?

Ursula se rio.

—Bueno en lavarme el cabello.

Él resopló protestando en broma.

—Espera a que vuelva a tenerte debajo de mí.

—¿Y si la próxima vez quiero estar arriba?

—Oh, estoy totalmente abierto a eso.

—¿En serio? —bromeó ella, disfrutando del chachareo inofensivo entre ellos.

—Ajá... —Sus manos siguieron masajeándole el cuero cabelludo y guardó silencio por unos segundos. Luego se aclaró la garganta—. Uh, Ursula. Hay algo que quería preguntarte.

Sorprendida por su tono vacilante, se tensó ligeramente.

—¿Sí?

—¿Recuerdas cuando me contaste que tus captores no te permitían ninguna gratificación sexual?

Ella asintió.

—Dijiste que la razón era que creían que tu sangre ya no sería potente.

A Ursula se le cortó la respiración. Sabía hacia dónde se dirigía esta conversación. Y no sabía si temerla o darle la bienvenida.

—Eso fue lo que dijeron.

—Me preguntaba si eso significaba que el efecto narcótico de tu sangre desaparecería para siempre o solo por un período de tiempo, tal vez unas horas o días. ¿Alguna vez lo has pensado?

—Nunca había pensado en eso. No mientras estaba presa. —Aunque lo había pensado desde que él le había dicho en la furgoneta que quería morderla mientras le hacía el amor.

Las manos de Oliver le quitaron parte de la espuma del cabello, dejándola caer en el agua de la bañera. Luego sus manos volvieron a subir, acariciándole el cuello.

—¿Te gustó mi mordida?

Un escalofrío le recorrió la columna vertebral, haciéndola sentir un hormigueo en todo el cuerpo.

—Fue diferente a todas las demás mordidas. Fue... suave. —Y le encantó. Pero tenía miedo de admitirlo abiertamente. Porque le traería demasiados problemas.

Oliver tiró de ella hacia atrás, sumergiéndole la nuca en el agua para enjuagarle el pelo. Cuando ella volvió a sentarse, él la atrajo de nuevo contra su pecho, rodeándole el torso con los brazos, con la mejilla junto a la suya.

La emoción y el miedo chocaron dentro de ella cuando él inclinó la cabeza para besarle el cuello. Contuvo la respiración, medio temiendo, medio deseando que le clavara los colmillos, pero él volvió a despegar los labios de su piel.

—Estabas hermosa cuando te vi reaccionar a mi mordida virtual. Pero también sentí envidia. Porque tú lo experimentaste de primera mano y yo no. —Bajó el tono de su voz, y bajó una de sus manos hacia el vientre de ella y más abajo aún hasta llegar a su sexo. Lo contuvo en su palma, extendió el dedo medio y se introdujo en ella.

Ella dejó escapar un gemido ahogado.

—Oliver, yo... es demasiado arriesgado. No sabemos qué pasará. —No podía dejar que la mordiera, no solo por su propio bien, sino también por el de él. No quería que se convirtiera en un drogadicto. Se preocupaba demasiado por él como para permitirlo—. Por favor, no sabes cómo vas a reaccionar.

Ella sintió que él se congelaba y luego retiraba la mano de su sexo.

—Cariño, ¿creías que te iba a morder ahora? No lo haría.

Ella giró la cabeza, sorprendida.

—¿No lo harías? Pero por qué... pensé que me lo estabas preguntando.

Oliver negó con la cabeza y sonrió.

—Quería saber si me permitirías tomar una muestra de tu sangre para que le hagan estudios.

—¿Estudios?

—Sí, ya sabes que Maya es doctora. Podríamos darle muestras de tu sangre antes de acostarnos y luego otra vez después. Y así ella podrá ver si hay alguna diferencia. Tal vez entonces podamos averiguar si lo que dijeron es cierto, y si lo es, durante cuánto tiempo tu sangre es segura después del sexo.

El brillo esperanzador de sus ojos era innegable.

—¿De verdad crees que Maya puede hacer eso?

—Es buena doctora. Y ha investigado mucho sobre lo que afecta a los vampiros y lo que no. Confío en ella.

Lentamente, dejó que las implicaciones de su petición se asentaran.

—Y si es seguro, ¿qué harás entonces?

Sus ojos azules la miraban hipnotizantes, con un deseo que apenas podían contener. Ella apenas sintió cómo él se incorporó y giró su cuerpo para que ella se sentara de cuclillas sobre él. Debajo de ella, sintió la dura cresta de su erección sondear su núcleo. Lentamente, la atrajo hacia él, empalándola con su miembro.

—Eso depende de ti. Es tu decisión. —La besó suavemente—. Ya sabes lo que quiero; ahora la pregunta es: ¿qué quieres tú?

Hace unos días, su respuesta habría sido clara e instantánea, pero esta noche las cosas eran más complicadas. Se estaba enamorando de Oliver y quería darle todo lo que él quisiera. ¿Pero eso incluía su sangre? ¿Estaba dispuesta a darle lo que sus captores le habían robado durante tres años? Y si lo hacía, si existía realmente una forma de que él bebiera su sangre sin que le afectara la droga que contenía, ¿sería capaz de mantener el control sin caer en la sed de sangre y drenarla hasta dejarla seca? Ella lo había visto antes cuando ansiaba sangre. ¿Qué ocurriría cuando ya no pudiera controlar ese deseo?

—No sé lo que quiero —murmuró, con lágrimas en los ojos.

Oliver le pasó el pulgar por la mejilla.

—Tienes todo el tiempo del mundo para tomar una decisión. Esperaré el tiempo que haga falta.

Entonces sus labios se posaron sobre los de ella, besándola primero suavemente, luego con más pasión, mientras su verga se movía dentro de ella al mismo ritmo.

33

—Toma —dijo Oliver después de que Ursula y él se vistieron. Sacó un teléfono celular del bolsillo de su chamarra y se lo entregó.

—¿Para qué es esto?

—Es un repuesto que tengo. Es ilocalizable. Guardé mi número para que puedas comunicarte conmigo y yo contigo. —Señaló el teléfono sobre la mesa de noche—. Supongo que ese teléfono es solo de casa. Le puse el timbre en vibrador. Asegúrate de que nadie lo encuentre. Escóndelo de Vera y los demás, pero mantenlo lo suficientemente cerca para que sepas cuándo intente contactarte.

—Gracias. —Se puso de puntillas y lo besó.

—Una cosa: sé que quieres hablar con tus padres, pero tendrás que esperar. —Señaló el teléfono que tenía en las manos—. El teléfono está bloqueado. El único número al que puedes llamar es el mío. Lo siento, pero tuve que hacerlo. Sé que estarás tentada, y a veces es mejor eliminar la tentación antes de que tenga la oportunidad de echar raíces.

Ella asintió.

—Lo comprendo. De verdad. —Sus ojos confirmaron sus palabras.

La abrazó, estrechándola contra su pecho durante varios minutos sin hablar. Luego le besó la frente.

—Volveré mañana por la noche.

Después de dejar a Ursula, Oliver se reunió con Cain y salió a patrullar con él. Cain era uno de los pocos colegas a los que aún no había enojar, y Oliver se esforzó por no decir nada que pudiera provocar una discusión.

—Me alegra de que te hayas unido, así no es tan aburrido —dijo Cain mientras caminaban hacia la entrada de otro club nocturno, donde un par de docenas de clientes hacían fila para entrar.

—Supongo que la otra noche fue diferente. ¿Qué tan mal estuvo? —Oliver lo miró de reojo y luego dejó que sus ojos recorrieran a los jóvenes afuera del club en busca de algo inusual.

—No fue bonito, déjame que te lo diga. —Bajó la voz, para que los humanos que los rodeaban no pudieran oírlo—. Parecía que la había descuartizado.

Oliver también bajó la voz.

—¿Peor que uno de los nuestros con sed de sangre?

Cain se metió las manos en los bolsillos.

—Y tan inútil. Qué desperdicio de vida. Es terrible lo que pueden hacer las drogas. Es maldad, pura maldad.

Oliver recordó los días en los que él mismo tomaba drogas cuando era humano.

—Sí, no tiene sentido.

Y si Samson no lo hubiera sacado de ahí, habría perecido. Pensar en ello ahora le hizo volver a sentir culpable por la manera en que había terminado su relación con él. Se detuvo justo antes de llegar a la entrada del club nocturno.

—Escucha, Cain, ¿te importa si me voy un rato? Tengo que hablar con Samson.

Cain se balanceó sobre los talones.

—¿Algo importante?

—Algo muy importante.

—No te preocupes. Todavía me quedan un par de clubes por revisar. Llámame si quieres reunirte conmigo más tarde. Eso si terminas antes del amanecer.

Oliver consultó su reloj. Había pasado la mitad de la noche con Ursula y este era ya el tercer club que él y Cain iban a revisar.

—Ya es tarde. Te hablaré si termino a tiempo.

Oliver tardó veinte minutos en llegar a casa de Samson. Cuando estuvo frente a la puerta de entrada, vaciló un momento. Respiró hondo, llenando sus pulmones con el aire fresco de la noche, antes de tocar al timbre.

—Aquí vamos —murmuró para sí mismo.

La puerta la abrió el propio Samson. Su jefe lo miró fijamente, con el rostro serio. Durante un largo rato se miraron, sin decir una palabra. Entonces Samson rompió el silencio.

—Pásale, pues.

Samson se hizo a un lado para dejarlo entrar, y luego cerró la puerta detrás de él.

Oliver se quedó de pie en el pasillo, balanceando su peso de un pie a otro, sin saber por dónde empezar. No lo había planeado bien. No era como sus otros colegas, que tenían bastante labia. Él era mucho más sencillo. Menos sofisticado.

Respiró hondo, luego levantó la vista y miró a su jefe.

—Lo siento, Samson. Por lo que dije.

Samson suspiró y se pasó una mano por el cabello. Pasaron algunos segundos.

—No es fácil verte crecer y convertirte en un hombre con opiniones propias. Supongo que aún te veo como el chico que recogí de la calle una noche, para sentirme mejor conmigo mismo.

Oliver lo miró con curiosidad.

—¿Qué quieres decir?

Una sonrisa triste se dibujó en los labios de Samson.

—Estaba en un punto bajo de mi vida, pensando en todas las cosas malas que había hecho en el pasado. Quería hacer el bien y, de repente, dirigir Scanguards ya no era suficiente. Quería salvar a alguien. Darle un giro a su vida. Así que te elegí a ti. Por mis propios fines egoístas. Quería demostrarme a mí mismo que podía ser desinteresado, que podía hacer algo por un ser humano sin esperar nada a cambio.

—¿Me elegiste a mí?

—Lo hice para sentirme mejor conmigo mismo. Para sentirme orgulloso de algo.

Oliver bajó la cabeza.

—Y ahora estás decepcionado de mí. Lo entiendo.

Samson puso su mano en el hombro de Oliver, obligándolo a mirarlo.

—No. No estoy decepcionado de ti. No es eso. No fui desinteresado. Fui egoísta al pensar que podía tomar decisiones por ti. Y cuando me di cuenta de que habías empezado a tomar tus propias decisiones, me puse a la defensiva. No pude soltarte, aunque sabía que tenía que hacerlo. Oliver, puede que Quinn sea tu padre, pero tú eres como un hijo para mí.

Oliver sintió que le picaban los ojos y se dio cuenta de que se le llenaban de lágrimas. Las contuvo.

—Siempre te he admirado.

Samson lo abrazó.

—Lo sé.

Oliver sintió que la tensión de su cuerpo se relajaba.

—¿Estamos bien?

Samson lo soltó y le alborotó el cabello.

—Estamos bien. Ahora dime por qué hueles a bañera.

La conmoción lo recorrió por completo, y se quedó congelado en su lugar por un instante. ¿Qué más estaba oliendo Samson además del baño de espuma que compartió con Ursula? ¿Aún podía oler el aroma de ella en él?

—No hay nada de malo en que un hombre se bañe —dijo Oliver en tono ligero y luego guiñó un ojo—. Pero no le digas a Rose que tomé prestados sus geles y lociones caros.

Samson se inclinó un poco más, olfateando de nuevo.

—Debe haber cambiado de marca. No huele como ella.

Oliver soltó una risilla forzada, esperando que su jefe no se diera cuenta de que estaba mintiendo. Pero de ninguna manera podía hacerle saber que había visto a Ursula.

—Mujeres. En cuanto crees que las entiendes, cambian las cosas.

Samson se echó a reír.

—Nunca se han dicho palabras más sabias.

Esta pequeña crisis se había evitado. El alivio lo había inundado justo cuando vibró su celular. Oliver lo sacó del bolsillo y vio el identificador de llamadas, pero solo decía "Llamada Privada". Al menos eso significaba que no era Ursula, de lo contrario, aparecería el número del celular que le había dado. Hablar con ella cuando Samson podría escuchar la llamada no sería inteligente.

—Déjame ver quién quiere algo de mí —le dijo a Samson, luego pulsó el botón de hablar y contestó al teléfono—. ¿Sí?

—¿Oliver Parker? —preguntó una voz masculina.

Lo reconoció al instante.

—¡Señor Corbin! —Oliver hizo un gesto a Samson, indicándole que quería que escuchara—. Qué grata sorpresa.

—Sí, sí. ¿Todavía te interesa esa dirección de la que hablamos?

—Por supuesto.

—¿Tienes algo con que escribir?

Vio cómo Samson agarraba un block de notas del aparador y sacaba un bolígrafo del cajón.

—Suéltala —ordenó Oliver al vampiro al otro lado de la línea.

Corbin dictó una dirección en el área de East Bay y Oliver observó cómo Samson la anotaba.

—Muchas gracias.

—No hay problema. Solo una cosa: si vas a ir ahí, probablemente deberías hacerlo pronto. El correo electrónico que recibí decía que era solo una dirección temporal. Parece que van a volver a mudarse.

—Gracias por el consejo.

—Con gusto.

Entonces la llamada se cortó. Oliver miró fijamente a Samson y luego señaló el teléfono.

—Era el vampiro al que Ursula le robó la cartera.

—Me lo imaginaba. —Señaló la dirección en el block de notas—. Avisemos al cuartel general y pongamos este espectáculo en marcha.

34

───────────

De camino al cuartel general de Scanguards, Samson ya había alertado al personal por teléfono y había empezado a dar instrucciones para que todos dejaran de patrullar y acudieran antes del amanecer. Nadie volvería a casa a dormir ese día, porque se dedicarían a elaborar un plan para sacar a las doce chicas encarceladas y destruir a los vampiros que dirigían la operación.

A Oliver le encantaba esta parte de su trabajo. Como una máquina bien aceitada, todos los engranes de la gran maquinaria de Scanguards encajaron perfectamente. Todos sabían que tenían que hacer.

El edificio entero zumbaba de acción para cuando llegaron. Mientras él y Samson caminaban por los pasillos, los atareados miembros del personal los saludaban a su paso.

—Veamos qué información ya tienen los demás para nosotros — dijo Samson mientras entraba en el cuarto de control, una gran oficina sin ventanas con varios monitores instalados en las paredes. Un lado tenía escritorios con varias computadoras. Una gran mesa dominaba el centro de la sala.

Thomas estaba sentado en una de las computadoras, con los dedos volando sobre el teclado tan deprisa que el movimiento habría sido un borrón para el ojo humano. Cain estaba de pie detrás de él, mirando fijamente el monitor sobre su cabeza. Mostraba una pantalla dividida con varios ángulos de una esquina.

Quinn estaba apoyado contra la mesa del medio, escuchando a Amaury y Zane, quienes hablaban con Gabriel.

—Volviste —saludó Samson a su segundo al mando.

Cuando Gabriel se volteó para devolver el saludo, la luz iluminó el lado marcado de su rostro, mostrando sus cicatrices con más prominencia que de costumbre. Su largo cabello marrón oscuro estaba recogido en una cola de caballo.

—Hola, Samson, Oliver. Volví hace unas horas. Justo a tiempo, al parecer. No querría perderme la acción. —Sonrió.

—Me alegro de verte. ¿Dónde están los demás? —preguntó Samson.

Zane caminó hacia la mesa.

—Jay sigue revisando las cosas que trajo del apartamento de Valentine. Era toda una pocilga. No todos han vuelto de sus patrullas, pero ya se les notificó. Eddie está en el laboratorio de cómputo, descifrando la contraseña de un segundo celular que encontramos en casa de Valentine. —Luego señaló a Thomas con el pulgar. —Thomas está tratando de conseguirnos imágenes de las cámaras del exterior del edificio.

Oliver se acercó un poco más.

—¿Cómo?

Thomas miró brevemente por encima del hombro.

—La dirección que nos diste es de un antiguo almacén en uno de los barrios menos agradables de Oakland. Puede que haya cámaras de vigilancia en la zona, quizás una gasolinera o algún otro negocio. Estoy escaneando la zona para eso.

—¿Qué más tenemos? —Oliver volvió a mirar a Zane.

Zane curvó el labio hacia arriba.

—¿Ahora tú estás al mando?

Oliver enderezó la postura, pero se abstuvo de empuñar las manos para no parecer pavo real engreído. En lugar de eso, se limitó a fulminar a su colega con la mirada.

—Recuerda que yo soy la razón por la que tenemos esta pista.

El enfrentamiento duró varios tensos segundos durante los cuales nadie habló y solo se oyeron los golpecitos de Thomas en el teclado. Por el rabillo del ojo, Oliver notó que hasta Quinn se puso tenso. ¿Acaso su señor lo estaba apoyando?

Entonces Zane relajó los hombros y miró a Samson y a Gabriel.

—Supongo que tarde o temprano el chico tendrá que llevar la delantera. Más vale que lo haga con un caso que le interese.

Sorprendido de que Zane hubiera cedido, Oliver se quedó sin palabras por un momento. Luego pasó a la acción.

—Cain, dile a Eddie que deje el celular por ahora y nos consiga los planos del edificio.

Cain asintió y levantó el auricular, marcando un número de dos dígitos.

Durante las próximas horas, vigilaron el almacén e intercambiaron ideas sobre cómo atacar sin poner en peligro a las mujeres y qué hacer con los clientes que encontraran en el local. Estaban de acuerdo en cuál sería el destino de los vampiros que regentaban el burdel: serían destruidos al instante. El castigo para los clientes no estaba tan claro.

—No tenemos ni idea de cuántos clientes tienen —dijo Amaury—. No podemos ir por ahí y convertirlos a todos en polvo.

—Ajá... —Samson se frotó la nuca.

Oliver caminaba de un lado a otro.

—Deben tener una lista de clientes. Si no, no habrían podido contactar a Corbin para informarle sobre la nueva dirección. Tendremos que encontrar esa lista. Es la única forma de localizar a todos los vampiros afectados de la ciudad.

Gabriel suspiró.

—¿Y luego qué? ¿Llevárnoslos y encerrarlos hasta que pasen por el síndrome de abstinencia y estén limpios?

—Puede que sea la única manera —reflexionó Oliver—. Samson, ¿qué tal si hablamos de esto con Drake? Quizás pueda ayudarnos. Después de todo, la adicción es en parte mental. Como psiquiatra, quizás tenga algunas ideas.

Samson le dirigió una mirada alentadora.

—Es una buena idea. Hablaré con él.

Con ese problema resuelto por ahora, Oliver volvió a centrar la atención en la tarea principal: cómo sacar a las mujeres con seguridad.

—Thomas, pasa la señal a la pantalla grande para que podamos ver a qué nos enfrentamos.

Thomas hizo lo que se le pidió y, un momento después, una imagen granulada en blanco y negro apareció en la pantalla principal de la sala.

—¿Qué estamos viendo? —preguntó Oliver.

Thomas se levantó y usó un apuntador láser para proyectar un punto rojo sobre la imagen de vídeo. Lo movió sobre la pantalla mientras hablaba.

—Este es el almacén. Aquí hay una puerta de entrada a la derecha, pero por el plano sabemos que hay otras dos puertas en la parte trasera. No ha habido actividad, lo que sería coherente con la información que tenemos: como aún es de día, nadie entra ni sale. Y aunque fuera de noche, este video no sería de mucha ayuda. Por desgracia, como todos sabemos, no se puede saber en un video si estamos tratando con un vampiro o no. Sus auras no pueden ser captadas por la cámara. Así que tendremos que enviar a alguien allí para confirmar primero.

Oliver negó con la cabeza.

—¿Y perder más tiempo? No. Corbin dijo que esta podría ser solo una dirección temporal. No podemos arriesgarnos a que se nos escapen de las manos.

—Estoy de acuerdo —dijo Samson—. De todos modos, enviemos a un par de nuestros mejores guardias humanos mientras todavía es de día y que hagan un reconocimiento por nosotros. Eso no nos costará tiempo.

Oliver asintió.

—De acuerdo.

—Y creo que para ser precavidos deberíamos obtener la confirmación de la dirección de otra fuente. —Samson se volvió hacia Thomas—. ¿Cómo va Eddie con la contraseña del segundo teléfono de Valentine?

—Dice que lo tiene bajo control.

—Bien, entonces repasemos el arsenal —sugirió Oliver. Había muchas formas de matar a un vampiro, y aunque le encantaría ver a esos bastardos sufrir las muertes más horribles posibles, era lo bastante listo como para saber que Scanguards tenía que emplear los métodos más eficaces para garantizar la seguridad de las mujeres.

Las pistolas de menor calibre y con balas de plata seguían siendo las más eficaces para matar a un gran número de vampiros sin tener que acercarse demasiado. Varios miembros del grupo eran francotiradores, y Thomas era uno de ellos. Mientras todos discutían los méritos de un arma comparada a otra, Quinn se inclinó hacia ellos, hablando en voz baja.

—Estoy muy orgulloso de ti. Y lamento haberte dudado. Siempre supe que, cuando llegara el momento de tomar decisiones difíciles, lo harías.

—Todavía esto no se acaba.

—Lo sé. Pero es un buen comienzo. —Lanzó una mirada a la pantalla y a los planos que estaban esparcidos por la mesa—. Cuando se acabe, hablaremos de Ursula.

Oliver asintió distraído. Mierda, aún no le había contado a Ursula sobre los últimos avances. Y tenía que decirle que no podría pasarse por allí esta noche, ya que estarían atacando esa misma noche. No quería que ella lo esperara en vano y posiblemente se preocupara.

Ya casi era la puesta de sol cuando Oliver logró salir del cuarto de control y encontrar una oficina tranquila donde pudiera hablar por teléfono sin que lo escucharan.

Marcó el número preprogramado sin perder de vista la puerta.

—¿Oliver? —respondió Ursula.

—Sí, cariño, soy yo.

Ella suspiró.

—Tengo buenas noticias. Sabemos dónde se ha trasladado el burdel de sangre. Ahora está en Oakland. Atacaremos esta noche y sacaremos a las mujeres.

—¡Dios mío! ¡No lo puedo creer! —La emoción tiñó su voz entrecortada.

—Pronto todo va a estar bien.

—¿Qué vas a hacer? Va a ser peligroso, ¿no?

Él se rio entre dientes.

—¿Te preocupas por mí?

—¿Y si lo hago?

El orgullo le inflamó el pecho. Ursula se preocupaba por él.

—Te prometo que sé lo que estoy haciendo. Y mis colegas también. Ahora mismo estamos discutiendo la estrategia. No te preocupes, entraremos armados.

Se le cortó la respiración.

—Pero las chicas. No pueden hacerles daño.

—No lo haremos. Tenemos excelentes tiradores en nuestro equipo. Ninguna de las chicas saldrá herida. Te lo prometo.

—Me alegra saber que pronto terminará. ¿Cómo lograste encontrar el lugar?

—Recibí una llamada de Corbin, el vampiro al que robaste la cartera.

—¿Descubrió a dónde se mudaron?

—Sí, recibió un correo electrónico con la nueva dirección. ¡Maldita suerte! Como solo había ido una vez, ni siquiera pensó que se la pasarían.

—¿Qué?

—Dije, ¡maldita suerte!

—Oliver, Corbin no fue solo una vez. Lo vi muchas veces. Era cliente frecuente.

La sorpresa lo inundó.

—Pero él dijo... ¿estás segura?

—Créeme... Maldita sea, creo que Vera está en la puerta. Tengo que irme.

—Espera... —Pero la línea se cortó—. ¡Carajo!

¿Por qué iba a mentir Corbin sobre el hecho de que había sido cliente frecuente del burdel? ¿Por qué fingir que solo había estado allí una vez y que no le gustaba la sangre especial? ¿Era posible que Ursula le confundiera con otro cliente? No, no podía permitirse dudar de sus palabras. Cada vez que lo hacía, resultaba que él estaba equivocado y ella tenía la razón.

Tenía que seguir su intuición.

Oliver irrumpió en el cuarto de control justo cuando Eddie también entraba.

—Corbin está mintiendo.

Todas las cabezas se volvieron hacia él.

—Acabo de hablar con Ursula. Me confirmó que Corbin era cliente frec...

Zane le interrumpió.

—¿Hablaste con Ursula? Te ordené específicamente...

—¡Eso no importa ahora! —gritó Oliver—. ¡La encontré! Lo que me dijo me hace creer que Corbin miente. Era cliente frecuente del burdel de sangre mientras que a mí me decía que solo había ido una vez y que no le había gustado. ¡Nos ha estado engañando! ¡El almacén de Oakland debe de ser una trampa!

—Hay muchas razones por las que no querría admitir que era cliente frecuente —advirtió Samson.

—Estoy de acuerdo —dijo Gabriel—. Eso no significa que el burdel de sangre no esté donde Corbin dice que está ahora mismo. Además... —Señaló al monitor donde seguía mostrándose el video en vivo del almacén —. Nuestros guardias humanos han confirmado que encontraron indicios de actividad ahí. Debe haber al menos una docena de tipos atrincherados adentro.

—Pero no hay indicios de las mujeres —señaló Oliver—. Eso lo hace una trampa.

—Aun así, deberíamos entrar —dijo Zane—. Solo llevaremos más hombres con nosotros.

—¡No! Corbin primero.

Amaury se encogió de hombros.

—No está de más enviar a unas cuantas personas a su casa y comprobar cómo se encuentra mientras el resto nos dirigimos a Oakland. De todos modos, tardaremos un rato en llegar. —Luego miró a Eddie—. ¿Algo del segundo teléfono de Valentine?

—Descifré la contraseña —respondió Eddie—. Pero no recibió ningún mensaje ni correo electrónico sobre el burdel de sangre.

Oliver señaló a Eddie.

—¿Ves? Una razón más para no ir a Oakland. ¿Por qué un cliente recibiría un correo electrónico con la nueva dirección, pero el otro no? Y Valentine era sin duda un cliente frecuente, considerando lo adicto que es. —Miró fijamente a sus colegas, cuyas expresiones se habían ensombrecido.

Samson y Gabriel intercambiaron una mirada. Entonces Samson se levantó.

—Cambio de planes.

35

Paul Corbin dio los últimos retoques a su impecable atuendo. Le encantaba vestirse bien, y para la ocasión de esta noche se había superado a sí mismo.

En cuanto se puso el sol, se lanzó al volante de su Mercedes negro. Todo estaba organizado. Le tomó menos de diez minutos llegar a la dirección en Nob Hill. Se estacionó en el lado opuesto de la calle y apagó el motor.

Cuando salió del coche y cerró la puerta tras de sí, alisó las arrugas de su traje negro, mientras sus piernas se comían la distancia hasta la entrada del gran edificio. Junto al letrero de latón había un sistema de intercomunicación. Presionó el timbre y no tuvo que esperar mucho antes de que un crujido y la voz de una mujer se hicieran escuchar.

—¿Sí?

Se inclinó hacia el altavoz.

—Paul Corbin. Soy cliente nuevo.

Hubo una ligera vacilación y luego sonó el timbre. Se apoyó contra la puerta y entró. El vestíbulo era exuberante. Evaluó rápidamente su entorno: una sala a su izquierda, dos puertas a su derecha y una gran escalera al final del pasillo. Una de las puertas a la derecha se abrió y una mujer asiática vestida con un elegante traje de negocios salió y caminó hacia él.

Extendió la mano en señal de saludo.

—¿Señor Corbin?

Corbin estrechó su mano, sin sorprenderse en absoluto de que la mujer fuera un vampiro.

—Buenas noches.

—Soy Vera —se presentó—. ¿Puedo preguntar quién es su referencia?

Preparado para la pregunta, respondió de manera uniforme:

—Oliver fue tan amable.

Ella sonrió al instante y parecía relajarse.

—¿Conoces a Oliver?

Él asintió cortésmente.

—Un joven encantador.

—Lo es, ¿verdad? —Luego lo miró de arriba abajo, evaluándolo.

Corbin mantuvo la calma. Sabía que pasaría la prueba sin problemas.

—¿Qué puedo ofrecerle para su placer? Atendemos a todos los gustos.

Sonrió con indiferencia.

—Soy un hombre de muchos gustos. Sorpréndame. —Lanzó una mirada a la sala, donde varias mujeres entretenían a los hombres presentes —. Todo lo que requiero es algo de privacidad, lejos de todo... uh, entretenimiento, por así decirlo.

—Una habitación privada, por supuesto. Por aquí —le indicó Vera.

La siguió por el pasillo hasta que tocó otra puerta y entró. En el interior de la cómoda sala de estar había media docena de mujeres, todas hermosas a su manera, y todas vestidas con buen gusto, algunas mostrando más piel que otras.

Vera señaló a las chicas y le echó una mirada de reojo.

—La elección es suya.

Dejó que sus ojos recorrieran a las mujeres y luego señaló a una de ellas.

—Esta.

Vera hizo un gesto a la mujer para que se acercara a ellos. Era voluptuosa, sus curvas llenas y tentadoras. Su mirada se posó en él, deteniéndose brevemente en su entrepierna. Él permitió que una media sonrisa cruzara sus labios antes de tomar la mano de la belleza y llevársela a su boca.

Ella pareció sorprenderse ante aquel gesto anticuado y soltó una risita.

—Ella es Ophelia. Ella lo llevará al piso de arriba, a una habitación privada. Ophelia, por favor, espera al señor Corbin al pie de la escalera.

La mujer asintió y salió de la habitación. Vera la siguió, indicándole a él que hiciera lo mismo, luego se detuvo en el pasillo, donde se volvió hacia él una vez que Ophelia estuvo fuera de su alcance.

—¿Será en efectivo o con tarjeta de crédito?

La miró y sacó la cartera, abriéndola. Había tenido la compostura de llenarla con billetes de mayor denominación antes de salir de casa, y los sacó ahora.

—En efectivo.

Vera extendió la mano abierta y, uno tras otro, él fue colocando billetes de cien dólares hasta que ella quedara satisfecha y cerrara la mano con el dinero.

—Disfrute la velada. Y si necesita algo, hay un teléfono interno en la habitación. Marque el cero y díganos cómo podemos hacer más agradable su estancia.

—Estoy seguro de que esta será una velada muy satisfactoria. —Se aseguraría de ello.

Cuando llegó a las escaleras, Ophelia le estaba esperando. Pasó el brazo por sus deliciosas curvas y le permitió que lo guiara escaleras arriba. En el tercer piso, ella hizo un giro y lo condujo por un pasillo con varias habitaciones. Se detuvo ante una de ellas y abrió la puerta.

Lanzándole una mirada seductora, entró y le indicó que la siguiera.

—Aquí es.

Corbin echó un vistazo superficial a la habitación. Estaba amueblada con buen gusto, con una cama grande, mesitas de noche y una cómoda. Había una silla, presumiblemente para que los clientes pudieran poner ahí su ropa mientras se deleitaban con las ofrendas que les proporcionaban las mujeres.

—Perfecto —respondió.

Ella se rozó contra él, su mano buscó su corbata.

—¿Qué te apetece? —Ella se lamió los labios.

—¿Qué haces?

—De todo —respondió ella y apretó sus caderas contra la ingle de él.

—Bien —murmuró—. Entonces, ¿qué te parece esto?

Le llevó las manos a la cabeza, ahuecándolas. Ella lo miró expectante. Entonces, con un movimiento rápido pero poderoso, le giró la cabeza y le rompió el cuello.

Ella se desplomó al instante, y él la atrapó, depositándola sobre la cama. Era una pena que tuviera prisa, de lo contrario se la habría cogido primero, pero los negocios eran más importantes.

Reajustándose la corbata, se volvió hacia la puerta.

—Ahora puede empezar la velada.

URSULA NAVEGÓ por los canales en la tele, pero no encontró nada interesante para ver. Estaba demasiado emocionada para concentrarse en algo. Esta noche, Scanguards liberaría a sus hermanas, las mujeres que habían estado encerradas como ella. Su calvario terminaría pronto y todas volverían con sus familias. Rezó para que Oliver y sus compañeros pudieran derrotar a los demás vampiros y no resultaran heridos.

Suspirando, cerró los ojos y evocó los recuerdos de la noche anterior, pero un sonido en la puerta la interrumpió. ¿Su cena estaba lista tan pronto? Ursula escuchó un ruido, como si alguien estuviera forzando la llave en la cerradura, pero tuviera dificultades para girarla. Luego la puerta se abrió de golpe.

Lo que vio entonces fue un movimiento borroso, y después un hombre apareció en su cuarto, cerrando la puerta tras él.

Atónita, se apresuró a saltar de la cama, intentando poner distancia entre ella y el intruso, pero él fue más rápido y le agarró el brazo, apretándolo dolorosamente.

—No tan deprisa, mi putita de sangre —dijo con una sonrisa maligna en su rostro.

¡Oh, Dios, sabía quién era! Lo reconoció. Era la sanguijuela a la que había robado la cartera: Paul Corbin.

El aire salió de sus pulmones.

—¿Qué quieres?

Él demostró una sonrisa ambigua.

—Bueno, ¿no es evidente? No te compré a ti ni a las otras putas para que escaparan de mí. He venido a traerte de vuelta al rebaño.

—¿Traerme de vuelta? —Ella no entendía de qué hablaba. ¿Por qué iba a querer traerla de vuelta? Era un cliente del burdel, no un guardia.

Corbin se rio entre dientes.

—Soy tu dueño y el de todas las demás. ¡Trabajan para mí! Hacen dinero para mí, y no voy a permitir que un joven vampiro advenedizo me robe a una de ustedes para conseguir lo que quiero gratis. ¡Quien quiera tu sangre tendrá que pagarme por ella!

Sus ojos se abrieron de par en par al comprenderlo.

—¡Tú eres su líder! ¡Eres el dueño del burdel!

—Chica lista. Tal vez más lista que algunos de mis guardias. Nunca se dieron cuenta de que yo los espiaba fingiendo ser un cliente. Nunca sospecharon nada.

Ursula sintió escalofríos. Entonces, era cierto que el dueño tenía un espía que reportaba si los guardias estaban haciendo bien su trabajo, solo que el espía era el propio dueño. Qué astuto. Y ahora estaba aquí para llevársela. Frenéticamente, buscó en su cerebro qué hacer. Tenía que entretenerlo. Si tenía suerte, su cena llegaría pronto y, con un poco de suerte, Vera sería quien la trajera y podría ayudarla.

—¿Cómo me encontraste?

Corbin se rio suavemente.

—Tu novio me trajo la cartera que me robaste. Sabía que alguien del burdel la había robado y mandé a registrar el local, pero nadie pudo encontrarla. Cuando Oliver me la trajo, supe que tenías que haber sido tú. Eras la única que había salido. Entonces supe que te encontraría.

Tragó saliva.

—Y luego tu amiguito dijo que era un cliente. ¿Qué tan estúpidos creen que somos? Conozco a todos mis clientes por su nombre. No había ningún Oliver Parker entre ellos, si es que ese es su verdadero nombre. —La fulminó con la mirada—. Así que lo seguí, ¿y adivina a dónde me lleva? —Miró alrededor de la habitación—. A este hermoso establecimiento. ¿Qué le diste para que te ayudara? ¿Solo tu coño? ¿O también le diste tu sangre? ¿Le prometiste un suministro de por vida si te ayudaba?

Corbin tiró de su brazo, acercándola más a él. Ahora tenía los ojos enrojecidos y vio cómo se le endurecían los músculos faciales y sus dedos empezaban a convertirse en garras.

—¡No!

—No importa. Porque no va a recibir nada de ti. Porque vas a volver conmigo.

—¡No tienes a dónde ir! ¡Va a liberar a las otras mujeres esta noche! —gritó.

Corbin soltó una carcajada malvada.

—Oh, ¿te refieres al almacén de Oakland del que le di la dirección?

¡Oh, mierda! Oliver le había dicho por teléfono que Corbin había sido quien le dio la dirección. Estaría cayendo en una trampa. Los matarían a él y a sus colegas.

—¡Oh, Dios! ¡No! —Tenía que ayudarlo, hacerle llegar un mensaje. Pero su celular estaba debajo de la almohada y fuera de su alcance, sin contar que Corbin no le daría la más mínima oportunidad ni siquiera de presionar el botón para llamar.

—Sí, cuando tu amigo y sus compañeros lleguen al almacén de Oakland, serán aniquilados. Habrá una docena de vampiros fuertemente armados esperándolos. Entrarán a un baño de sangre. Y mientras tanto, las chicas están siendo empaquetadas y cargadas. Nos vamos de la ciudad esta noche, y tú vienes con nosotros.

Ella negó con la cabeza, pero él sonrió.

—¡Vamos!

Intentó levantarla, pero ella le pegó una patada. Él maldijo, pero su agarre se aflojó por una fracción de minuto y ella se retorció, estirando el brazo para meterlo debajo de la almohada. Sus dedos agarraron el celular. Pero él la tiró hacia atrás, y el teléfono se le escapó de los dedos, deslizándose hasta el borde de la cama, antes de que pudiera pulsar el botón.

Los ojos de Corbin se posaron sobre este.

—¿Otra vez desobedeciendo? ¡He oído hablar de ti! ¡Eras un problema desde el principio! ¡Nunca supiste lo que era bueno para ti! Ahora toma esto y ve cómo te gusta.

La abofeteó con el dorso de la mano, haciéndole girar la cabeza hacia un lado. El dolor la invadió y la mareó tanto que pensó que perdería el conocimiento.

Ella gruñó.

—¡Te enseñaré a desobedecerme!

Levantó la mano una vez más.

—¡Hazlo y te haré sufrir! —advirtió una voz masculina desde la ventana.

¿Estaba ya alucinando, o realmente él había venido a salvarla?

36

─────────

Oliver observó horrorizado cómo Corbin sujetó a Ursula frente a su cuerpo como si fuera un escudo. Oliver había sacado su arma en el momento en que entró a la habitación desde el balcón, pero ahora dudaba. No era un francotirador, y si Corbin se movía a velocidad de vampiro, arrastrando a Ursula con él, la bala podría alcanzarla a ella en su lugar. No podía correr ese riesgo.

—¡Mira quién se ha unido a nosotros! —dijo Corbin a Ursula—. Tu novio. Lástima que llega demasiado tarde.

Corbin metió la mano en el bolsillo y sacó un revólver, que apuntó a la sien de Ursula.

La conmoción recorrió a Oliver, pero se obligó a mantener la calma y a sonar despreocupado cuando contestó:

—Yo no lo veo así. Llegué justo a tiempo. Es cierto que encontré tu casa vacía cuando llegué. ¿Te vas a mudar? —preguntó Oliver con indiferencia—. Qué pena. Era una casa muy bonita.

Corbin forzó una sonrisa.

—En mi profesión, mudarse es parte del oficio.

—¿A dónde esta vez?

—Eso es asunto mío, si no te importa. Ahora, suelta el arma.

—No le vas a disparar. Es demasiado valiosa para ti.

Una sonrisa maligna se extendió por el rostro de Corbin.

—La bala no la matará, pero sí le dolerá. —Bajó el arma hacia el hombro de ella.

Al darse cuenta de que Corbin no estaba blufeando, Oliver dejó caer su arma al suelo.

Luego observó con pánico cómo Corbin retrocedía un par de pasos hacia la puerta, manteniendo a Ursula presionada contra su cuerpo.

—Una última pregunta antes de irme: ¿cómo sabías que era yo? —preguntó Corbin.

—No deberías haber dicho que solo fuiste una vez al burdel de sangre. Cuando me di cuenta de que mentías sobre eso, supuse que también podrías estar mintiendo sobre otras cosas. Como la nueva dirección del burdel de sangre. Sobre todo, porque nadie más recibió un correo electrónico con la dirección. Qué curioso que tú fueras el único cliente que lo hizo.

Corbin arqueó una ceja y luego se encogió de hombros.

—Ah, bueno, la próxima vez lo sabré.

—No habrá una próxima vez —profetizó Oliver.

Pero Corbin se giró y abrió la puerta. Ursula miró fijamente a Oliver, con los ojos desorbitados por el miedo, y sus manos intentaron en vano zafarse del brazo de Corbin.

Oliver percibió un movimiento detrás de Corbin en el pasillo cuando la puerta se abrió más.

—Corbin, has cometido otro error fatal.

Por un segundo, Corbin se detuvo en sus movimientos.

—Buen intento.

—Asumiste que vine solo.

Sonó un disparo. El brazo derecho de Corbin, con el que sostenía la pistola, cayó mientras él gritaba de dolor, con la sangre manándole del hombro. Ursula se zafó de él, cayendo hacia adelante en el forcejeo. El rostro de Corbin se distorsionó en una mueca, pero parecía que la bala había salido por su hombro, por lo que no causó más daño.

Ayudado por su mano izquierda, Corbin levantó de nuevo el brazo armado, apuntando a Ursula mientras intentaba arrastrarse hacia un lugar seguro.

—Nunca la tendrás a ella ni a las otras chicas.

Oliver se abalanzó y embistió a Corbin, derribándolo al suelo. Cuando Corbin cayó al suelo con el hombro herido, perdió la pistola. Esta se deslizó por debajo de la cama, fuera del alcance de cualquiera de los dos. Oliver se le echó encima en un instante. Forcejearon, intercambiando golpes y puñetazos demasiado rápido para que el ojo humano pudiera seguirlos.

Oliver golpeó repetidamente la herida de Corbin, pero el bastardo era fuerte, y su gancho de izquierda azotó la cabeza de Oliver hacia un lado. Aprovechando el impulso que tenía, Corbin rodó, y Oliver se encontró de repente debajo de él, siendo golpeado por los puños del malvado vampiro.

Oliver levantó la pierna y consiguió clavar la rodilla en el muslo de Corbin, haciéndolo retroceder un momento. Fue suficiente para zafarse de él y rodar hacia un lado.

El siguiente golpe de Corbin falló, y Oliver supo que la fuerza de su enemigo comenzaba a decaer. Corbin también lo sabía. Oliver inmovilizó a Corbin con un brazo contra la garganta. Luego metió la mano en su bolsillo y sacó una estaca. La mano de Corbin se movió, sacando algo de su bolsillo. Por el rabillo del ojo, Oliver vio lo que era: no un arma, sino un celular. El brazo de Corbin se tensó como si fuera a lanzar un balón, aunque su alcance era limitado.

—¡Nunca las encontrarás! —juró, e intentó estrellar el teléfono contra la pared.

Pero Oliver le clavó la estaca en el corazón y giró a velocidad vampírica, atrapando el teléfono en pleno vuelo antes de que pudiera estrellarse contra la pared y romperse en pedazos. Bajo él, Corbin se desintegró en polvo.

Respirando con dificultad, Oliver aferró el iPhone con fuerza y miró hacia atrás, hacia donde el polvo de Corbin se asentaba.

—Tal vez debí haber mencionado que era el receptor de mi equipo de béisbol, pendejo.

Cain irrumpió en la habitación, aún con la pistola en la mano.

—Parece que soy peor tirador de lo que pensaba.

—Debiste haberme esperado —amonestó Thomas mientras entraba corriendo en la habitación detrás de él.

—¿Qué les tomó tanto tiempo? —gruñó Oliver a sus compañeros, pero no esperó respuesta y en cambio corrió hacia Ursula—. Ursula, cariño. ¿Estás bien? ¿Estás herida?

Ella extendió las manos hacia él, y él la abrazó con fuerza.

—Estoy bien —susurró ella. Entonces sus manos se aferraron a su camisa—. Habrá una docena de vampiros esperándote en el almacén de Oakland.

—Lo tenemos bajo control.

Ella respiró hondo varias veces.

—Las chicas. Dijo que las iba a sacar de aquí. Las estaban cargando en algún sitio. Pero no dijo dónde.

Oliver levantó la mano que sostenía el celular de Corbin y luego se volvió hacia sus compañeros.

—Thomas, ¿puedes descifrar la contraseña del teléfono de Corbin y ver si puedes encontrar alguna pista? Él quería destruirlo, lo que me hace pensar que hay información sobre el paradero de las chicas. —Oliver pasó la mano por el pelo de Ursula.

Thomas tomó el teléfono.

—No hay problema. Dame unos minutos. —Se sentó en la cama y sacó un pequeño dispositivo electrónico de su chamarra de cuero, luego enchufó el cable adjunto al iPhone de Corbin.

Ursula rodeó el cuello de Oliver con los brazos.

—Me salvaste.

Oliver sonrió e hizo un gesto a Cain.

—Técnicamente, Cain me ayudó, pero si prefieres besarme, yo encantado.

Apenas había terminado la última palabra, cuando Ursula apretó los labios contra los suyos y los selló con un beso. Si Cain no hubiera estado allí de pie, mirándolos, Oliver se habría permitido disfrutar de algo más que un simple beso. Pero la situación aún no había terminado, y todavía había inocentes a quienes salvar.

Cuando miró hacia el pasillo, vio que se acercaban varias de las chicas de Vera.

—Mierda, deben de haber oído el disparo. Cain, creo que te toca hacer la limpieza.

Cain asintió justo cuando Vera irrumpió en la habitación. Su mirada pasó de Oliver y Ursula a Cain y Thomas, y luego de nuevo a Oliver.

—Encontré a Ophelia muerta en una de las habitaciones —murmuró, cerrando la puerta tras de sí—. Tenía el cuello roto.

Oliver cerró los ojos.

—Oh, mierda. Corbin debe de haberla matado.

—¿Corbin? ¿El nuevo cliente con el que me recomendaste? —preguntó Vera.

—Entonces así es como entró.

Cain levantó la mano.

—Te lo explicaré en breve, Vera. Pero antes tú y yo tenemos que limpiar esto. —Hizo un gesto hacia la puerta tras la cual seguían rondando las chicas de Vera. Oliver podía oír sus voces preocupadas a través de la puerta.

Cain sacó a Vera de la habitación y la siguió.

Oliver miró a Thomas, quien estaba concentrado en su dispositivo, inmerso en lo que hacía. Sabía que no debía interrumpirlo, así que apartó a Úrsula.

—¿Cómo sabías que Corbin vendría por mí? —preguntó ella en voz baja.

—Cuando descubrí que Corbin vació toda su casa, estuve a punto de volverme loco. Entonces supe que había tendido la trampa para cazar dos pájaros de un tiro: quitarnos a Scanguards y a mí de encima, mientras se llevaba a ti y a las chicas.

—Nunca sospeché que él fuera el jefe —admitió Ursula—. Era como cualquier otra sanguijuela. No destacaba.

—Supongo que ese era el objetivo. Quería pasar desapercibido para poder vigilar las cosas. Me pregunto cómo pudo ocultar que era adicto. No vi ningún síntoma en él.

Oliver no podía creer que hubiera estado tan ciego.

—Quizás no era un adicto.

—Pero, ¿cómo?

—¿Y si nunca bebió mucha de nuestra sangre?

—Continúa —dijo Oliver con interés.

Ella bajó aún más la voz, pues era evidente que no quería que Thomas la oyera, aunque Oliver sabía que su colega podía oírla si se inclinaba a prestarle atención.

—¿Recuerdas cuando usaste el control mental para hacerme creer que me habías mordido?

Asintió con la cabeza. ¿Cómo podría olvidarlo?

—Pero el control mental no funciona con los vampiros. Los guardias se habrían dado cuenta.

—Podría simplemente haber clavado los colmillos en el lado del cuello que estaba de espaldas al guardia, pero sin llegar a chupar la vena. El guardia habría olido la sangre porque perforó nuestra piel, pero nunca habríamos sabido que no bebió de nosotras porque usó el control mental para hacernos creer que sentíamos que nos chupaba la vena.

—Dios mío, podrías tener razón. ¿De qué otra forma podría haber mantenido el control? —Le sonrió—. Eres muy lista.

Ella le devolvió la sonrisa y luego volvió a ponerse seria.

—¿Las encontraremos?

En lugar de responder, se volvió para mirar a Thomas, que levantó la vista del teléfono en ese mismo momento, con una sonrisa triunfal en el rostro.

—¡La encontré!

37

La parada de camiones de la carretera estaba muy concurrida. Más de dos docenas de grandes camiones, la mayoría tráileres de dieciocho ruedas, estaban estacionados en filas ordenadas, muchos de ellos presumiblemente descansando ahí por la noche. Lo más probable era que algunos de los conductores ya estuvieran durmiendo en sus cabinas, mientras que otros seguían sentados en la cafetería cenando tarde.

Oliver estacionó el miniván y apagó el motor. A su lado, Thomas miraba hacia los camiones. Gabriel, junto con Amaury, quien había vuelto de Oakland poco antes tras dejar a un contingente de su personal vigilando el almacén, estaban sentados en el banco trasero.

Ursula estaba entre los dos grandes vampiros, aún sin sentirse del todo cómoda con ellos, aunque sabía que acabaría acostumbrándose. La presencia de Oliver la hacía sentirse segura. Él giró la cabeza, al igual que Thomas.

—Me temo que no tenemos información sobre el aspecto del camión, pero el correo electrónico que encontramos en el teléfono de Corbin decía que alguien entregaría a Ursula aquí. Supongo que Corbin seguía intentando proteger su identidad, porque su nota hace referencia a que la traería un nuevo guardia —dijo Oliver.

—En ese caso —respondió Gabriel—, ¿por qué no darles lo que esperan? Eso los obligará a salir.

Oliver asintió.

—Eso mismo estaba pensando. —La miró—. Estarás perfectamente segura. Mis colegas estarán listos para atacar en cuanto se revelen los guardias. Ni siquiera se acercarán a ti.

Ursula asintió, habiendo llegado a la misma conclusión.

—Estoy de acuerdo.

—Bien. Sacaré a Ursula y caminaré hacia la cafetería, cruzando frente a los camiones y...

—¡No! —lo interrumpió ella.

Una expresión de desconcierto cruzó el rostro de Oliver.

—Pensé que estabas de acuerdo.

—Quiero que Gabriel me lleve.

Cuando Oliver intentó protestar, ella levantó la mano.

—Escúchame. Corbin te siguió, lo que significa que es muy probable que haya visto desde dónde opera Scanguards. ¿Y si también vio a tus compañeros? ¿Y si les tomó fotos para dárselas a su personal y que estén atentos? —Señaló a Gabriel—. Me dijiste que Gabriel volvió de Nueva York hace solo unas horas, cuando Corbin probablemente ya estaba planeando sacarme del lugar de Vera. No habría visto a Gabriel.

Luego miró de reojo a Gabriel y le sonrió.

—No te ofendas, pero pareces alguien que podría estar trabajando para Corbin. —Sus ojos se desviaron hacia la gran cicatriz que tenía en la cara.

Al cabo de un momento, Gabriel miró a Oliver.

—Tiene razón. En ambas cosas: Corbin no me habría visto, y supongo que sí parezco un malandro.

A regañadientes, Oliver cedió y miró fijamente a Gabriel.

—De acuerdo. Pero si algo le pasa a ella, voy a ir tras de ti.

Gabriel puso los ojos en blanco y se acercó a la puerta. La deslizó de un tirón para abrirla.

—Espera —dijo Oliver, metió la mano en el bolsillo, sacó una estaca y se la entregó—. Por si acaso.

Con una última sonrisa, Ursula siguió a Gabriel fuera del auto. Se metió la estaca en el bolsillo de la chamarra.

—Creo que deberías agarrarme del brazo y arrastrarme —murmuró en voz baja—. Los guardias de Corbin no eran precisamente amigables.

Gabriel la agarró del brazo y la empujó suavemente hacia delante. Caminaron alrededor de algunos autos y llegaron a la vista de los camiones. Lenta y deliberadamente, Gabriel la condujo entre las dos filas de camiones estacionados. Por el rabillo del ojo, ella observó los camiones buscando cualquier movimiento mientras seguían avanzando. Los faros de uno de los camiones parpadearon y luego se apagaron de nuevo.

—Debe ser este —murmuró Gabriel y la jaló hacia él mientras ella fingía moverse con desgana. A pesar de saber que estaba a salvo y que los otros hombres de Scanguards no estaban lejos, su corazón se aceleró y sus palmas comenzaron a sudar. A cada paso que daban hacia el camión que había parpadeado sus luces, su pulso se aceleraba más rápido.

De repente, la cabina del camión se abrió y un hombre bajó de ella. Cuando sus pies tocaron el suelo y comenzó a caminar hacia ellos, Ursula le reconoció como uno de los guardias. Al instante, se congeló. El guardia, cuyo nombre recordaba como Marcus, esbozó una sonrisa desagradable al reconocerla también. Entonces sus ojos se posaron en su compañero, evaluando a Gabriel de arriba abajo.

El chasquido de un arma cortó el silencio. Antes de que pudiera reaccionar, una voz familiar los interrumpió desde atrás.

—Ursula, mi favorita de todas.

—Dirk —se atragantó antes de girarse.

Él estaba a varios metros de distancia, emergiendo entre dos camiones estacionados.

Dirk agitó su pistola en dirección a Gabriel. Ursula notó que llevaba un silenciador en la boquilla.

—¿Y este quién es? —preguntó.

—Debe de ser el nuevo guardia que mencionó el jefe —respondió el otro guardia.

—No, no lo es —afirmó Dirk.

El corazón de Ursula se detuvo. Detrás de Dirk surgió otro hombre de entre las sombras. Dirk hizo un gesto con la cabeza hacia el hombre.

—Ese es el nuevo guardia. Cuando el jefe no apareció para entregarle a Ursula, siguió sus órdenes y me alertó.

Marcus sacó su pistola y apuntó hacia Gabriel, quien no se había movido. Gabriel habló por primera vez.

—¿Qué te hace pensar que ese tipo es el nuevo guardia? Tal y como yo lo veo, yo traje a la chica, él no.

Marcus, visiblemente confundido, movió su arma y apuntó al desconocido que estaba junto a Dirk.

Dirk inclinó la cabeza hacia el vampiro que tenía al lado.

—Dale la contraseña a mi compañero.

—Sangre de emperadores —dijo el desconocido.

—¡Carajo! —siseó Marcus y volvió a apuntar a Gabriel, listo para disparar.

Más rápido de lo que sus ojos podían seguir, Gabriel se lanzó contra Marcus, pateando el arma de su mano mientras se producía una trifulca. Los puños volaban a tal velocidad que casi la mareaban. Sus movimientos eran un borrón para sus ojos.

A su izquierda vio a dos hombres correr hacia ellos: Oliver y Amaury. Thomas no aparecía por ninguna parte. Al verlos a ellos también, Dirk se lanzó hacia ella con una clara intención: usarla como escudo humano. Golpeó su cuerpo contra el de ella, privándola temporalmente de aliento.

Sonaron disparos y, horrorizada, vio que el nuevo guardia disparaba en dirección a Oliver y Amaury. Su corazón se detuvo.

—¡No! —gritó, rezando para que ninguna de las balas alcanzara a Oliver.

Dirk la giró bruscamente, arrastrándola hacia el camión, impidiéndole ver qué le pasaba a sus rescatadores. Ella luchó contra él, golpeando el pie contra su espinilla, pero parecía que a su atacante le daba igual.

—¡Ursula, no! —oyó gritar a Oliver detrás de ella justo cuando se produjo otro disparo.

—¡Carajo! —Dirk murmuró entre dientes, pero continuó arrastrándola hacia la puerta del camión—. ¡Nos vamos, puta!

Giró la cabeza lo más que pudo y vio que Gabriel seguía peleando con Marcus. El nuevo guardia se enfrentaba con Amaury en un combate cuerpo a cuerpo, y Oliver no aparecía por ninguna parte.

—¡No! —aulló, mientras la ira y el dolor crecían dentro de ella. ¿Dónde estaba Oliver? No podía permitir que su mente completara su próximo pensamiento. En lugar de eso, actuó por puro instinto.

Cuando Dirk la estampó contra la puerta del camión y la soltó por un segundo para alcanzar el manubrio, ella metió la mano en el bolsillo de su chamarra. Se volteó, fulminándolo con la mirada.

—¡De todos los guardias, tú eres al que más odio!

Cuando él sonrió burlonamente, ella le escupió en la cara.

Su acción lo distrajo un breve instante, pero fue todo lo que necesitó: ella le clavó la estaca en el pecho. Con satisfacción, vio cómo él se convertía en polvo ante sus ojos.

Detrás de él, Oliver surgió de la nada, con la pistola desenfundada. Se detuvo en seco, moviendo el arma hacia un lado, lejos de ella. Había estado a punto de dispararle a Dirk por la espalda.

Corrió hacia ella y la envolvió en sus brazos. Para cuando la soltó, todo volvió a estar en silencio. Sus ojos rastrearon el área donde había tenido lugar la pelea. Ninguno de sus enemigos quedaba en pie.

Gabriel y Amaury estaban ahí de pie, respirando con más fuerza que antes, pero sin rasguño alguno.

—¿Y Thomas?— preguntó ella, conteniendo la respiración.

—Aquí estoy —dijo Thomas desde entre dos camiones. Salió un segundo después—. Humanos. Se estaban acercando. Tenía que asegurarme de que se dieran la vuelta, o podrían haber muerto.

Ella asintió, aliviada, y entonces sintió que Oliver le levantaba la barbilla y le giraba la cara para que lo mirara.

—Estoy tan orgulloso de ti, Ursula.

Ella lanzó una mirada al lugar donde las cenizas de Dirk se habían asentado en el suelo.

—Él era quien me atormentaba cada noche.

—Nadie volverá a hacerte daño —prometió Oliver y la abrazó con fuerza—. Ahora vamos por las chicas.

Junto con los compañeros de Oliver, se dirigieron a la parte trasera del camión. Amaury agarró la palanca y abrió el candado. Luego, él y Gabriel abrieron las puertas dobles de par en par.

Estaba oscuro por dentro, pero Ursula oyó jadeos silenciosos desde el fondo.

—Salgan, son libres —llamó Gabriel hacia el interior del camión, pero nadie se movió.

—Tienen miedo —explicó Ursula. Entonces, subió a un escalón metálico para elevarse y se dirigió a ellas en chino—. Soy yo: Wei Ling. Están a salvo, hermanas. Salgan, nos vamos a casa.

—Wei Ling —escuchó que respondían—. Wei Ling volvió por nosotras.

Una a una, las mujeres caminaron hacia la apertura, mirándola primero a ella y luego a los hombres detrás de ella.

—Son nuestros amigos —les aseguró en chino.

Los vampiros ayudaron a las chicas a bajar del camión. Cuando todas salieron de su prisión temporal, se agruparon alrededor de ella. Los ojos de Ursula buscaron a una chica en particular.

—Lanfen —susurró—. ¿Dónde estás?

Una mano tocó su hombro y ella se volteó.

—Aquí estoy —respondió Lanfen.

Se sintió aliviada.

—Creía que te habías ido.

—Estaba enferma —continuó Lanfen—. Pero lo logré.

Se abrazaron, estrechándose mutuamente. Lágrimas brotaron de los ojos de Ursula.

—Nos vamos a casa —susurró de nuevo, y se permitió llorar en el abrazo de sus hermanas.

38

———

Después de que llegaron más camionetas de Scanguards, transportaron a todas las mujeres rescatadas a un refugio en San Francisco. Varios miembros del personal de Scanguards se pusieron manos a la obra, contactando con las familias de las mujeres y organizando su regreso a casa.

El resto de Scanguards tenía una tarea más por delante.

Oliver estaba sentado esperando en la sala de operaciones, golpeando el suelo con el pie de manera impaciente. Aunque sabía que Ursula estaba cansada y necesitaba dormir, ella había insistido en ver cómo el resto de sus verdugos encontraba finalmente su fin.

—¿Cuándo quieres llamar a tus padres? —él preguntó, sabiendo que ya no había motivo para alejarla de ellos. Al igual que las demás chicas, ella querría volver a casa.

Y lo dejaría. Volvería al lugar al que pertenecía.

Ursula señaló el monitor que seguía mostrando una transmisión en vivo del almacén de Oakland.

—Cuando ellos estén muertos.

Él asintió, con el pecho apretado.

—Puedes volar a Nueva York con las otras mujeres si quieres. Samson ha autorizado el jet para ello. O puedes salir más tarde... si quieres quedarte unos días más.

Él apartó la mirada, sin querer mostrar lo ansioso que estaba por su respuesta.

—Tengo muchas ganas de ver a mis padres. Los extraño —dijo ella.

Oliver se tragó su decepción, sabiendo que en pocas horas ella se habría ido.

—Por supuesto, lo entiendo.

—Sobre las otras mujeres...

—¿Qué pasa con ellas?

—¿Recordarán lo que les pasó?

Oliver levantó la vista, sacudiendo la cabeza.

—No podemos permitir que conserven esos recuerdos. Hoy podrían prometer no decir ni una sola palabra sobre los vampiros, pero bajo presión, se lo dirán a sus familias, a sus amigos. Querrán explicarles las cosas. Pero nuestros secretos deben mantenerse.

—Lo entiendo. ¿Y yo? ¿Los recuerdos que tú y yo hicimos? —preguntó ella, mirándolo con ojos grandes, llenos de afecto y confianza.

Él tragó saliva con dificultad. Sus siguientes palabras fueron las más difíciles que había tenido que pronunciar jamás.

—Cuando salgas de aquí, tendré que asegurarme de que no recuerdes nada.

—¿Y si te subes a ese avión conmigo? Solo por una semana o dos.

Su corazón comenzó a latir a cien por hora.

—¿Quieres que vaya contigo?

Ella extendió su mano para estrechar la de él.

—Sé que, desde el punto de vista logístico, será difícil ocultar a mis padres que eres un vampiro, pero estoy segura de que se nos ocurrirá algo.

Se incorporó y se inclinó más hacia ella.

—¿Quieres que conozca a tus padres?

—No puedo garantizar que les caigas bien de inmediato. Son un poco anticuados, y que yo traiga a casa a un novio blanco podría ser difícil de digerir al principio, pero he pensado que como estarán tan felices de saber que estoy viva, probablemente...

—¿Novio? —la interrumpió él—. ¿Quieres presentarme como tu novio?

—Y como el hombre que me salvó, por supuesto, eso también.

Él llevó la mano de ella a sus labios y le besó las yemas de los dedos.

—Dime una cosa antes de que acepte: ¿piensas dejar a este novio después de esas dos semanas, o puede esperar quedarse más tiempo?

Los párpados de Ursula se bajaron a media asta.

—Esperaba volver a San Francisco para algo a más largo plazo. Quizás terminar mis estudios aquí...

—¿Cuánto tiempo?

—¿Podemos hablar de esto dentro de un año o dos y ver cómo estamos para entonces?

Oliver la subió a su regazo y acercó su boca a la de ella.

—Eso definitivamente puede hacerse.

—¿Significa que podré conservar mis recuerdos?

—Puedo hacer algo mejor: te ayudaré a crear otros nuevos. —La besó suavemente y luego sintió cómo ella se apartaba.

—Hay algo más.

Él apartó un mechón de cabello detrás de su oreja.

—¿Sí?

—Quiero que tu amiga Maya me haga esa prueba de sangre.

Sus palabras resonaron en sus oídos, haciendo que prácticamente se mareara de emoción.

—¿Estás segura?

En lugar de responder, ella lo besó.

Un carraspeo los interrumpió. Oliver echó la cabeza hacia atrás para ver quién perturbaba su agradable interludio con Ursula.

Thomas puso los ojos en blanco al entrar, seguido por medio Scanguards, incluido el señor de Oliver.

—No nos pongan atención, solo estamos aquí para ver cómo se desarrolla la operación. —Señaló al gran monitor en la pared.

Ursula se bajó del regazo de Oliver, con las mejillas de un rojo brillante. Rápidamente, Oliver acercó su silla a la mesa para ocultar su parte inferior. Si sus colegas veían su erección, lo molestarían por el resto de su vida.

—Entonces, que empiece el espectáculo —dijo Oliver, observando cómo todos se iban sentando.

—El amanecer será en dos minutos. Las cargas se colocaron a primera hora de la noche, y nos aseguramos de que las cámaras de seguridad de la zona estuvieran obstruidas en ese momento. Nadie sospecharía que hubo juego sucio. Le echarán la culpa a PG&E, como de costumbre —resumió Thomas mientras escribía algo en el teclado.

—¿Todo nuestro personal ha salido del área? —preguntó Samson.

—Todos están lo suficientemente lejos.

Samson añadió:

—¿Algún transeúnte inocente?

Thomas negó con la cabeza.

—Nos aseguramos de que no hay nadie en las inmediaciones. Recibimos el *visto bueno* hace unos minutos.

Los ojos de Ursula estaban pegados al monitor, cuando la transmisión en vivo se apagó.

—¿Qué está pasando?

El monitor parpadeó y luego apareció una transmisión desde un ángulo diferente en la pantalla.

—Cambiamos la cámara en la gasolinera al otro lado del almacén por nuestra propia cámara, que instalamos en un poste telefónico. Tiene su propia fuente de energía. Toda la electricidad de este bloque se apagará en cuanto demos la señal. Así nos aseguramos de que no haya grabaciones en las cámaras de seguridad.

Habían pensado en todo. Nada podría rastrearse de vuelta a ellos ni exponer a ningún vampiro ante los humanos. Su secreto estaría a salvo.

—Creo que Ursula debería dar la orden —sugirió Oliver. Miró a sus compañeros y, uno a uno, todos asintieron.

Thomas hizo un gesto a Ursula para que cambiara de asiento con él.

—Toma el ratón y apúntalo a este ícono aquí.

Oliver vio cómo los primeros rayos del sol empezaban a iluminar la calle frente al edificio. Pasaron más segundos.

—Está amaneciendo —anunció.

Ursula le devolvió la mirada, y entonces lo único que se oyó en la sala fue el clic del ratón.

—La electricidad de la cuadra está siendo cortada ahora —explicó Thomas, y todas las farolas y luces de los edificios alrededor del almacén se apagaron al mismo tiempo.

Oliver observaba la pantalla cuando, de repente, una explosión sacudió el almacén. Aunque lo esperaba, aún lo sobresaltó.

El fuego se propagó, envolviendo el edificio rápidamente y por completo, como era de esperar: según los planos, el edificio no estaba equipado con rociadores.

Los pocos vampiros que intentaron escapar desafiando la luz del día no llegaron muy lejos. Para asegurarse de que nadie escapara, se habían colocado francotiradores humanos, empleados de confianza de Scanguards, en puntos estratégicos, con sus armas cargadas con balas de plata. Pero al final no hubo disparos. En su lugar, el sol se encargó de los vampiros fugitivos, añadiendo sus cenizas a la suciedad del pavimento.

El burdel de sangre y sus carceleros eran por fin historia.

La policía investigaría, sin duda, al igual que otras agencias gubernamentales, pero Scanguards tenía suficientes contactos para asegurarse de que esas investigaciones no llegaran a nada.

—Ahora comienza nuestro verdadero trabajo —dijo Samson, con voz seria. Todos asintieron.

Cuando Ursula dirigió a Oliver una mirada interrogativa, él le explicó:

—Encontramos la lista de clientes de Corbin. Todos y cada uno de esos clientes son un riesgo potencial para la población humana de San Francisco. Tendremos que vigilarlos y encerrar a los que presenten mayor riesgo hasta que hayan superado todas las fases del síndrome de abstinencia.

Sería una enorme tarea, pero el alcalde había ofrecido a Scanguards todos los recursos a su disposición. En pocas semanas, la situación se estabilizaría y San Francisco volvería a ser tan segura como antes.

39

Dos semanas después

Oliver llevó las dos maletas a la casa y las dejó en el vestíbulo. Detrás de él, Ursula dejó una pequeña bolsa en el suelo. Después de casi dos semanas en Washington D.C., visitando a los padres de Ursula, le apetecía relajarse. Nunca había estado tan tenso en toda su vida.

Mientras Ursula se había quedado con sus padres, Oliver había permanecido en casa de un vampiro que Gabriel conocía y solo se reunía con ellos por las noches. Tras hablarlo largo y tendido, Ursula había aceptado su sugerencia de borrar los recuerdos de sus padres de los últimos tres años y plantar otros nuevos en sus mentes. Todo su dolor se olvidaría como si nunca hubiera ocurrido. Ahora creían que Ursula se había trasladado a la Universidad de Berkeley para estudiar una maestría y que visitaba a sus padres al menos dos veces al año. Además, Oliver se aseguró de que él también formara parte de sus nuevos recuerdos, para que lo aceptaran fácilmente como novio de su hija. El control mental le había resultado más fácil después de usarlo para que Ursula sintiera su mordedura. Casi como si simplemente hubiera necesitado la motivación adecuada para ello.

Pero no había bastado con solo borrar los recuerdos de sus padres: Oliver tuvo que enlistar la ayuda del personal de Scanguards en Washington y Nueva York para hacer lo mismo con los amigos y familiares de los padres de Ursula, el personal de la embajada donde trabajaba su padre, así como los detectives de policía y los reporteros involucrados en el caso. Thomas hackeó las computadoras de la policía y eliminó todos los archivos sobre la desaparición de Ursula, además de borrar los registros en los periódicos que publicaron la historia. Fue una tarea colosal, pero necesaria para que Ursula pudiera estar con él. Si Oliver y sus colegas no hubieran borrado todos los recuerdos de su desaparición, sus padres no la habrían dejado salir nunca más.

Aparte de unos cuantos besos robados durante su estancia en Washington D.C., Oliver no había tocado a Ursula hasta que subieron al jet privado de Scanguards para regresar a San Francisco. Prácticamente la habría destrozado durante el vuelo de regreso, pero como habían tenido que compartir el avión con algunos miembros del personal de Scanguards, no había tenido ocasión de acostarse con ella, y su verga seguía tan dura como siempre.

—¿Dónde están todos? —preguntó Ursula.

—¿Rose? ¿Quinn? —él gritó, secretamente esperando que estuvieran fuera esa noche, para ahorrarse tener que contarles sobre su viaje cuando prefería cargar a Ursula sobre su hombro para arrastrarla a la cama—. ¿Blake?

—Arriba —la voz de Quinn finalmente llegó desde el piso superior.

La frustración aulló en su interior. No tenía ni idea de cuánto tiempo más podría fingir ser civilizado antes de caer sobre Ursula y enterrarse profundamente dentro de ella.

—Sube, queremos mostrarte algo —llamó Rose.

Oliver hizo una mueca y tomó la mano de Ursula.

—Vamos entonces.

Cuando llegaron al tercer piso, Rose y Quinn estaban de pie frente a su dormitorio.

—¡Bienvenidos a casa! —dijeron ambos.

Se intercambiaron abrazos antes de que Quinn abriera la puerta del cuarto de Oliver y los condujera a él y a Ursula al interior.

Quinn se balanceó sobre sus talones. Pensamos que con Ursula aquí, ambos necesitaban un poco más de espacio, así que derribamos la pared del cuarto de Blake y lo trasladamos al segundo piso. Así tendrán una pequeña sala de estar para ustedes solos.

Oliver dejó que sus ojos vagaran, contemplando su habitación recién decorada. No solo era casi el doble de grande que antes, sino que también la habían renovado. Se había añadido un armario adicional para guardar la ropa de Ursula, y se había creado una acogedora sala de estar.

—Y si no les gusta la decoración, podemos cambiarla —añadió Rose.

Ursula se volvió hacia ellos, sonriendo.

—Está hermosa. Gracias. Me encanta.

Oliver la rodeó con el brazo y la acercó, luego miró a Quinn y a Rose.

—Es perfecta. Gracias.

—De nada —dijo Quinn.

Rose le tiró de la manga de su camisa.

—Deberíamos irnos.

Quinn asintió.

—Pasaremos la noche con Zane y Portia, así que la casa es toda suya esta noche. Blake se fue a patrullar con Cain.

—¿Patrullar?

Quinn puso los ojos en blanco.

—No preguntes. No dejaba de darnos lata para que lo dejáramos ir a patrullar.

Rose sonrió con picardía, guiñándole un ojo a Oliver.

—Quinn ha cedido.

Pero su marido se limitó a encogerse de hombros.

—No puedes protegerlo para siempre. —Luego metió la mano en su bolsillo trasero y sacó un sobre—. Antes de que se me olvide, Maya me dio esto para ti.

La emoción hizo que el corazón de Oliver latiera más deprisa. Sabía lo que había dentro: los resultados del análisis de sangre de Ursula. Antes de marcharse a Washington, Ursula había proporcionado a Maya dos muestras de sangre: una antes de mantener relaciones sexuales y otra después de que Oliver y ella hubieran disfrutado de su última noche abrazados antes de partir hacia la Costa Este.

Su mano tembló cuando tomó el sobre de las manos de Quinn. Cuando levantó la vista, sus miradas chocaron. Quinn sonreía como si supiera lo que significaba esa carta. Luego él y Rose se dieron la vuelta y cerraron la puerta tras de sí. Él escuchó sus pasos mientras bajaban las escaleras.

Lentamente, soltó a Ursula. Ella se quedó mirando el sobre que tenía en las manos.

—Los resultados —susurró.

Con dedos temblorosos, abrió la carta y sacó una sola hoja de papel. Sus ojos tardaron varios segundos en enfocarse, antes de que pudiera leer lo que estaba escrito con pulcra caligrafía.

"Querido Oliver", leyó en voz alta. *"Todas las pruebas que realicé a las muestras de sangre de Ursula dieron el mismo resultado."*

Oliver sintió cómo Ursula contenía la respiración.

"Está confirmado: su sangre es segura una vez que ha tenido un orgasmo." Se sintió aliviado. *"Sin embargo, no puedo decir cuánto tiempo necesita su sangre para recuperar su antigua potencia después del sexo. Serán necesarias más pruebas para determinarlo. Pero por ahora, siempre que bebas su sangre justo después de que ella haya llegado al clímax, estarás a salvo. Con amor, Maya."*

Dejó caer la carta y la atrajo hacia él.

—Tienes que tomar una decisión ahora.

Ella levantó los ojos. Hipnotizado por lo que vio en ellos, dejó de respirar.

—Creo que mi decisión estaba clara desde el momento en que me besaste allí en el pasillo el primer día que me quedé en esta casa. Solo que tenía demasiado miedo de admitirlo ante mí misma. Demasiado miedo de desear algo que otros me habían impuesto durante tanto tiempo. Pero ya no tengo miedo.

Él tragó saliva con dificultad, pues le costaba contener la lujuria que corría por sus venas al saber lo que ocurriría esa noche. Se le escapaba el habla, así que hizo lo único que podía: deslizó la boca sobre la de ella y la besó. Los labios de ella se rindieron ante él, separándose cuando él lamió la costura con la lengua.

Esa noche no habría que contenerse, ni intentar mantener a raya a la bestia. Por fin, Ursula sería suya de verdad.

No hubo prisa cuando la desnudó mientras ella hacía lo mismo con él. Cuando la tumbó sobre las sábanas frescas y presionó el cuerpo de ella contra su piel caliente, lo recorrió un escalofrío. No recordaba cómo había sobrevivido las dos últimas semanas sin tocarla.

—Fue una tortura no haberte hecho el amor mientras estábamos en el este —murmuró contra sus labios.

Ella suspiró.

—Todas las noches esperaba que treparas por la ventana de mi dormitorio y te quedaras conmigo.

Ursula acarició la piel sensible de su nuca, provocando un escalofrío que le recorrió la columna vertebral.

—Era demasiado arriesgado. Nunca habría podido dejar tu cama antes del amanecer si hubiera hecho eso.

—Te extrañé.

En respuesta, Oliver volvió a hundir sus labios en los de ella, mientras sus manos vagaban por su cuerpo. Él le acarició los pechos, acariciando sus sensibles pezones hasta que se convirtieron en picos duros. Cuando apartó su boca de la de ella, fue solo para poder chupar un pico duro mientras amasaba su cálida carne.

Más al sur, su verga, totalmente erecta y tan dura como una barra de hierro, presionaba contra el muslo de ella, ansiosa por conectar con su cuerpo. Pero sabía que no podía permitirse penetrarla tan pronto. No duraría lo suficiente para hacerla alcanzar el clímax.

Él se deslizó por el cuerpo de ella, le abrió las piernas al descender, y se acomodó entre ellas. Los dedos de ella se clavaron en los hombros de él con anticipación: sabía lo que le esperaba.

Un gemido estrangulado salió de sus labios en el momento en que él sopló un aliento caliente contra su sexo. Le siguió una vuelta de lengua. Cuando saboreó el rocío que ya se había acumulado en sus carnosos labios inferiores, todo su cuerpo se puso rígido.

—¡Carajo, nena!

Era mejor de lo que recordaba. Su aroma era una mezcla de sabores dulces y picantes que se extendían por la parte posterior de su lengua y bajaban por su garganta. Sus fosas nasales se dilataron y la bestia que había en él rugió.

Muérdela, ¡ahora! exigía el demonio que llevaba dentro.

Con dificultad, contuvo el deseo irrefrenable de probar su sangre y se concentró en lamer su carne caliente. La abrió más con los dedos, dejando al descubierto su clítoris, y luego presionó la lengua sobre él antes de succionar el pequeño órgano en su boca.

Bajo su agarre, la sintió sacudirse, pero sus manos la sujetaron para que no pudiera escapar de él. Con largas y lánguidas caricias, siguió lamiéndole el clítoris y explorando sus húmedos pliegues, mientras ella se retorcía debajo de él, con sus gemidos y suspiros llenando la habitación.

Ella le clavó las uñas más profundamente en sus hombros, pero él agradeció el dolor. Si hubiera sido humano, ella le habría hecho sangrar, pero su piel de vampiro era demasiado dura para que sus uñas la perforaran.

Oliver escuchó los latidos de su corazón y el sonido de su sangre al correr por sus venas, intentando bombear más oxígeno a sus células. Su cuerpo se calentaba con cada segundo que él seguía provocando su tierna carne. Nunca había estado tan en sintonía con el cuerpo de otro ser y no le costó leer el cuerpo de Ursula y comprender lo que necesitaba de él.

Sus caderas se movían contra la boca de él con un ritmo inconfundible, pidiendo más. Él estaba encantado de satisfacerla. Suavemente, introdujo un dedo en su húmeda ranura e intensificó la presión sobre su clítoris, lamiéndolo cada vez más fuerte y rápido. Cuando ella se tensó y su cuerpo se levantó de la cama, él introdujo un segundo dedo en su apretada vaina y se llevó el clítoris a la boca, apretando los labios.

Ella se vino, jadeando incontrolablemente, sus músculos interiores apretando con fuerza los dedos de él, su cuerpo temblando.

Si fuera menos impaciente, la dejaría descansar un momento, pero ahora la paciencia era una palabra extraña para él. No podía esperar más. Se levantó y la cubrió con su cuerpo. Su verga se alineó con su coño, aún tembloroso, y de un solo empujón la penetró.

Con un gemido, los ojos de Ursula se abrieron de golpe. Entonces levantó la mano, y con un dedo le acarició los labios.

—Muéstramelos.

Sus colmillos ya habían descendido. Lentamente, separó los labios y los dejó emerger mientras observaba la reacción de Ursula. Ella no mostró miedo.

—Tócalos —exigió.

Vacilante, su dedo se deslizó por la parte exterior de un colmillo. Él soltó un gruñido involuntario. La sensación de que Ursula lo tocara le produjo un rayo de electricidad por todo el cuerpo.

Sus ojos se abrieron de par en par, pero en lugar de retirar el dedo, ella le acarició el colmillo una vez más.

—Húndelos en mí. Quiero sentirte.

Ursula inclinó la cabeza hacia un lado, dejando al descubierto su pálido cuello. Respirando agitadamente, Oliver bajó la cabeza hasta su cuello, sintiéndola estremecerse cuando sus labios tocaron su piel.

—Tranquila, cariño, no te haré daño.

Lamió su piel y luego raspó con los colmillos el punto donde la gruesa vena de ella latía contra sus labios. El contacto hizo que su verga se sacudiera dentro de ella, y él tiró de las caderas hacia atrás, retirándose casi por completo. En la siguiente embestida, le clavó los colmillos en el cuello, perforándole la vena.

Su sangre caliente se precipitó en su boca, abrumando sus papilas gustativas. Su boca se inundó de ella. Cuando el líquido se deslizó por la parte posterior de su lengua y bajó por su garganta, su corazón bombeó más deprisa. Nunca había probado nada tan asombroso. Ella sabía rica y pura, apaciguando a la bestia dentro de él. Con cada gota que bebía, se sentía más fuerte e invencible. Esto era lo que había estado buscando desde que se había convertido en vampiro. La sangre de Ursula.

La penetró con más fuerza y su verga entró y salió más deprisa de su apretada vaina. Con cada embestida, sentía que su excitación aumentaba y lo acercaba más al éxtasis, hasta que no pudo contenerse más. Su orgasmo estalló, la sensación fue tan poderosa que sintió como si su cuerpo se estuviera rompiendo en mil pedazos. A medida que disminuía, las olas procedentes del cuerpo de Ursula chocaron contra él como una ola gigante del océano.

Lentamente, sacó sus colmillos del cuello y lamió las incisiones.

Cuando la miró, se dio cuenta de que tenía los ojos cubiertos de un brillo húmedo. Preso del pánico, se apartó.

—¿Te lastimé?

Ella negó con la cabeza y resopló.

—Nunca había sentido algo tan hermoso.

Él le dio un suave beso en los labios.

—Yo tampoco.

Luego rodó sobre ella y la atrajo hacia la curva de su cuerpo, su espalda conectando con su frente, sus brazos sujetándola contra él. Durante un largo rato, ninguno de los dos habló. En la habitación solo se oía su fuerte respiración.

—¿Recuerdas cuando el guardia mencionó la palabra clave en esa parada de camiones? —preguntó de repente Ursula.

—Dijo *sangre de emperadores* —respondió Oliver, sorprendido de que ella mencionara este evento en particular en un momento como este.

—Mi madre me dijo que descendemos de la línea de los emperadores. Estamos a muchas generaciones de distancia, pero creo que si comprobamos la ascendencia de las otras chicas que estuvieron prisioneras conmigo, encontraremos lo mismo. Debe de ser la sangre de los emperadores la que tiene el efecto narcotizante.

Sorprendido por la revelación, le dio un beso en el hombro.

—Entonces parece que me he enamorado de una princesa.

Ella giró la cara para mirarlo, con la calidez y el afecto que irradiaban sus ojos.

—Y parece que me he enamorado de un vampiro.

Él se rio entre dientes.

—Sería una gran película. *La princesa y el vampiro*. Ya puedo ver los carteles de la película.

Ella se giró en sus brazos y le recorrió el cuerpo con las manos.

—¿Qué tal si trabajamos un poco más en el guion? Creo que esta película necesita más escenas calientes.

Oliver rodó sobre su espalda y la puso encima de él.

—Estoy totalmente de acuerdo.

Luego atrajo hacia sí la cabeza de Ursula y capturó sus labios. No tenía intención de soltarlos pronto.

Vampiros de Scanguards

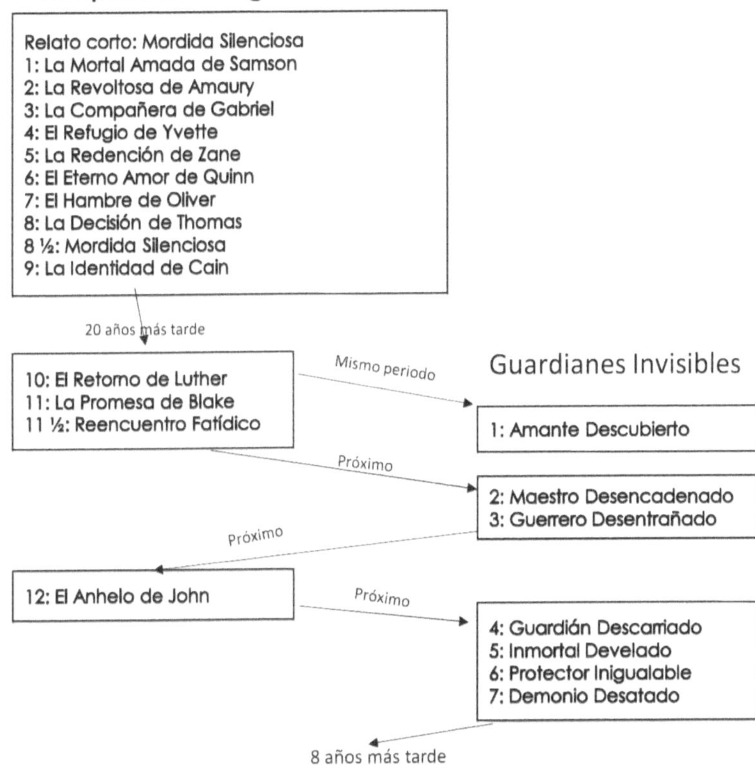

Híbridos Scanguards

Los Híbridos Scanguards también se numerarán dentro de la serie
Vampiros de Scanguards (SV 13 = SH 1) para preservar la continuidad.

SH 1 (SV 13): La Tempestad de Ryder
SH 2 (SV 14): La Conquista de Damian
SH 3 (SV 15): El Reto de Grayson
SH 4 (SV 16): El Amor Prohibido de Isabelle
SH 5 (SV 17): La Pasión de Cooper
SH 6 (SV 18): La Valentía de Vanessa
SH 7 (SV 19): La Seducción de Patrick

SOBRE EL AUTOR

Tina Folsom es miembro de la Asociación de Escritores de Romance de América y se especializa en escribir romance paranormal y erótico. Vive con su esposo en el norte de California, donde disfruta de la buena comida, el clima variado, y tolera los terremotos ocasionales.

Las ideas para sus libros vienen de varias experiencias profesionales: CPA/Contadora, Agente de Bienes Raíces, Chef, Secretaria, Au-pair, entre otras, así como los distintos países en los que ha vivido y la gente que ha conocido con el pasar de los años. ¿Y los vampiros? Bueno, eso se lo debe a su desbordante imaginación.

Para más información sobre Tina Folsom, por favor visita su sitio Web:

www.tinawritesromance.com
tina@tinawritesromance.com

facebook.com/TinaFolsomFans
instagram.com/authortinafolsom